Michelle Schrenk

Als ob du mich siehst

Roman

ISBN 978-3-947738-10-6
1. Auflage

Versand & Vertrieb durch:
Nova MD GmbH, Raiffeisenstr. 4, D-83377 Vachendorf, www.novamd.de, bestellung@novamd.de, +49 (0) 861 166 17 27

Druck:
SOWA Sp. z o.o., 05-500 Piaseczno, ul. Raszyńska 13

Danke an alle Partner, ohne deren Unterstützung dieses Buch nicht möglich gewesen wäre:

Idee und Text:
Michelle Schrenk, michelleschrenk.de

Lektorat und Redaktion:
Susanne Jauss, jauss-lektorat.de

Cover-/Umschlaggestaltung:
Buchgewand Coverdesign | Torsten Sohrmann | buch-gewand.de

Verwendete Grafiken/Fotos:
CARACOLLA – shutterstock.com
FL Wong – shutterstock.com
Ludmila Ivashchenko – shutterstock.com
Bokeh Blur Background – shutterstock.com
agsandrew – depositphotos.com
ryanking999 – depositphotos.com

Cover-Shooting:
Nathalie Majewski, namama-fotografie.com

Cover-Models:
Elizabeth Sagan, James Trevino

Für meine wundervollen Leserinnen und Leser,
für jeden, der innerlich zweifelt.
Du bist gut, so wie du bist.
Und dafür musst du nicht perfekt sein!
Es gibt diese Menschen,
die dich selbst in der tiefsten Dunkelheit sehen.

Playlist

Diese Songs habe ich beim Schreiben des Buches gehört. Wenn ihr also abtauchen wollt, Musik einfach auf laut – und los geht's.

Madonna – Frozen
Selena Gomez – Lose You To Love Me
HAEVN – Where The Heart Is
Christina Aguilera – Beautiful
Tim Bendzko – Trag dich
Alec Benjamin – The Book Of You & I
Hardcastle – What If I'm Happy
Madeline Juno – Grund genug
Madeline Juno - Gib doch nach
Metrickz – Vergissmeinnicht
Metrickz – Kämpferherz
Kygo, Zara Larsson, Tyga – Like It Is
Kodaline – Talk
Maria Mena – Homeless
Juju – Ich müsste lügen
JuJu & Loredana – Kein Wort
One Direction – Little Things
Johannes Oerding – Alles okay
Vona – Gib mir dein Lächeln
Benne – Lass mich los

Verschwinden

Verschwinden. Das ist alles, was ich mir wünsche. Einfach durch den Spiegel treten, der vor mir steht, und in eine andere Zeit flüchten, in ein anderes Leben.

Aber der Spiegel vor mir ist keine Tür in eine andere und bessere Welt. Er zeigt die Wahrheit, die mich wie Nebel umgibt: mein Gesicht, meine Tränen und den Schmerz in meinen Augen. Er reflektiert das, was ich sehe, und zeigt mir vor allem, wie ich mich sehe und was ich die ganze Zeit mit mir herumtrage. Wie ich dieses Bild, das mir zu bekannt ist, hasse.

Ja, ich fühle mich hässlich, klein, wertlos, und genau so sehe ich mich auch. Ich habe keine Ahnung, wer ich bin, habe mich verloren, irgendwo hinter all den Wünschen und den Erwartungen, die ich nicht erfüllen kann – vor allem nicht die Erwartungen an mich selbst.

Was ich suche?

Die Liebe. Aber wie kann mich jemals jemand lieben, wenn ich es selbst nicht tue?

Du wirst es nie schaffen, es wird immer wieder so sein, flüstert mir die Stimme im Spiegel entgegen. *Wer bist du schon? Was kannst du schon?*

Jede einzelne Sekunde eines Tages lebe ich mit diesen quälenden Gedanken und Gefühlen, schlecht zu sein und es auch nicht besser verdient zu haben. Denn die Stimme flüstert mir immer wieder genau diese Worte zu. Sie zieht mich in die Dunkelheit, in die Tiefe und klebt an mir wie nasse Wäsche. Ich kann sie hören, ganz deutlich, und ich hasse sie, so wie ich alles um mich herum hasse. Sie soll jetzt endlich still sein und mich nicht immerzu und überallhin begleiten. Sonst wird sie mich noch in den Wahnsinn treiben.

Diese Stimme, ich will wissen, woher sie kommt und warum sie es immer wieder schafft, mich zu treffen. Sie weiß genau, was sie sagen muss. Und sie hat viele Gesichter. Das von meiner Mutter zum Beispiel oder das von Colin.

Wer hält es schon mit dir aus?

Warum begreifst du das nicht?

Schau, wie du dich schon wieder benimmst.

Was kannst du denn schon?

Die Stimmen verbinden sich und wabern durch meinen Kopf.

»Seid still!«, rufe ich ihnen entgegen, aber sie lachen mich nur aus. Wieder höre ich sie, sie sind stark. Doch sie sollen endlich leise sein.

Wie erbärmlich du bist. Was als Flüstern begann, wird nun lauter und lauter und mündet schließlich in ein gnadenloses Hämmern.

»Seid einfach still!«, schreie ich noch einmal.

Warum kann ich die Angst nicht verlieren, einfach frei sein, einfach mal wachsen? Ich will das nicht. Ich möchte das, was mich immer wieder belastet, loslassen und neu anfangen. Das alles macht doch keinen Sinn.

Voller Verzweiflung greife ich nach dem Stuhl neben mir und werfe ihn mit voller Wucht gegen den Spiegel. Das Glas knackt, splittert und zerbricht in tausend Scherben. Ich selbst zerbreche in tausend Scherben.

Nun zeigt der Spiegel vor mir endlich die Wahrheit. So sehe ich mich. Dass ich nichts kann, dass mich niemand lieben kann und dass ich kämpfen kann, so viel ich will, doch es wird nie genug sein. Mein Bild wird immer ein Mädchen zeigen, das innerlich zerbrochen ist und um Liebe bettelt.

Aber diese Liebe wird es niemals bekommen, weil nie etwas genug sein wird. Nicht meine Liebe zu Colin, nicht meine Zeichnungen, nicht mein Aussehen, nichts.

Was Colin wohl dazu sagen wird, wenn ich nicht mehr da bin? Ich schätze, es wird ihm egal sein. So wie ich jedem egal bin. Meiner Mama und sowieso jedem. Dabei würde ich ihm gern noch so vieles sagen. Dass ich es bereue, mein Herz an ihn verloren zu haben. Dass er mich verletzt hat und dass ich wünschte, ihn nie geliebt zu haben. Mit ihm bin ich mehr und mehr verschwunden. Noch mehr, als ich ohnehin schon verschwunden und verloren gewesen war.

Ich greife nach einer Glasscherbe, die besonders schön im Licht funkelt. Bald werde ich ganz weg sein, und mit mir werden auch die schlimmen Momente verschwinden, die ich erlebt habe. Nie wieder werde ich an sie denken müssen, mich nicht mehr sehen, nicht mehr kämpfen müssen.

Auch die Stimme wird verstummen, und niemand wird mich jemals mehr ansehen.

Als ob mich überhaupt jemals irgendwer gesehen hat.

Ein Neuanfang

Vier Monate später

Nachdenklich hole ich den kleinen Stern, den ich heute Morgen aus dem Glas genommen habe, aus meiner Hosentasche und sehe ihn an. Auf der schwarzen Seite steht in goldener Schrift lediglich ein Wort: *Neuanfang*. Auch wenn es nur ein einziges Wort ist, wiegt es dennoch schwer. Ich spüre den Druck in meinem Herzen, und doch scheint es gleichzeitig auch im Takt von etwas Großem zu schlagen, von etwas, das mich erwartet und nach dem ich mich sehne.

Denn die Sterne in diesem Glas haben eine Bedeutung. Einen schlechten Moment gegen einen guten tauschen, einen dunklen durch einen hellen ausgleichen. Das war mein Gedanke, als ich die Sterne vor einigen Wochen gebastelt und in das Glas mit dem goldfarbenen Rand gelegt habe. Sie sind auf der einen Seite schwarz bemalt, auf der anderen golden.

Natürlich weiß ich, dass man schlimme Dinge, die man erlebt hat, nicht einfach aus dem Kopf streichen kann, so als wären sie niemals geschehen. Aber ich dachte, einen Versuch ist es doch wert. Denn ich möchte nie wieder das Mädchen im Spiegel sein, das sich so schrecklich gefühlt hat. Und die Lösung sind diese Sterne.

Ja, in meinem Leben wollte ich schon oft neu anfangen, viele Male, viele Nächte, zuletzt in Berlin. Mit viel Hoffnung im Gepäck zog ich vor knapp zwei Jahren in die große Stadt. Es sollte ein Neuanfang werden - doch alles kam ganz anders.

Ich seufze, ehe ich den Stern in meiner Hand auf die goldene Seite drehe. Hier steht in dunkler Schrift auch nur das eine Wort: *Neuanfang*. Ja, ein Neuanfang. Aber diesmal will ich es richtig machen, den Moment vergolden - allein dieser Gedanke zählt.

Kurz betrachte ich den Stern noch, ehe ich ihn zurück in meine Hosentasche stecke. Die Vorstellung, endlich einen Neuanfang zu schaffen, hat mich in den letzten Monaten aufrechterhalten. Ich wollte wieder hierher nach Nürnberg zurückkehren, was dann schließlich auch geklappt hat - vier Tage nach meinem einundzwanzigsten Geburtstag, mit vier Umzugskisten sowie ein paar Tüten im Gepäck und einem neuen Job als Verkäuferin in einem Supermarkt.

Und so stehe ich nun also vor dem Haus, in dem ich hoffentlich bald leben werde. Ich blicke an der Fassade nach oben und atme tief durch. Das Haus wirkt einladend mit den rotbraun gestrichenen Sprossenfenstern und den kleinen Erkern. Hier könnte ich mich wohlfühlen.

Wenn es mit dem ausgeschriebenen Zimmer klappen würde, hätte ich nach dieser langen Zeit endlich mal Glück. Im Moment sieht es ja mit den Wohnungen nicht gerade rosig aus, auf ein Zimmer bewerben sich oftmals über zwanzig Leute. Zudem ist die Miete mehr als fair, denn mein Gehalt im neuen Job ist auch nicht das allerbeste - und das ist noch sehr wohlwollend ausgedrückt.

Es war schon ein Glücksfall, dass ich im Internet die Zimmerausschreibung entdeckt und auch gleich einen Besichtigungstermin bekommen habe. Louisa, das Mädchen, welches das Zimmer vermietet, war am Telefon total nett, und ich kann es kaum erwarten, sie jetzt persönlich kennenzulernen. Sie erzählte mir, dass ihre bisherige Mitbewohnerin ausgezogen sei, und schickte mir auch gleich Fotos über WhatsApp. Schon entstanden in meinem Kopf Bilder, wie ich den Raum für mich einrichten könnte.

Ja, dieses Zimmer zu bekommen, wäre ein Traum. Ein neues Leben, neu anfangen.

Aber werde ich es diesmal wirklich schaffen?

Augenblicklich klopft mein Herz ein bisschen schneller.

Beruhige dich, Elisa, das wird schon. Louisa scheint ein angenehmer Mensch zu sein, du hast ein gutes Gefühl, den Job schon in der Tasche, und du hast deine Regeln. Also hab keine Angst, diesmal wird alles gut, denn du hast alles geplant. Du behältst die Kontrolle, und damit wird es keine Überraschungen geben. Denn Überraschungen verursachen nur Probleme.

Ich mag diese innere Stimme, die ich mir mit der Zeit antrainiert habe. Sie ist warmherzig - ganz anders als die dunkle Stimme, die mir immer einreden wollte, wie klein ich doch sei. Und diesmal habe ich mir selbst Ziele gesetzt und Regeln auferlegt, an die ich mich halten werde.

Mein Handy beginnt zu klingeln, und ich blicke aufs Display. Es ist Silvie, meine Freundin. Mit einem Lächeln nehme ich das Gespräch an.

»Hey. Schön, dass du an mich denkst«, sage ich.

Ihre helle Stimme empfängt mich wie der warme Wind, den ich kurz auf meiner Haut spüre. »Immer, mein Herz, das weißt du doch. Na, hast du dir das Zimmer schon angesehen?«

Ich bin froh, Silvie zu haben. Keine Ahnung, wie ich das, was in der Vergangenheit passiert ist, ohne sie überstanden hätte. Wie es ausgegangen wäre, wenn sie mich nicht für eine gewisse Zeit bei sich in Berlin aufgenommen hätte. Wäre sie nicht gewesen, wäre ich jetzt sicher nicht so mutig. Und auch Silvie selbst fängt gerade neu an; sie ist erst vor ein paar Tagen nach Hamburg zu Hendrik, ihrer großen Liebe, gezogen.

»Noch nicht, aber ich stehe schon vor dem Haus«, antworte ich. »Glaub mir, meine Knie zittern ganz schön. Ach, ich hoffe so sehr, dass es klappt.«

»Na, ganz bestimmt. Am Telefon wart ihr euch doch gleich sympathisch, das ist jetzt sicher nur noch Formsache.«

Sie hat recht. Es ist bestimmt nur Formsache. Trotzdem bin ich aufgeregt.

»Alles in Ordnung bei dir?«, fragt Silvie. Sie hat ein unglaublich gutes Gespür, wenn irgendwas mit mir los ist. »Hey, du brauchst überhaupt nicht nervös zu sein. Denk mal nach, was du alles gemeistert hast. Ich glaube an dich. Du weißt doch: Alles wird gut, je nachdem, wie das Licht fällt.«

Diesen letzten Satz hat sie immer zu mir gesagt, als ich noch bei ihr wohnte. Er war auch meine Inspiration für die kleinen Holzsterne. Aber nicht nur dieser Satz hat mich motiviert. Auch, dass sie mir gesagt hat, dass irgendwo hinter den Sternen noch der eine Mensch, der zu mir passt, auf mich wartet. Wobei ich daran gerade nicht denken will.

Ja, ich habe einiges erlebt in letzter Zeit, in den letzten Jahren. Ohne dass ich es beeinflussen kann, lässt mein Kopf nun noch mal alles Revue passieren. Was geschehen ist, die vielen Momente, die mir Schmerzen bereitet haben und in denen ich mich nicht gut genug gefühlt habe. Ich denke an so vieles. Auch an den Namen, der mit diesem Schmerz verbunden ist. Colin. Der Junge, dem ich mein Herz geschenkt hatte, der es aber mehr als einmal gebrochen hat.

Schnell schiebe ich die Gedanken beiseite. Es wird alles gut werden. Ich muss einfach daran glauben.

»Danke«, sage ich. »Weißt du, wie froh ich bin, dich zu haben?«

»Gern, ich bin immer für dich da. Das weißt du doch.«

Sofort fühle ich mich durch ihre Worte gestärkt. »Ich melde mich nach der Besichtigung bei dir, ja?«

»Klar. Ich bin gespannt und drücke die Daumen. Na ja, zumindest einen«, ergänzt sie lachend. Natürlich, sie hat sich ja beim Umzug nach Hamburg den Daumen in einer Tür eingeklemmt und gebrochen.

»Der reicht hoffentlich aus«, entgegne ich ebenfalls mit einem Lachen auf den Lippen.

Nachdem wir das Telefonat beendet haben, starre ich auf das Klingelschild vor mir. *Blum und Körner*. Louisas Nachname ist Körner, und ich vermute, dass Blum der Name ihrer ehemaligen Mitbewohnerin ist.

Kaum habe ich den Klingelknopf gedrückt, summt es auch schon. Ich drücke die Tür, die ziemlich schwer ist, mit dem Oberkörper auf und steige die Treppe hoch in den ersten Stock.

Oben angekommen, entdecke ich, dass die Wohnungstür nur angelehnt ist, und zögere kurz. Soll ich jetzt einfach reingehen? Doch das traue ich mich nicht so richtig, also schiebe ich sie nur ganz leicht auf.

»Hallo Louisa?«, frage ich, bekomme aber keine Antwort.

Na schön, dann warte ich eben einen Moment. Ich nutze die Gelegenheit, um in meiner Tasche nach der Puderbox zu kramen und mich in dem kleinen Spiegel, der im Deckel integriert ist, zu betrachten. Okay, sieht noch ganz gut aus. Zumindest für meine Verhältnisse. Blaue Augen, normale Figur, eine ziemlich blasse Haut. Ich weiß, ich bin keine Schönheit, sondern eher Durchschnitt - ein Mädchen, das man nicht wirklich sieht. Nur meine roten Haare sind auffällig.

Als ich Schritte höre, die sich der Tür nähern, klappe ich die Box schnell zusammen und verstaue sie wieder in meiner Tasche. Das muss Louisa sein.

Während ich noch den Reißverschluss der Tasche zuziehe, ertönt allerdings eine männliche Stimme. »Hey, du bist Elisa, oder? Du bist auch wegen des Zimmers hier?«

Ich hebe den Kopf und sehe zuallererst eine breite, muskulöse Brust, die in einem engen, kurzen weißen Shirt steckt. Die Arme meines Gegenübers sind trainiert, und ich betrachte sie ein wenig zu lange, bevor meine Augen weiter nach oben über sein kantiges Gesicht wandern. Er hat schmale, aber sinnlich geformte Lippen, leichte dunkle Bartstoppeln auf den Wangen und auffallend grünblaue Augen, die durch die dunklen Haare noch mehr betont werden.

Okay, eines ist klar: Er ist nicht Louisa.

Und er hat mich gefragt, ob ich auch wegen des Zimmers hier sei.

»Also ja? Bist du Elisa?«, hakt er etwas ungeduldig nach.

Ich räuspere mich. »Ähm, ich … ich weiß nicht, ich …«

»Heißt das, du weißt nicht, ob du Elisa bist?«

Mist, ist das peinlich. Ich schüttele eilig den Kopf und strecke ihm meine Hand entgegen. »Doch, klar, ich bin Elisa.«

»Joan.«

»Johann?« Fragend sehe ich ihn an.

Er schmunzelt. »Nein, Joan. Ist 'ne Kurzform von Johannes.«

Joan? Ist das nicht eigentlich ein Mädchenname? Da gibt es doch diese berühmte Schauspielerin, die so heißt, oder? Und auch eine Sängerin. Vielleicht ist er ja Louisas Bruder? Er wirkt zumindest nett.

Doch bevor ich weiter darüber nachdenken kann, fragt er: »Du bist also wegen der Besichtigung hier?«

»Ja, ich wollte zu Louisa. Ist sie nicht da?«

»Sie ist nur schnell zum Bäcker«, erklärt er und lehnt sich mit verschränkten Armen gegen den Türrahmen. »Deswegen hat sie mich beauftragt, aufzupassen.«

»Okay«, antworte ich gedehnt. Aufpassen? Worauf denn?

Er mustert mich einen Moment lang, ehe er weiterspricht, und sein Blick wird ernst. »Ich will ehrlich sein und sag's dir gleich. Das mit dem Zimmer wird für dich nichts werden. Du kannst eigentlich gleich wieder umdrehen und gehen.«

Habe ich echt gerade noch gedacht, dass er nett wirkt?

Ich beschließe, mich nicht einschüchtern zu lassen. »Ach ja? Und warum, wenn ich fragen darf? Bist du etwa Louisa und kannst das bestimmen?«

»Nein, aber ich habe das Zimmer praktisch schon in der Tasche, denn Louisa ist ziemlich gut mit meinem Kumpel Kale befreundet. Heißt also für dich, du bist klar im Nachteil, sorry.«

Nein, er ist nicht nett, ganz und gar nicht.

Wieder so ein typischer Möchtegern-Macho, davon habe ich die Schnauze gewaltig voll. Aber eines habe ich in den letzten Monaten gelernt: Ich lasse mich nicht mehr einschüchtern. Ich möchte neu anfangen, und das lasse ich mir sicher nicht von einem Typ mit einem Mädchen-Vornamen verderben.

»Nun, ich würde mich an deiner Stelle mal nicht zu weit aus dem Fenster lehnen, Johanna«, entgegne ich mutig.

Er kneift die Augen zusammen. »Joan, ohne h. Und schon gar nicht Johanna.«

»Mir doch egal. Und mal ehrlich, Louisa ist ein Mädchen. Schon allein deswegen bin ich im Vorteil.«

»Warum sollte das ein Vorteil sein? Das ist jetzt aber ganz schön sexistisch.«

»Na ja, weil ihr Jungs weder wisst, was Ordnung ist, noch euch an irgendwelche Regeln haltet«, sage ich provozierend, denn ich bin nun zu allem entschlossen.

Er lässt seinen Blick über mein Gesicht wandern, sagt aber nichts. Nur seine Mundwinkel zucken.

Ich beschließe, noch eins draufzusetzen. »Na, fühlst du dich jetzt angegriffen, Johanna?«

Er beginnt zu grinsen. »Regeln? Glaubst du ernsthaft, Louisa ist scharf darauf, Fräulein Rottenmeier bei sich einziehen zu lassen? So nach dem Motto: nicht mitten in der Nacht duschen und keine laute Musik.«

Für wie verklemmt hält er mich eigentlich?

»Nein, ich habe nur für mich gewisse Regeln. Die gehen dich zwar nichts an, aber wie gesagt, dazu gehören Ordnung und Respekt. Und da sind Mädchen eindeutig im Vorteil.«

Erneut grinst er. »Ja, so lange, bis plötzlich irgendwas kaputtgeht oder getragen werden muss, dann braucht ihr Mädels uns Jungs doch.«

»Das ist aber jetzt sexistisch von dir. Ich brauche keine Jungs, für nichts. Nicht zum Reparieren oder zum Tragen oder ... ach, keine Ahnung.« Dieser Joan bringt mich so auf die Palme mit seinem ewigen Gegrinse.

»Keine Jungs? Für nichts? Wie alt bist du eigentlich?«

»Alt genug, um zu wissen, dass ihr männlichen Wesen nur Ärger macht. Und deswegen schaffe ich das alles durchaus allein. Das ist meine Regel.«

Er kneift die Augen zusammen und grinst dabei schon wieder. »Da ist aber jemand verbittert. Wurde dir etwa das Herz gebrochen?«

Als er die Worte ausspricht, spüre ich den Schmerz. Doch ich will ihn mir nicht anmerken lassen, also funkle ich ihn an: »Das geht dich gar nichts an, ich ...«

Ich komme nicht dazu, noch mehr zu sagen, denn nun hallen hastige Schritte durchs Treppenhaus. Wenig später steht ein dunkelhaariges Mädchen vor mir und lächelt mich an. Das muss Louisa sein.

»Hey, bist du Elisa? Schön, dass du da bist. Sorry, ich war noch eben beim Bäcker.«

Ich winke ab. »Kein Problem. Ich freu mich auch, dich zu sehen. Und überhaupt danke, dass ich mir das Zimmer anschauen darf.«

»Na klar.« Ihr Blick schweift zu Joan. »Ich hoffe, du warst nett zu ihr.«

Ohne lange nachzudenken, schüttele ich den Kopf.

Louisa sieht mich irritiert an. »Nicht?«

»Er hat gesagt, dass ich mir das Zimmer gar nicht anzuschauen brauche, weil er eindeutig im Vorteil ist.«

»Was hast du gemacht?« Louisa stemmt die Hände in die Hüften.

»Bin ich doch auch«, verteidigt er sich. »Kale meinte doch, dass …«

»Ich dachte, du kommst bei Josh unter?«

»Na ja, er wollte mir noch Bescheid geben, aber allzu sicher ist es nicht.« Er setzt ein bittendes Lächeln auf. »Jetzt komm schon, Louisa, nur für ein paar Nächte. Soll ich auf der Straße wohnen?«

»Du sollst mein Bett aufbauen und nicht meine Bewerberinnen vergraulen.« Louisa rollt mit den Augen, während Joan sich mit einem resignierten Schulterzucken abwendet und in die Wohnung verschwindet.

»Lass dich von ihm nicht ärgern«, raunt Louisa mir zu. »Eigentlich will er das Zimmer gar nicht, er braucht nur für eine Woche 'ne Bleibe. Er kann seine neue Bude noch nicht beziehen, da hat sich mit dem Vormieter einiges verzögert. Also komm rein. Ich stelle das Gebäck mal in die Küche.« Sie hebt die Papiertüte in ihrer Hand hoch. »Ich hoffe, du magst es süß und klebrig?«

Ich nicke. »Absolut, danke.«

Schließlich betrete ich hinter ihr den Flur und lasse meinen Blick interessiert umherwandern. Alles wirkt ziemlich geräumig und hell. An der Wand hängen einige Fotos, unter anderem ein Bilderrahmen mit einem hübsch gestalteten Spruch.

Das Leben ist keine scheiß Postkarte, lese ich. Ja, das stimmt wohl, denke ich mir. Das Leben ist wirklich keine scheiß Postkarte.

»Hey Louisa, ist Joan noch da?«, höre ich auf einmal eine männliche Stimme hinter mir. »Oh, wer bist du denn?«

Ich hebe den Kopf und sehe in … ja, in äußerst ungewöhnliche Augen. Eines ist blau, das andere braun. Noch nie habe ich solche Augen gesehen. Sind das vielleicht Kontaktlinsen?

Er scheint solche Blicke wie meinen gewohnt zu sein, denn er lacht. »Nur falls du darüber nachdenkst: Nein, das sind keine Kontaktlinsen.«

Ich lächle verschämt. »Darüber habe ich in der Tat kurz nachgedacht«, gebe ich leise zu.

»Das tun die meisten. Ich bin Kale.« Aha, der Kumpel, von dem dieser Joan vorhin gesprochen hat. Er deutet auf das Bild mit dem Postkartenspruch und zwinkert mir zu. »Ist von mir.«

»Ehrlich? Von dir?«

»Jap, in der Tat.« Er wirkt sichtlich stolz.

»Erzählt er wieder, dass der Spruch von ihm ist?«, mischt sich nun ein Mädchen in unser Gespräch ein. Sie steht im Türrahmen, und ich habe sie gar nicht kommen hören. Lange braune Haare umspielen ihr Gesicht, ihre türkisblauen Augen wirken unheimlich herzlich.

Sie stellt sich neben Kale und sieht ihn zärtlich an. Man kann sofort spüren, dass zwischen den beiden eine besonders innige Beziehung herrscht.

»Es ist ja auch so, dann kann ich das ruhig sagen«, verteidigt sich Kale.

Mit einem breiten Grinsen auf den Lippen pikst sie ihn in die Seite, woraufhin er heftig zusammenzuckt.

»Jass, lass das!«, murmelt er. »Du weißt, ich kann das nicht leiden.«

Ich muss lachen. Dieser große, unübersehbar sportliche Kerl, dessen Brustmuskeln sich deutlich unter dem grauen Shirt abzeichnen, kann tatsächlich mit so einer kleinen Berührung ganz leicht zum Einknicken gebracht werden.

»Ich höre ja schon auf«, sagt Jass und wendet sich dann mir zu. »Du bist Elisa, oder? Du schaust dir heute das Zimmer an?«

Bevor ich etwas antworten kann, kommt Louisa aus der Küche. »Hey. Schön, dass ihr da seid.« Sie drückt Jass und sieht dann zu Kale. »Joan ist schon in meinem Zimmer. Er hat mir fast Elisa vergrault mit seinem Gejammer.«

»Warum denn das?«

»Nun, er meinte, ich hätte keine Chance auf das Zimmer, weil er es bekommt«, erkläre ich.

Kale lacht. »Sorry, er ist verzweifelt. Eigentlich will er das Zimmer überhaupt nicht, aber er wartet gerade darauf, in seine neue Wohnung einziehen zu können. Da gab es mit dem Vormieter Probleme, und jetzt braucht Joan vorübergehend eine Bleibe.«

»Und was ist mit euch?«, will Louisa wissen. »Kann er nicht bei euch unterkommen?«

Jass lächelt und wirft Kale einen schmachtenden Blick zu.

Louisa rollt mit den Augen. »Ich werdet ja mal für ein paar Tage auf eure traute Zweisamkeit verzichten können.«

»Schwer.« Kale beugt sich zu Jass und gibt ihr ein Küsschen auf die Wange. »Ich gehe dann mal zu Joan, damit Louisas Bett heute noch fertig wird.«

Wie aufs Stichwort ertönt aus einem Zimmer am Ende des Flurs das Geräusch einer Bohrmaschine.

»Das mit dem Bett war eine spontane Aktion. Beziehungsweise, ich habe Joan damit geködert«, erzählt Louisa mir und grinst. »Aber Spaß beiseite, Joan ist eigentlich echt in Ordnung. Tut mir jedenfalls leid, dass ausgerechnet jetzt so ein Chaos hier herrscht.«

Ich winke ab. »Ach, Unsinn. Ich habe zwei Schwestern, ich weiß, was Trubel bedeutet.«

Und das weiß ich wirklich.

»Na, dann bist du hier auf alle Fälle bestens aufgehoben. Ich würde sagen, ich zeige dir das Zimmer, aber vorher trinken wir drei Hübschen noch zusammen einen Kaffee.«

Ich folge Jass und Louisa in die Küche, die zwar nicht allzu groß ist, doch ganz heimelig wirkt mit den hellen Fronten und der etwas dunkleren Arbeitsplatte. Von der Kaffeemaschine bis zum Toaster ist alles da. Jass legt ein Pad in die Maschine und stellt zwei Tassen darunter.

»Sieh dich ruhig um«, sagt Louisa. »Die Küche ist recht klein, jedoch gut ausgestattet. Jass und ich haben manchmal zusammen gefrühstückt, aber nicht immer – je nachdem, wie wir Lust und Zeit hatten.«

Jass nimmt die vollen Tassen aus der Maschine und reicht mir eine. »Louisa ist hin und wieder schon chaotisch, aber total lieb«, erklärt sie, während sie eine weitere Tasse unter die Maschine stellt.

Entrüstet verzieht Louisa das Gesicht. »Wie bitte? Chaotisch? Ich?«

Jass lacht, und man merkt, wie liebevoll sie es meint. »Nur ab und an.« Sie zwinkert mir zu.

»Und du bist also von hier ausgezogen?«, frage ich.

»Ja, Kale und ich waren uns einig, dass wir es einfach mal wagen wollen.« Als sie den Satz ausspricht, beginnen ihre Augen zu leuchten.

»Das finde ich total schön«, antworte ich und meine es auch so. Dieser Gedanke hat mir immer gefallen. Mit dem Menschen leben, den man liebt, jeden Tag gemeinsam aufwachen, zusammen einschlafen, sich halten. Ja, ein Wunsch. Bei mir war es aber eher ein Wunschtraum, der dann zu einem Albtraum wurde. »Ihr beiden wirkt sehr verliebt«, füge ich hinzu.

»Wir hatten auch unsere Probleme, es war nicht immer leicht, aber das hat uns stark gemacht.«

»Das ist wohl so.« Ich kann gut verstehen, was sie meint. Es ist nicht immer einfach, doch man wächst gerade an den schweren Situationen im Leben.

»Und du kommst ursprünglich aus Nürnberg?«, will Louisa wissen.

»Ja, ich war eine Weile weg, in Berlin, doch jetzt bin ich wieder hier und kann es kaum erwarten, das zu tun, was ich immer machen wollte: allein zu wohnen, mich Herausforderungen zu stellen. Und ich habe auch schon wieder einen Job.«

»Studierst du nicht?«

»Nein, ich … das ist eine lange Geschichte. Momentan arbeite ich in einem Supermarkt. Er gehört zu einer großen Kette, deshalb konnte ich mich von Berlin hierherversetzen lassen. Also falls du Bedenken haben solltest wegen der Miete, das krieg ich schon hin.«

Louisa schüttelt den Kopf. »Quatsch, keine Bedenken, alles gut.« Sie nimmt einen Teller aus dem Hängeschrank, greift dann nach der Papiertüte, die sie vorhin mitgebracht hat, und legt einige Gebäckstücke daraus auf den Teller.

Dann sitzen wir da, trinken Kaffee und essen.

Nach einer Weile meint Louisa: »Also, das Zimmer könntest du sofort beziehen, vorausgesetzt, es gefällt dir. Nachdem meine liebe Jass mich – wie du ja schon mitbekommen hast – wegen eines Mannes verlassen hat …«

Jass stupst sie in die Seite.

»Stimmt doch«, verteidigt sich Louisa. Dann erzählt sie weiter: »Jass nimmt das meiste mit. Es ist also nicht viel drin, das habe ich dir ja schon am Telefon gesagt. Ein Bett, ein Schrank, ein Regal. Wenn das okay für dich ist?«

»Klar, das reicht absolut, wirklich. Den Rest richte ich mir dann schon ein. Ich bin da nicht wählerisch. Weißt du, ich möchte einfach liebe Menschen um mich haben. Das ist alles, was ich brauche.«

Louisa nickt wissend und nimmt einen Schluck aus ihrer Tasse. »Na, dann würde ich sagen, wir zeigen dir mal das Zimmer.«

Als wir kurze Zeit später durch den Flur gehen, bin ich schon gespannt, was mich gleich erwartet. Doch erst öffnet Louisa eine Tür, die ich vorhin beim Hereinkommen gar nicht so wahrgenommen habe.

»Das ist das Bad«, erklärt sie. »Wir haben eine Dusche und eine Badewanne, allerdings leider nur ein Waschbecken. Aber ich denke, wir kommen damit schon klar.«

Ich sehe mich um. Helle Fliesen, ein großer Schrank, einiges an Schminkzeug auf der Ablage.

»Ja, mit Sicherheit kommen wir damit klar«, bekräftige ich.

Jass beugt sich zu mir und flüstert mir ins Ohr, aber doch so laut, dass Louisa es hören muss. »Und wenn sie mal wieder die Handtücher liegen lässt, dann haust du sie ihr einfach um die Ohren.«

Louisa wirft ihr einen gespielt bösen Blick zu. »So schlimm ist es nun auch wieder nicht.«

Jass lacht und schüttelt den Kopf. »War nur Spaß.«

Dann geht es weiter den Flur entlang. Schließlich öffnet Louisa erneut eine Tür, und wir betreten ein gar nicht so kleines Zimmer. Das Bett, das in einer Ecke des Raumes steht, ist aus hellem Holz gefertigt, ebenso der Schrank sowie ein Regal. Alles sieht aus wie auf den Fotos, die Louisa mir geschickt hat – nein, noch viel besser.

Wieder stelle ich mir vor, wie ich alles einräumen und hier Farbe hereinbringen könnte. Meinen eigenen Stil. In meinen Gedanken entstehen Bilder. Positive Bilder. Ich lasse sie wachsen und kann es nun kaum mehr erwarten, hier einzuziehen.

Als ich mich weiter umsehe, entdecke ich ein paar Postkarten, die im Regal liegen. Ich greife nach einer von ihnen und lese:

Liebe ist alles – it's all about love.

Ja, die Liebe kann einen durch schwere Zeiten tragen, sie kann einen aber auch brechen. Wie alles im Leben hat auch sie zwei Seiten. Rasch lege ich die Karte wieder zurück.

»Das war bisher mein Bücherregal«, erklärt Jass. »Ich hatte die Bücher nach der Farbe des Umschlags geordnet und auch Kerzen dazugestellt. Es war einfach gemütlich. Und ich hoffe, dass du es dir auch so schön machen kannst, wie du es gern möchtest.«

»Und wie schon gesagt«, fügt Louisa hinzu, »ab und an herrscht hier auch Chaos. Vor allem, wenn Kale da ist und dazu noch ein paar Freunde, die du aber bestimmt mögen wirst. Wir treffen uns regelmäßig, immer bei einem anderen, der dann für das Essen sorgen muss.«

Ich sehe mich noch mal kurz im Zimmer um, ehe ich antworte. »Das ist schön. Und wie gesagt, mit Chaos komme ich schon klar. Ich würde das Zimmer sehr gern nehmen. Dass ich sofort einziehen kann, ist einfach perfekt, und meine Sachen sind auch schnell hier. Ja, ich freue mich wirklich.«

Mein Herz fängt heftig an zu klopfen. Keine Ahnung, was mich hier erwartet, aber ich weiß, es wird gut werden.

Mit einem Mal erscheint Kale in der Tür. »Ich will euch ja ungern stören, aber das Bett ist fertig.«

»Na, dann lass uns mal sehen, was ihr da aufgebaut habt«, erwidert Louisa, und wir folgen Kale über den Flur in ein anderes Zimmer, das wohl Louisas sein muss.

»Hey Joan, die Mädels wollen unser Werk begutachten«, sagt Kale.

Joan dreht sich herum und streicht sich durch die Haare, ehe sein Blick für kurze Zeit an mir hängen bleibt.

Louisa beginnt zu strahlen. »Danke euch, das ist wirklich sehr schön geworden. Eines muss man dir lassen, Joan, das hast du echt drauf.«

»Und falls du noch mehr brauchst, ich würde das schon übernehmen, wenn ich das Zimmer …«

Louisa wendet sich mir zu. »Elisa?«

Okay, gibt sie mir das Zimmer jetzt doch nicht?

»Du möchtest ja gleich einziehen«, fährt sie fort, »deswegen die Frage: Wenn Joan ein paar Tage im Wohnzimmer schläft, könntest du damit leben? Das Wohnzimmer ist groß, und Joan geht uns sicher nicht auf die Nerven. Genauer gesagt ist das meine Bedingung, ansonsten muss er zusehen, wo er unterkommt.«

Na toll, was soll ich jetzt sagen?

Joan grinst. »Ich gehe euch absolut nicht auf die Nerven. Aber«, er sieht mich an, »falls du nicht damit zurechtkommst, dass ich ein Kerl bin … na ja, das ist ja schließlich gegen deine Regeln.«

»Welche Regeln?«, will Louisa wissen.

»Elisa braucht keine Jungs, für nichts«, erklärt Joan jetzt tatsächlich, noch ehe ich etwas antworten kann. Inzwischen bin ich wirklich so weit, dass ich ihn am liebsten erdolchen würde.

»Ich habe das gesagt, weil …«

Louisa lacht. »Also, ich finde, das ist eine gute Regel.«

»Soll das heißen, es geht doch nicht?«, hakt Joan nach. Seine Stimme klingt nun schon ein wenig kleinlaut.

»Was meinst du, Elisa, ist es okay?«, fragt Louisa. »Nur für ein paar Tage, dann schmeißen wir ihn raus.«

Ich bedenke Joan mit einem giftigen Blick. »Ein paar Tage halte ich das schon aus.«

»Na dann.« Louisa ist jetzt hörbar erleichtert, die Sache geregelt zu haben. »Das wird sicher lustig werden.«

Joan mustert mich. »Ja, das denke ich auch.«

Im Geiste mache ich drei Kreuze. Das auch noch.

Aber egal, denke ich mir, es ist ja nur für ein paar Tage, die werde ich schon rumbekommen. Ich habe einen Plan, möchte neu anfangen, und das lasse ich mir sicher nicht von diesem Möchtegern-Macho vermiesen.

Sterne und Scherben

»Also, das müsste dann der letzte Karton sein.«

Meine Mama schlägt die Kofferraumtür zu und betrachtet mich wie immer skeptisch, ehe sie ihren Blick über die Fassade des Wohnhauses gleiten lässt. Ich warte auf Vorwürfe, darauf, was ich diesmal wieder nicht richtig mache. Aber es kommt nichts, und ich bin froh darüber. Auch darüber, dass sie mir zumindest die Kisten, die ich bei ihr abgestellt hatte, zu meiner neuen Wohnung gefahren hat. Sicher war das aber nicht so selbstlos, wie es sich anhört, sie wollte die Kisten wohl einfach nur so schnell wie möglich wieder loswerden.

»Danke fürs Fahren«, sage ich.

Ihr Blick schweift zu Kale, der gerade einen der Kartons hochwuchtet und zum Hauseingang hineinträgt. Jass schnappt sich eine der Tüten, in der sich ein paar leichtere Dinge befinden, und folgt ihm.

Währenddessen kommt Louisa auf uns zu. »Jetzt müssen wir nur noch drei Kartons und zwei Tüten hochbringen. Wie wäre es, wenn wir uns dann was zu essen bestellen?«, will sie wissen.

»Klar, können wir gern machen.«

Mama mustert nun auch sie. In ihren Augen sehe ich viele Fragen, hoffe allerdings, dass sie keine davon tatsächlich stellt.

»Perfekt. Also, ich wäre für italienisch. Was meinst du?«, fragt Louisa mich, wendet sich dann aber Mama zu. »Entschuldigung. Ich bin übrigens Louisa, seit gestern die neue Mitbewohnerin Ihrer Tochter.« Sie streckt Mama ihre Hand hin, die diese glücklicherweise auch ergreift.

»Freut mich«, erwidert sie in dem für sie typischen neutralen Tonfall, mit dem sie niemanden hinter ihre Fassade blicken lässt.

Falls Louisa es bemerkt hat, lässt sie es sich jedenfalls nicht anmerken, sondern lächelt mir zu. »Gut, dann Pizza? Welche hättest du gern?«

Ich überlege einen Moment. Eine Pizza wäre schon lecker. Aber ich antworte: »Ach, ich weiß nicht, ich habe eigentlich gar keinen Hunger.« Dabei versuche ich, Mamas Seitenblick möglichst zu ignorieren.

»Keinen Hunger?«, fragt Louisa skeptisch. »Komm schon, dein Magen muss doch krachen. Nur das bisschen Gebäck heute Morgen war ja wirklich nicht viel.«

Mamas Augen wandern nun von oben bis unten über meinen Körper. Ich weiß, was sie denkt, zumindest vermute ich es. Wie immer wird sie etwas an mir auszusetzen haben. Doch ich sehe rasch weg.

»Weißt du was?«, sagt Louisa. »Ich bestelle dir einfach mal eine Schinkenpizza mit. Du wirst sehen, wenn die erst mal vor dir steht und dir dieser unglaubliche Duft in die Nase wandert, kommt auch der Appetit, garantiert.« Sie verdreht genießerisch die Augen. »Ich frage mal eben bei den anderen nach, bin gleich wieder da.«

Sie verschwindet im Inneren des Hauses, während ich mit Mama dastehe und nicht weiß, was ich sagen soll. Aber eines weiß ich: dass jetzt gleich eine ihrer Bemerkungen kommt, die ich nur zu gut kenne.

Und tatsächlich.

»Du weißt, was Kohlenhydrate anrichten«, sagt sie, ohne eine Miene zu verziehen. »Aber warum sage ich dir das überhaupt? Du machst ja eh, was du willst.«

Ich schlucke. Sie hat immer noch nicht verstanden, wie weh sie mir mit solchen Bemerkungen tut. Doch ich bin stärker geworden, bin nicht mehr das Mädchen, das vor Monaten vor dem Spiegel stand. Ich habe jetzt meine Regeln, mit deren Hilfe ich zurechtkommen werde. Diskussionen wie diese haben wir zur Genüge geführt. Nicht nur über das Essen. Auch über meine Haare, meine Einstellung zu gewissen Dingen und über die Entscheidungen, die ich getroffen habe. In ihren Augen ist nichts gut genug. Auch in Bezug auf Colin hat sie nichts verstanden. Sie glaubt wie immer, dass ich es war, die alles in den Sand gesetzt hat.

Nun streicht sie sich über die Haare, die wie immer perfekt sitzen. Überhaupt ist alles an ihr perfekt – ganz im Gegensatz zu mir.

Sie zieht ihr Handy aus der Tasche und blickt aufs Display. »Ich muss dann mal«, sagt sie. »Wir schreiben uns.«

»Ja, das machen wir.« Ich würde sie gern in den Arm nehmen, aber ich tue es nicht.

»Ich hoffe ja, du hast diesmal die richtige Entscheidung getroffen.« Sie geht auf das Auto zu und öffnet die Fahrertür.

»Bestimmt. Also danke.«

Während ich die wenigen Worte ausspreche, steigt sie schon ein, und ich sehe ihr zu, wie sie davonfährt.

Es ist viel passiert in den letzten Jahren. Dennoch wünschte ich, sie hätte mir doch mehr gesagt. *Ich hab dich lieb* vielleicht. Aber ich wusste natürlich schon vorher, dass ich darauf nicht zu hoffen brauchte. Dass ich meine Kisten bei ihr unterstellen durfte, war schon das Höchste der Gefühle. Wohnen konnte ich natürlich nicht bei ihr, sondern musste in ein günstiges Hostel ziehen. Schließlich sei es ja meine Entscheidung gewesen, zurückzukommen.

Auf einmal höre ich eine Stimme hinter mir und zucke zusammen. »Soll ich dir beim Tragen helfen?«

Hastig drehe ich mich um. Joan steht vor mir.

»Nein, alles gut, ich schaffe das schon.«

»Sei nicht beleidigt wegen gestern und lass mich tragen. Sieht ja schon schwer aus, was du da eingepackt hast.«

In diesem Augenblick kommt Louisa wieder die Treppe nach unten. »Willst du auch 'ne Pizza oder sonst irgendwas?«, fragt sie Joan. »Wir haben nur noch die eine Kiste und die Tüte, dann sind wir fertig. Ich schwinge mich inzwischen mal auf meine Vespa und hole das Essen.«

Während Joan sich auch noch eine Pizza bestellt, mache ich mich daran, die Kiste ins Haus zu tragen.

»Was soll das denn, Elisa?«, ruft Louisa. »Die Kiste ist doch viel zu schwer. Lass das ruhig Joan machen.«

»Quatsch, ich schaffe das schon.«

Joan rollt mit den Augen. »Elisa ist noch beleidigt«, erklärt er, und ich werfe ihm einen bösen Blick zu.

»Warum beleidigt?«, hakt Louisa nach.

»Ich habe sie wegen ihrer Regeln aufgezogen - du weißt schon, dass sie keine Jungs braucht und so«, sagt er doch jetzt tatsächlich.

»Ich bin nicht beleidigt«, fahre ich ihn an, ehe Louisa etwas erwidern kann. »Und ich schaffe das schon allein.«

Mit einem energischen Ruck wuchte ich die Kiste hoch und gehe - oder vielmehr taumle - damit auf die Eingangstür zu.

»Okay, macht ihr das mal unter euch aus. Wehe, die Wohnung steht nicht mehr, wenn ich zurückkomme«, höre ich Louisa noch rufen, ehe sie die Vespa startet und davonfährt.

Verdammt, die Kiste ist echt schwer. Ich hatte mir das schon einfacher vorgestellt. Aber vor diesem Idioten gebe ich mir jetzt sicher keine Blöße. Also gehe ich tapfer weiter und versuche, die Kiste nicht fallen zu lassen. *Du schaffst das, Elisa,* rede ich mir beinahe pausenlos ein. Trotzdem gerate ich ins Wanken und kann die Kiste gerade noch abstellen.

Glück gehabt. Meine Arme tun weh, aber die letzten paar Stufen kriege ich gleich auch noch hin.

Nun taucht Joan hinter mir auf, und in seinen Augen erkenne ich ein amüsiertes Funkeln. »Soll ich dir nicht doch helfen?«

»Wie gesagt, nein danke.«

Als ich mich kurz an die Wand lehne und meine Arme strecke, lächelt er. Als ob das so lustig ist.

Er kommt auf mich zu und steht mit einem Mal gefühlt viel zu dicht vor mir. »Komm schon, lass dir doch helfen. Ich hab dich nur aufgezogen, also kein Grund, jetzt die Dauerbeleidigte zu spielen.«

»Ich spiele nicht die Dauerbeleidigte«, entgegne ich und will wieder zu meiner Kiste, aber Joan versperrt mir den Weg. Mir fällt auf, wie gut er riecht. Herb und nach Waschpulver.

»Ich denke schon, sonst würdest du mich ja jetzt einfach diese Kiste tragen lassen. Oder kommst du damit nicht zurecht, weil du dann deine«, er hebt die Hände und malt mit Zeige- und Mittelfinger Gänsefüßchen in die Luft, »Regeln brichst?«

Sein Blick liegt intensiv auf mir, und mein Herz beginnt, heftig zu klopfen. »So ist es, und ich werde diese Regel gewiss nicht brechen.«

Er rollt mit den Augen. »Dann lässt du also lieber diese Kiste fallen, als dass ich dir helfe?« Als ich nichts antworte, fügt er hinzu: »Hilfe anzunehmen, ist nicht schlimm.«

Das ist es sicher nicht. Aber ich schaffe das ganz allein. Jetzt erst recht.

Sein Blick schweift kurz ab und bleibt auf meinem Unterarm hängen, wo sich die Narben befinden. Eilig ziehe ich die Ärmel meines Pullovers darüber und hoffe, dass er sie nicht gesehen hat.

»Bist du jetzt fertig?«, frage ich gewollt biestig und weiche einen Schritt zurück.

Warum schaut er mich denn so an?

Er beginnt zu grinsen. »Du siehst echt niedlich aus, wenn du wütend bist.«

Niedlich?

»Jetzt mal ehrlich. Denkst du vielleicht, dass ich auf diese Masche reinfalle?«

»Welche Masche denn?«

»Na, dieses Gesäusel. *Ach, wie niedlich du bist. Komm schon, war alles nicht so gemeint. Frag mich um Hilfe, ich bin der starke Mann und rette dich.* Ich weiß, darauf fahren viele Mädchen ab. Aber ich sage dir eines.« Ich kneife die Augen zusammen. »Ich bin keines dieser Mädchen, die man retten muss, ich rette mich verdammt noch mal selber.« Ich spreche die Worte ganz klar aus. Weil ich sie so meine. Ja, ich war vielleicht auch mal so, aber ich will und werde es nie wieder sein.

»Wer sagt denn, dass es eine Masche ist?«, entgegnet er ruhig. »Ich wollte dir nur helfen und habe dir gesagt, dass du niedlich aussiehst, wenn du dich aufregst, das ist alles. Warum bist du eigentlich so verkrampft? Bleib doch mal locker. Alles ganz entspannt.«

Locker?

»Du hältst dich wohl für ganz cool und umwerfend, oder? Mit deinem Lächeln und deinen weißen Zähnen. Klar, du bist nicht unattraktiv, das weißt du auch und nutzt es vermutlich ziemlich oft aus. Doch ich stehe nicht auf diese Masche. Die kannst du dir bei mir echt sparen. Denn meinen Bedarf an Jungs wie dir habe ich schon lange gestillt.«

Er tritt erneut zu mir heran. »Du findest mich also attraktiv?«

Ich atme tief durch. Hat er keine anderen Probleme? Dennoch habe ich nicht damit gerechnet, dass er mir noch mal so nah kommt, und nun kribbelt es doch in meinem Bauch.

»Irgendwann wirst du mich um Hilfe fragen, ganz sicher«, raunt er mir zu.

»Vergiss es!« Ich gehe in die Hocke und hebe die Kiste erneut an, dabei mobilisiere ich all meine Kräfte, um mich jetzt bloß nicht zu blamieren. Zum Glück gelingt es mir auch.

Mit all meiner Kraft schleppe ich die Kiste über die letzten paar Treppenstufen, bugsiere sie durch die geöffnete Wohnungstür und geradewegs auf mein neues Zimmer zu. Unheimlich erleichtert stoße ich die Tür mit meinem Körper auf - und erstarre, denn auf meinem Bett sitzen Jass und Kale und knutschen wild herum.

Als sie mich kommen hören, fahren sie auseinander.

»Sorry«, sagt Jass noch, doch da ist es schon zu spät. Die Kiste rutscht mir aus der Hand, sie poltert zu Boden, es rumpelt und klirrt.

In meiner Brust beginnt es zu ziehen. Hoffentlich hat es nicht das Glas mit den Sternen erwischt. Ich will gar nicht hinsehen, aber dann tue ich es doch.

Und es ist genau so, wie ich es vermutet habe. Das Glas ist zu Bruch gegangen. Wie versteinert stehe ich da.

Du kannst dir doch ein neues Glas besorgen, wendet meine innere Stimme ein. Doch das ist es nicht. Es ist seine Bedeutung, der Wert, den ich diesem Glas beimesse. Ob das ein schlechtes Zeichen ist?

Ich merke, wie mir die Tränen kommen, aber ich schlucke sie schnell hinunter. *Konzentriere dich, Elisa, nicht weinen, es gibt keinen Grund.*

Bemüht, die Fassung zu wahren, gehe ich in die Knie und fange an, alles aufzusammeln. Denn nicht nur das Glas ist aus der Kiste gepurzelt, auch allerlei andere Kleinigkeiten. Fotos, mein Notizbuch und ein Teil meiner Bilder.

Jass hockt sich neben mich, um mir zu helfen. »Sorry, Elisa. Wir wollten nicht, dass du dich erschreckst, ehrlich nicht. Es ist nur so plötzlich über uns gekommen«, meint sie verschämt.

Ich lächle sie an, obwohl mir gerade nicht danach ist. »Nichts passiert, ich … Ach, lass nur, das mache ich später«, sage ich schnell und tue so, als würde ich aufstehen, denn ich habe gesehen, dass Jass nach meinem Notizbuch gegriffen hat. Ich möchte nicht, dass jetzt alle in meinen Sachen herumwühlen.

Sie reicht mir das Buch, und ich lege es auf den Schreibtisch. »Ist es wirklich okay?«, hakt sie nach.

»Klar, ich wollte die Sachen eh noch sortieren, dann kann ich das auch gleich machen. Also lassen wir es erst mal für den Moment.«

»Ist denn noch was unten?«, fragt Kale.

»Eine Tüte noch, soviel ich weiß.«

Jass steht auf. »Die bringe ich dir hoch. Und Kale, du könntest doch die Kommode holen.« Sie wendet sich mir zu. »Natürlich nur, falls du sie überhaupt möchtest. Ich hätte da nämlich noch eine Kommode, die ich in unserer Wohnung nun doch nicht unterbekomme. Warte.« Sie zückt ihr Handy und zeigt mir ein Foto mit einer hübschen Kommode aus weiß lackiertem Holz. »Willst du sie vielleicht haben?«

Erst bin ich ganz verwundert, doch dann freue ich mich. »Wirklich? Klar, gern. Das ist echt nett.«

Jass winkt ab. »Unsinn, mach ich doch total gern. Kale, fährst du dann kurz?«

»Zu Befehl, Madame.«

Arm in Arm verlassen die beiden den Raum.

Es dauert nicht lange, bis Jass und Kale zurück sind. Kale platziert die Kommode an der freien Wand, und Jass stellt die Tüte, die sie mit nach oben gebracht hat, daneben. »Soll ich dir echt nicht helfen?«, fragt sie, aber ich schüttele den Kopf.

»Wirklich nicht, ich mache das einfach später.«

Ihr Blick wandert über das Durcheinander am Boden. »Die Bilder sind ja schön. Sind die von dir?«

»Ja, ist aber schon ewig her.«

»Wie süß, sind das Sterne? Hast du die gebastelt?«

Ich nicke nur, denn ich will nicht weiter darauf eingehen. Wie sollte ich ihr auch erklären, was sich hinter den Bildern oder den Sternen verbirgt?

Und so bin ich erleichtert, als genau in diesem Augenblick Louisas Stimme durch die Wohnung hallt. »Hallo, Pizza ist da! Ah, da seid ihr ja.« Sie steckt den Kopf durch die Tür. »Mist, ist was runtergefallen?«, fragt sie, als sie das Chaos entdeckt.

»War unsere Schuld«, erklärt Jass. »Wir haben Elisa erschreckt.«

»Habt ihr wieder hier rumgemacht?« Louisa wackelt gespielt ernst mit dem Zeigefinger. »Das ist echt schlimm mit euch. Ihr habt doch jetzt ein eigenes Zuhause.«

»Schon, aber … ach, wir werden in diesem Zimmer einfach immer so emotional, weil hier so viel passiert ist und …«

Louisa hebt die Hand. »Bitte keine Details. Die arme Elisa kriegt das sonst nie wieder aus dem Kopf.«

Mir bleibt nichts anderes übrig, als zu lächeln.

»Los, kommt, gehen wir essen«, fordert Louisa uns auf. »Sonst wird es kalt. Elisa, kommst du auch?«

»Ja, klar.« Ich lasse meinen Blick noch mal kurz durch den Raum schweifen, dann folge ich den anderen.

Manches geht eben zu Bruch

»Du warst also in Berlin?«, fragt Kale und beißt in ein Stück Salamipizza.

Wir sitzen alle im Wohnzimmer, essen unsere Pizza direkt aus der Schachtel, und nun habe ich auch tatsächlich Appetit. Weil die Stimmung so gelöst ist und die Menschen hier so entspannt und herzlich sind. Viel zu lang musste ich gefühlt perfekt sein. Oder anders sein, ja, das ist es. Nichts war gefühlt jemals genug. Am Ende war das Glas mit den Sternen eine gute Möglichkeit, mich davon zu befreien. Damit will ich das alles loslassen. Wenn ich daran denke, spüre ich die Schwere in meiner Brust.

»Ja, ich war ungefähr eineinhalb Jahre dort«, antworte ich.

»Wegen des Studiums? Oder der Arbeit?«, will Jass wissen.

»Ich studiere nicht. Es … es war aus einem anderen Grund.«

Jass grinst. »Der Liebe wegen, kann das sein?«

Sofort ziehen Bilder durch meinen Kopf. Bilder, die ich nicht haben, nicht sehen will. In meiner Brust wird es eng. Ich schlucke und versuche, Zeit zu schinden, indem ich einen Schluck von meiner Cola nehme. Ich mag es nicht, dass es mich immer noch und immer wieder so sehr belastet.

»So ähnlich.«

Jass nickt. Ich erkenne in ihrem Blick, dass sie gern noch mehr wissen würde, aber wahrscheinlich hat sie verstanden, dass mir das Thema nicht behagt. Zumindest nicht im Moment.

Ich will nach dem letzten Stück Schinkenpizza greifen, doch Joan kommt mir zuvor. »Sorry, goldene Regel«, sagt er. »Das letzte Stück bekommt der Schnellste. Du hast schließlich das Zimmer bekommen. Regeln, du verstehst? Und daran hat man sich zu halten.«

Was zieht er mich denn jetzt dauernd mit meinen Regeln auf? Ich werfe ihm einen giftigen Blick zu, sage aber nichts und bin froh, dass Jass nun ein anderes Thema anschneidet.

»Apropos Berlin, ich würde unglaublich gern mal dorthin. Im Sommer ist da immer so ein Musikfestival. Warum machen wir das nicht mal alle zusammen? Das wäre doch schön, oder?«, fragt sie in die Runde.

»Hm, die Tickets sind nicht ganz billig«, überlegt Louisa, »aber die Idee finde ich gut. Im Radio werden doch oft mal Karten verlost, vielleicht hätten wir ja Glück. Oder wartet mal«, sie schnippt mit den Fingern, »ich glaube, diese Tina aus meinem Studiengang arbeitet nebenbei beim Radio. Ich frage sie mal, vielleicht geht da was.«

Jass strahlt. »Super Idee. Das wäre so cool, mit euch allen nach Berlin zu fahren. Wir könnten dort so vieles anschauen, Teile der Mauer, den Fernsehturm ... Und es soll auch so viele tolle Plätze auf den Dächern geben, wo man einfach nur chillen kann.« Sie sieht zu mir. »Du kennst dich ja dort schon aus. Ein Vorteil für uns. Gibt es denn diese Dächer wirklich?«

Mein Magen verkrampft sich. Berlin. Gerade habe ich es nicht so eilig, wieder dort hinzufahren. Viel zu viele schlechte Momente und Erinnerungen verbinde ich mit dieser Stadt. Gut, ich habe mir zwar vorgenommen, die schlechten Momente gegen gute zu tauschen, aber diesen einen dunklen Stern vergolden zu können, scheint mir noch unerreichbar. Und ja, es gibt diese Dächer. Ich hatte mir so oft gewünscht, dort auch mal mit Colin zu sitzen und eine Sternschnuppe zu sehen.

Jass schaut mich erwartungsvoll an, also nicke ich schließlich. »Ja, die gibt es. Und klar, ich kann euch sicher paar Tipps geben«, antworte ich und versuche, meine Stimme möglichst fest klingen zu lassen.

»Und vor allem kannst du uns alles zeigen«, ergänzt Jass. »Wenn du dich schon auskennst.«

Geht sie davon aus, dass ich mitkomme? Auf der einen Seite ist es nett, auf der anderen weiß ich auch nicht.

»Mal sehen«, sage ich nur und hoffe, dass die anderen mich jetzt nicht total doof finden.

Kurz habe ich das Gefühl, als würde Jass Louisa einen merkwürdigen Blick zuwerfen. Ob es wirklich so ist?

Ich darf nicht immer so reagieren.

»Du und Kale, ihr beiden kennt euch also schon länger?«, frage ich Joan, in der Hoffnung, damit das Thema wechseln zu können.

»Ja, wir kennen uns von früher. Hat gleich gepasst.«

»Gleich und gleich«, bemerkt Jass. »Erkennt man schon an den komischen Vornamen, oder?«

Louisa lacht, und Kale wirft seine Serviette nach ihr, die glücklicherweise noch unbenutzt ist. »Wir haben nun mal ausgefallene Namen«, meint er.

»Das kann man so sagen«, pflichte ich ihm bei. »Immerhin bedeutet dein Name Grünkohl. Wie sind deine Eltern denn darauf gekommen?«

Noch in der gleichen Sekunde, in der ich den Satz beendet habe, prustet Jass los, gefolgt von Louisa und Joan.

Kale wirkt verwundert. »Unsinn. Warum Grünkohl?«

»Wusstest du das nicht?«, entgegne ich. »Kale bedeutet auf Deutsch Grünkohl. Sorry, ich bin da mal zufällig drauf gestoßen.«

»Das ist zu gut.« Jass hält sich vor Lachen den Bauch. »Bitte sag jetzt nicht auch noch, dass Joan Brokkoli oder Karotte oder so was bedeutet.«

Joan sieht zu Kale. »Okay, wie wäre es, wenn du Jass nachher hierlässt und ich stattdessen mit zu dir gehe?«

»Du kannst gern auch woanders schlafen«, bemerke ich.

»Sorry, Bro.« Kale winkt grinsend ab. »Aber ich lasse Jass nicht hier. Ist eindeutig angenehmer, mit ihr zu kuscheln als mit dir. Auch wenn ich echt froh bin, dich wieder hier zu haben.«

Jass verdreht die Augen. »Oh, wie süß«, säuselt sie.

»Wo warst du denn?«, frage ich Joan.

»Nur ein bisschen reisen.«

»Das haben wir auch vor«, erzählt Jass. »Amerika, wir sind gerade dabei, das zu planen. Ich will unbedingt nach Florida.«

»Muss echt schön dort sein«, sage ich. »Disneyland würde mich schon reizen.«

»Ja, das ist auch der Plan.« Kale lächelt.

»Wie lange seid ihr beiden eigentlich schon zusammen?«

»Gute Frage«, Jass zwinkert Kale zu, »die kannst du sicher beantworten.«

Kale rollt mit den Augen. »So zwei Jahre.«

»Zwei Jahre und zwei Monate«, berichtigt Jass ihn.

»Ja, meinetwegen. Als ob das so wichtig ist.«

Jass stupst ihn in die Seite, woraufhin Kale wieder zusammenzuckt, so wie gestern schon.

»Jass, verdammt …«

Sie lacht.

»Und wie habt ihr euch kennengelernt?«, frage ich weiter.

»Das ist soooo eine unglaublich romantische Geschichte«, mischt sich Louisa ins Gespräch ein. »Jass hatte eine Liste und wollte …« Ein Klingeln an der Tür unterbricht sie, und sie klopft sich an die Stirn. »Ach, ich bin ja so blöd. Das wird Isa sein, ich habe total verschwitzt, dass sie ja heute noch vorbeikommen wollte.«

Jass verzieht das Gesicht. »Sie will dich doch wohl nicht immer noch überreden, dass du bei ihrem Projekt *Verändere dich* mitmachst, oder?«

»Doch, ich befürchte schon.« Louisa wendet sich mir zu. »Weißt du, Isa ist Friseurin und sucht für den Herbst noch Modelle, weil sie da was Großes aufziehen will.«

Sie geht hinaus in den Flur und drückt auf den Summer. Wenig später betritt sie zusammen mit einem anderen Mädchen wieder das Wohnzimmer. Das muss Isa sein. Sie sieht nett aus, wenn auch etwas ausgeflippt, mit blauen Strähnen in den hellen Haaren.

»Guten Appetit«, sagt sie und kaut dabei auf einem Kaugummi herum. Ihr Blick bleibt an mir hängen. »Hey, wir kennen uns noch nicht. Ich bin Isa.«

»Das ist Elisa, seit gestern meine neue Mitbewohnerin«, erklärt Louisa, die sich gerade wieder auf ihren Platz gesetzt hat.

Isa setzt sich neben sie und lächelt. »Ach, wie schön. Hat es jetzt endlich geklappt? Es hatten sich ja echt einige schräge Leute beworben.«

»Oh ja. Am gruseligsten war diese Mia mit dem Puppenfimmel. Total abgefahren.« Louisa lacht und deutet auf Isas Haare. »Die Strähnen sind neu. Du und deine Haare, das ist echt ein Phänomen.«

»Ja, Haare und ich, das ist eine große Liebe.« Sie sieht mich an. »Falls du mal was brauchst, eine neue Frisur oder auch nur ein bisschen nachschneiden, ich mach das gern. Deine Farbe gefällt mir übrigens. Das Rot ist toll.«

»Danke«, antworte ich. »Ich werde darauf zurückkommen.«

»Klar und gern.«

»Das mit dem Blau ist aber schon 'ne große Veränderung«, meint Jass.

Isa nickt. »Jap, Veränderungen müssen sein. Deswegen bin ich ja da. Glaubt mir, danach geht es einem so gut.« Sie tippt Louisa an und deutet zur Tür. »Also, gehen wir? Dann zeig ich dir ein bisschen was. Was ich mit dir vorhabe und so.«

»Klar. Wenn ich weg bin, kannst du hier schon mal ein bisschen aufräumen, Joan.« Louisa blickt ihn streng an. »Und ärgere Elisa nicht, ja?«

»Ich ärgere sie schon nicht. Aber warum soll ich denn aufräumen?«, fragt er gespielt entrüstet. »Elisa liebt doch Ordnung so sehr. Da macht es ihr sicher nichts aus, hier auch für ein bisschen Ordnung zu sorgen.«

So ein Idiot. »Ja, das tue ich«, zicke ich ihn an. »Aber ich bin jetzt erst mal in meinem Zimmer beschäftigt. Du hast doch gehört, was Louisa gesagt hat.«

»Stimmt. Heute bist du mit Aufräumen dran, Joan.« Louisa zwinkert mir zu, dann steht sie auf.

Kale und Jass tun es ihr gleich. »Wir gehen dann auch mal«, sagt Kale.

Jass umarmt mich. »Also dann, sorry noch mal wegen dem vorhin und eine schöne erste Nacht hier. Denk dran, was man in der ersten Nacht im neuen Zuhause träumt, geht in Erfüllung.«

Okay, da bin ich ja mal gespannt.

Als alle weg sind, beginnt Joan tatsächlich, die Pizzakartons einzusammeln und Ordnung zu machen. Er schaltet auf seinem Handy Musik an und beachtet mich nicht weiter, was mir ehrlich gesagt ganz recht ist.

Ich beschließe, kurz an die frische Luft zu gehen und Silvie anzurufen. Sie hat mir bereits ein paar Nachrichten geschickt. Bis jetzt weiß sie ja nur, dass es mit dem Zimmer geklappt hat.

»Bin gleich wieder da«, sage ich in Richtung Küche, wo ich Joan herumhantieren höre, schnappe mir den Schlüssel vom Brett und gehe nach draußen.

Unten auf der Straße angekommen, wähle ich Silvies Nummer. Es tutet nur kurz, bis sie rangeht. »Na, wie geht es dir? Alles eingeräumt?« Ich freue mich immer, wenn ich sie höre.

»Ja, alles fertig. Jetzt stehe ich da und sehe die Sterne an. Das tut gut nach der Anstrengung.«

»Das ist schön. So ein Umzug ist schon nervenaufreibend. Ich hab's ja glücklicherweise hinter mir, allerdings mit einem gebrochenen Daumen als Andenken. Sieht man bei euch denn die Sterne? Hier ist es gerade ziemlich bewölkt.«

»Bei uns ist der Himmel total klar. Ich hoffe mal, das ist ein gutes Zeichen«, antworte ich, während ich die Straße entlanggehe und mich umsehe.

»Das hoffe ich auch für dich. Und, wie fühlt es sich allgemein so an?«

»Sehr gut. Louisa ist richtig lieb, und ihre Freunde haben mir gleich geholfen. Sie sind wirklich alle gut drauf – bis auf diesen Joan.« Ich seufze.

»Joan?«

»Das ist ein Bekannter von Louisa. Er wohnt für ein paar Tage bei uns und schläft auf dem Sofa im Wohnzimmer. Seinetwegen habe ich sogar ganz kurz überlegt, das Zimmer doch nicht zu nehmen. Wegen der Regel, du weißt schon. Außerdem nervt er bereits jetzt.«

»Ehrlich? Was hat er gemacht?«

»Na ja, er ist ein Kerl. Das ist schon mal Punkt eins. Und er provoziert mich.« Silvie lacht, doch ich fahre unbeirrt fort: »Ehrlich. Schon bei der ersten Begegnung wusste ich, was das für einer ist. Er wollte mir erst das Zimmer wegschnappen. Und dann noch seine flachen Sprüche, damit ist er schon mal unten durch bei mir. Er ist so ein typischer Möchtegern, das kann ich nun wirklich nicht mehr gebrauchen.«

»Das weiß ich, mein Herz. Aber vielleicht ist er doch ganz nett. Bleib ihm gegenüber einfach offen. Und schau hinter die Fassade, du weißt, da verbirgt sich oft mehr, als man glaubt. Sieh doch mal dich selbst an. Und überhaupt, ich weiß, du hast diese Pläne und Regeln, aber nicht alle Kerle sind durch und durch schlecht, so wie Colin.«

Ich zucke mit den Schultern, auch wenn Silvie es nicht sehen kann. »Ja, vielleicht, doch im Moment hab ich auf das alles keine Lust.«

»Das verstehe ich. Hab Geduld und setz dich nicht so unter Druck. Mit der Zeit wird schon alles werden.«

»Meinst du?«

»Ja, natürlich.«

»Silvie, ich … heute ist das Glas kaputtgegangen.« Meine Stimme wird zittrig, weil es mich so sehr belastet.

»Ach Liebes, das Glas? Oh nein, das tut mir so leid. Wie ist das denn passiert?«

»Ich habe die Kiste allein getragen, weil ich stark sein wollte, vor allem vor Joan, diesem Idioten. Dann bin ich erschrocken und habe sie fallen gelassen. Gefühlt sind es tausend Scherben.« Früher dachte ich immer, dass Scherben Glück bringen. Mir aber haben sie bislang nur Schmerzen beschert.

»Unsinn, Elisa. Dinge zerbrechen manchmal oder gehen kaputt, dann repariert man sie. Das haben wir doch bei deinem Herz auch irgendwie geschafft, oder? Du darfst dich nicht so versteifen, alles wird gut.«

Ich höre das Lächeln in ihrer Stimme. Silvie gibt mir immer so viel Zuversicht, und ich bin froh, dass ich sie angerufen habe. Ich spüre das Klopfen meines Herzens und muss daran denken, wie sie mich in dieser einen Nacht aufgenommen hat.

Ja, mein Herz war mehr als nur leicht beschädigt, es war kaputt, komplett. Ich habe es nicht mehr gespürt, nur noch diesen Schmerz, der von ihm ausging. Es fühlte sich an wie ein Fremdkörper, der mit jedem Schlag meinen Körper mehr und mehr sterben lassen wollte.

»Danke«, flüstere ich.

»Nichts zu danken. Jetzt packst du deine Sachen aus und machst es dir noch schön. Sei stolz auf dich, du hast heute den Stern mit dem Neuanfang für dich vergoldet. Kleb dir was Schönes, das dich an diesen Tag erinnert, in dein Notizbuch ein. Oder male was, zeichne. Egal, was dir guttut, mach es. Und ich wünsche dir morgen viel Spaß bei deinem ersten Arbeitstag.«

Malen, zeichnen. Als sie die Worte ausspricht, atme ich tief durch. Ich habe das immer sehr geliebt, doch dann habe ich es einfach so verloren.

»Danke, ich bin mal gespannt«, entgegne ich nur.

»Das wird schon.«

»Ich hab dich lieb.«

»Ich dich auch. Bis bald.«

Nachdem wir aufgelegt haben, blicke ich kurz in den Himmel. Ich weiß, Silvie möchte mich dazu bringen, wieder mehr zu zeichnen. Einfach für mich.

Das Zeichnen war auch das, was mich immer befreit hat und womit ich meine Emotionen ausgedrückt habe. Damit hatte ich zum ersten Mal das Gefühl, gut zu sein, aber dann …

Tief atme ich die frische Abendluft ein. Es ist bereits fast dunkel, und die ersten Sterne sind zu sehen. Genau diesen Moment werde ich mir ganz fest einprägen. Langsam gehe ich zurück zum Haus. Hier will ich mich daheim fühlen, hier wird alles gut werden.

Als ich vor der Haustür angekommen bin und meinen Schlüssel aus der Tasche ziehe, höre ich Stimmen. Ich sehe mich um und entdecke Joan, der zusammen mit einem blonden Mädchen etwas abseitssteht. Er lehnt lässig an der Hauswand, während das Mädchen sich über die Augen wischt. Ich möchte eigentlich nicht lauschen, aber die beiden sprechen so laut, dass ich ihr Gespräch zwangsläufig mitbekomme.

»So ist es jetzt nun mal«, höre ich Joan sagen. »Also solltest du jetzt auch nicht weinen, okay? Es wird schon wieder, es muss werden. Es gibt Schlimmeres, du weißt, was ich meine.«

Neugierig beuge ich mich noch ein wenig weiter vor.

»Du hast gesagt, ich …«, antwortet das Mädchen. »Ach, vergiss es, das ist so mies, richtig mies. Und weißt du was? Ich lasse mich da echt nicht noch mal drauf ein. Es bringt nichts.«

»Ja, so ist es und …« Kurz schweift sein Blick in meine Richtung.

Ich will nicht entdeckt werden, also öffne ich schnell die Haustür und haste die Treppen nach oben. Hoffentlich hat er mich nicht gesehen.

In meinem Zimmer angekommen, atme ich erst mal auf. Wusste ich es doch, Joan ist einer dieser Jungs, die dir erst Honig um den Mund schmieren und dich an sich binden, indem sie dir einreden, dass du was Besonderes bist. Doch irgendwann lassen sie dich fallen, und du merkst, dass dieses ganze Gerede rein gar nichts wert war. Richtig schlimm ist das. In meinem Bauch sticht es jetzt heftig.

Ich sehe mich im Zimmer um, alles liegt noch immer wild durcheinander. Natürlich, ich konnte ja vor dem Essen nicht mehr aufräumen. Aber das werde ich jetzt tun. Es wird mich hoffentlich ablenken.

Als Erstes widme ich mich der Kiste, die mir zu Boden gefallen ist. Die Sterne liegen verteilt zwischen den Glasscherben. *Okay, durchatmen, Elisa. Silvie hat recht, es ist nichts verloren.*

Bevor ich anfange, die Scherben aufzusammeln, greife ich nach meinem Notizbuch und blättere durch die Seiten, die Silvie und ich schwarz eingefärbt haben.

Auf der ersten Seite haben wir einen Text verfasst: *Kein Moment ist je umsonst. Alles ist nur eine Sache der Ansicht. Je nachdem, wie das Licht fällt, können wir alles verändern.*

Ja, ich wollte die Dinge, die geschehen waren, ändern, zumindest sie irgendwie aufheben. Deswegen habe ich zusammen mit Silvie dieses Buch angelegt. Wenn ich einen schlechten Moment gegen einen guten getauscht habe, klebe ich den entsprechenden Stern hier ein. So lautet der Plan.

Ich drehe die Seite um und gelange zu dem Stern, den ich bereits eingeklebt habe. Dem allerersten. Er trägt die Aufschrift *Abschied.*

Bisher hatte ich mit Abschieden immer nur schlechte Erinnerungen verbunden. Da war der Abschied von Colin, von meinem Zuhause, von so vielen Dingen. Im Leben verabschiedet man sich oft. Doch der Abschied, den ich hier festgehalten habe, hatte etwas Positives, obwohl ich traurig war. Neben dem goldenen Stern habe ich ein Foto von Silvie und mir angebracht. Ich werde den Augenblick nie vergessen, als sie mir sagte, dass ich von nun an nach den Sternen greifen soll.

Ich blättere weiter durch das Buch. Darin liegen noch einige Zeichnungen, die ich retten konnte. Zaghaft streiche ich erst über die Bilder und dann über die Worte, die Silvie mir in das Buch geschrieben hat: *Jedes Ende und jeder Abschied führt zu einem neuen Anfang.*

Mit einem heftigen Blinzeln kämpfe ich gegen meine Tränen an. Nein, ich muss nicht weinen. Es ist doch alles gut. Alles halb so wild. Ich werde die Sterne einfach woanders aufbewahren. Manche Dinge gehen eben zu Bruch, ich kann es nicht ändern. Warum sehe ich das nur so extrem? Jetzt räume ich erst mal noch ein wenig auf, dann lege mich schlafen.

Als ich das Notizbuch auf den Schreibtisch lege, höre ich hinter mir ein Geräusch. Erschrocken drehe ich mich um.

Im Türrahmen lehnt Joan. In der Hand hält er einen meiner Sterne.

So einfach ist es doch nicht

Er dreht den Stern zwischen den Fingern und lässt dabei seinen Blick durch den Raum schweifen. »Ich würde sagen, ein ganz schönes Chaos für eine Ordnungsfanatikerin, die alles durchplant.«

Entgeistert starre ich ihn an. Hat er sich etwa still und leise hier hereingeschlichen? Sonst hätte ich ihn doch gehört, oder? Und was fällt ihm ein, einfach so meine Sachen in die Hand zu nehmen?

Er betrachtet den Stern und grinst. »*Ohne Reue genießen*, okay.«

Zuerst bin ich noch ein paar Sekunden lang völlig perplex, doch dann steigt die Wut in mir hoch, und ich gehe mit großen Schritten auf ihn zu. »Warum kommst du einfach in mein Zimmer?«

Er zuckt gleichgültig mit den Schultern. »Die Tür war nur angelehnt. Kein Grund, gleich auszuflippen. Ich wollte meinen Waschbeutel holen, ich habe gestern hier geschlafen.« Er hebt den Stern hoch. »Du bastelst also auch gern. Oder was hat es damit auf sich?«

Ich hole tief Luft. »Erstens geht dich das nichts an, und zweitens ist das noch lange kein Freifahrtschein, nur weil die Tür angelehnt ist. Und jetzt gib sofort den Stern her!«

Er sieht mich an und lächelt. Aber mir ist nicht zum Lachen zumute.

»Ich meine es ernst«, setze ich nach. »Gib sofort her, hörst du?« Ich hoffe, dass er nicht merkt, dass meine Stimme ein wenig zittert.

»Hast du mich vorhin belauscht?«, will er wissen.

»Was?«

»Ich hab dich gesehen, unten vorm Haus.«

»Darf ich denn nicht mal mehr vor unserer Haustür stehen?«

Unsere Blicke treffen sich.

»Doch, aber du sollst nicht anderer Leute Gespräche belauschen.«

»Bleib doch mal locker«, zitiere ich seine Worte von vorhin. »Das war Zufall. Ich bin nur gerade vorbeigekommen. Und jetzt gib mir den Stern zurück und verlass mein Zimmer.«

»Ich hole mein Waschzeug, dann bin ich schon wieder weg.« Er deutet auf den Schreibtisch, geht darauf zu und greift nach dem Beutel, der dort liegt und der mir in dem ganzen Durcheinander überhaupt noch nicht aufgefallen ist. Sein Blick gleitet über mein Notizbuch und die Zeichnungen. »Sind die von dir?«

»Ja.«

»Nicht schlecht. Die sind sehr schön, ehrlich.«

Ich mustere ihn mit zusammengekniffenen Augen. Meint er das ernst?

»Was willst du, Joan? Du musst nicht schleimen.«

»Tue ich auch nicht. Na ja, ich wollte eigentlich nur mit dir reden, wegen vorhin und auch, weil es gefühlt leichte Spannungen zwischen uns gibt.«

Leichte Spannungen, aha.

Er fährt sich mit den Fingern durch die Haare. »Also, nur um mal was klarzustellen: Ich habe keine Lust auf Stress, und wenn wir hier für eine kurze Zeit zusammenwohnen, sollten wir uns nicht total auf den Geist gehen. Weißt du, ich bin nicht so verkehrt, wie du mich vielleicht einschätzt. Ich bin einfach nicht so verklemmt und sehe die Dinge eher entspannter.«

Verklemmt? Als ob ich verklemmt bin.

Ich will etwas entgegnen, doch er spricht einfach weiter. »Ich plane nun mal nicht alles so streng, wie du es anscheinend tust. Sogar dein Essverhalten.« Er deutet auf den Stern in seiner Hand. »Was steckt dahinter?«

»Das geht dich nichts an, ich habe dafür meine Gründe. Jetzt gib mir den Stern, und dann geh einfach.«

»Na schön.«

Ich sehe ihn ernst an. »Pass auf, einfache Regel zwischen uns: Lass mich in Ruhe, dann haben wir keine Probleme. Du kannst dein lockeres Leben führen und ich mein geplantes. Sind wir uns einig?«

Er grinst. »Absolut.«

Als ich die Tür hinter ihm zuwerfe, klopft mein Herz nun doch. Um mich abzulenken, beginne ich, die

Kiste leerzuräumen. Die Scherben gebe ich in einen Plastikbeutel, die Sterne in eine Schale. Nachdenklich betrachte ich sie und lese die Worte, die Silvie und ich daraufgeschrieben haben.

Loslassen.

Keine Angst haben.

Ohne Reue genießen.

Mich frei fühlen.

Über mich hinauswachsen.

Ja, ich habe meinen Plan, ich werde die Momente tauschen und die Sterne vergolden. Pläne sind nichts Schlechtes, im Gegenteil, sie sind wichtig. Ja, sie sind wichtig für mich, damit ich alles, was war, vergessen kann.

Nachdem ich alles aufgeräumt habe, überkommt mich die Müdigkeit. Zeit fürs Bett, denke ich und hole meine Waschsachen.

Als ich das Bad betreten will, stoße ich fast mit Joan zusammen, der gerade zur Tür herauskommt. Er sieht mich schmunzelnd an.

»Was?«, frage ich.

»Da bist du ja schon wieder. Ich dachte, wir sollen uns aus dem Weg gehen?«

Ich antworte nichts, sondern verdrehe nur die Augen, dann schiebe ich mich an ihm vorbei und schließe die Badezimmertür hinter mir. Nein, ich lasse mich nicht ärgern.

Als ich mich übers Waschbecken beuge, schlucke ich erst mal. Das kann ja nicht wahr sein. Über das ganze

Becken sind abrasierte Bartstoppeln verstreut, und mittendrin liegt eine offene Zahnpastatube. Okay, Joan kann ja meinetwegen alles locker sehen, aber das geht echt nicht.

Angeekelt nehme ich ein Kosmetiktuch aus der Box, fasse damit nach der Tube und befördere sie kurzerhand in den Müll. Soll Joan doch mal sehen, wie er sich morgen früh die Zähne putzt, und eine kleine Rache für die Sache mit dem Stern und für sein Gequatsche ist es dann auch gleich.

Aber was mache ich mit den Barthaaren? Mein Blick fällt auf sein Shirt, das er zusammengeknüllt auf dem Boden liegen gelassen hat. Ich nehme es in die Hand, putze damit die Haare weg, dann lege ich es wieder zurück. Zu gern würde ich sein Gesicht sehen, wenn ihn morgen früh überall am Körper diese stoppeligen Haare kitzeln.

Gut, das ist vielleicht gemein, doch ich denke, jemand wie er braucht so was hin und wieder.

Als ich später im Bett liege, beschließe ich, das Thema Joan jetzt mal beiseitezuschieben. Ich will mich von ihm nicht ärgern lassen. Es ist schön hier, ich fühle mich wohl.

Eingekuschelt in meine Decke denke ich stattdessen darüber nach, was ich in meinem neuen Zimmer noch alles zu tun habe und was auf mich zukommen wird. Meine Gedanken kreisen – um meine Pläne und vieles andere in meinem Leben. Es wird sicher alles gut werden.

Mit diesem Gedanken schließe ich die Augen und hoffe, dass ich in dieser Nacht etwas Schönes träume, denn das geht ja angeblich in Erfüllung. Aber wer weiß, so einfach ist es dann doch nicht.

Immer lächeln

»Trau dich und küss mich.« Joan steht vor mir, und mein Herz schlägt viel zu schnell.

»Das ist nicht der Plan«, höre ich mich sagen.

Er flüstert: »Lass es einfach geschehen. Wer braucht schon Pläne?«

Seine Hand wandert an meine Wange, seine Lippen kommen näher, noch näher …

Ein piependes Geräusch lässt mich aufschrecken, und ich brauche eine kurze Weile, um mich zurechtzufinden. Was war das denn bitte schön?

Meine Augen wandern durch den Raum. Ich bin in meinem neuen Zimmer. Allein. Es war ein Traum. Nur ein Traum. Nicht mehr.

Okay, so hatte ich mir das nicht vorgestellt.

Wie hat Jass gesagt? Was man in der ersten Nacht im neuen Zuhause träumt, geht in Erfüllung. Allein bei dem Gedanken wird mir ganz anders.

Nein, ganz sicher wird das nicht passieren. Niemals. Außerdem will ich Joan gar nicht küssen. Absolut nicht.

Fang nicht damit an, Elisa. Hast du den Plan vergessen?

Ich greife nach meinem Handy und blicke auf die Uhr. Es ist kurz nach sieben. Zeit, aufzustehen und mich fertig zu machen. Mit meiner Kleidung über dem Arm tapse ich zum Bad, drücke die Klinke hinunter, aber es ist abgeschlossen.

»Besetzt«, ertönt eine männliche Stimme von drinnen.

Joan. Mist.

»Ich dusche schnell«, ruft er. »Hab gleich 'nen Termin.«

Na schön, dann eben erst Kaffee. Mit einem tiefen Seufzer – möglichst laut, Joan soll ihn ja hören – wende ich mich ab und gehe zurück in mein Zimmer, wo ich mich umziehe. Anschließend betrete ich die Küche. Louisa sitzt am Tisch und tippt auf ihrem Handy herum.

»Guten Morgen«, sage ich.

Sie sieht auf. »Hey, guten Morgen. Wie war die erste Nacht? Gut geschlafen?«

»Ja, auf jeden Fall.«

»Das freut mich. Und was hast du geträumt? Was Schönes? Du weißt ja, das geht in Erfüllung.«

»Ähm, ja, ganz gut«, stammele ich, dabei werden meine Wangen spürbar warm. Schnell trete ich an die Kaffeemaschine und stelle eine Tasse darunter. »Ich kann mich nicht mehr an vieles erinnern.«

»Aha. Und warum bist du jetzt so rot geworden?«

»Ich? Nichts, wirklich, ich …«

Louisa lacht. »Das will ich später genauer wissen. Aber jetzt muss ich los zur Uni. Hab gleich um acht ein

Gespräch mit meinem Prof.« Sie deutet mit dem Kopf in Richtung Badezimmer. »Also schlagt euch nicht, ihr beiden.« Sie stellt ihre Kaffeetasse in die Spülmaschine, dann verlässt sie die Küche.

»Ach, Louisa«, rufe ich ihr hinterher.

Ihr Kopf erscheint noch mal im Türrahmen. »Ja? Was ist?«

»Na ja, wir sollten auch mal wegen Joan reden. Er nimmt wohl alles recht locker, und ich will auch nicht wie ein böser Drache rüberkommen. Aber gestern Abend hat er seine ganzen abrasierten Barthaare im Waschbecken verteilt.«

Louisa verzieht das Gesicht. »Echt? Ist ja eklig. Klar, das geht nicht.«

»Vielleicht sollten wir ja doch ein paar Regeln aufstellen. Weißt du, sein Shirt lag auch am Boden herum und die Zahnpasta …«

Sie lacht. »Du hast recht, das machen wir. Also lass dich nicht ärgern. Bis später, ja?«

Draußen im Flur greift sie nach ihrer Jacke und der Tasche und winkt mir noch mal zu. Gleich darauf fällt die Wohnungstür ins Schloss.

Als mein Kaffee fertig ist, gehe ich mit der Tasse in der Hand zurück in mein Zimmer. Ich sollte mir von Joan nicht den Tag vermiesen lassen, denke ich, sondern mich lieber darauf konzentrieren, was vor mir liegt. Mein erster Arbeitstag.

Doch im Flur treffe ich auf Joan. Natürlich, was sonst? Er kommt gerade aus dem Badezimmer. »Hast du meine Zahnpasta weggeworfen?«, fragt er.

Ist ihm eigentlich klar, dass er nur in Boxershorts vor mir steht? Ohne dass ich es will, schweift mein Blick kurz über seinen Bauch. Um Himmels willen, wie viel trainiert er denn?

Das muss dir total egal sein, Elisa!

Dennoch kann ich nicht anders. Meine Augen wandern weiter zum schwarzen Bund seiner Shorts und noch tiefer über den weißen Stoff. Verdammt, was mache ich da? Ich muss wegsehen, sofort. *Keine Jungs, keine merkwürdigen Gedanken. Du hast Pläne, liebe Elisa.*

Er grinst. »Starrst du mich gerade an?«

»Ähm, nein.«

»Wie auch immer. Also warst du das mit der Zahnpasta?«

Ich setze einen unschuldigen Blick auf. »Sie lag offen im Waschbecken inmitten von lauter Barthaaren. Ich dachte, du brauchst sie nicht mehr. Im Übrigen könntest du ruhig Danke sagen, ich habe immerhin deinen Mist weggemacht.«

»Ja, das hast du allerdings, und zwar mit meinem Shirt. Ich wollte es noch mal anziehen.«

Ich zucke mit den Schultern. »Im Ernst? Dann solltest du es aber nicht im Bad auf dem Boden liegen lassen. Das sah für mich sehr nach dreckiger Wäsche aus.«

Nun wirkt er sichtlich genervt und gar nicht mehr so locker. »Na warte, das wird echt …« Doch dann stoppt er mitten im Satz. »Schick übrigens.«

Fragend sehe ich ihn an.

Er hebt den Finger und deutet auf mein Oberteil. »Trägt man das jetzt so? Oder kannst du dich nicht allein anziehen?«

Ich sehe an mir hinunter. Mist, ich habe doch tatsächlich mein Shirt falsch herum angezogen.

»Das ist der neueste Trend. Hat Mister Locker wohl nicht mitbekommen?«

»Doch, sieht schick aus. Aber nicht, dass du dir damit dein *Ich-plane-alles*-Image kaputtmachst.«

Er nervt. Und trotzdem fällt mein Blick noch mal auf seine nackte Brust. Bilder aus dem Traum von vorhin schieben sich in meinen Kopf. *Das ist doch bescheuert. Reiß dich zusammen, Elisa!*

Als ich mich räuspere, lächelt er schief. »Mache ich dich etwa nervös?«

Nun tritt er auch noch näher an mich heran, viel zu nah. Ruhig bleiben, ich lasse mir meine Pläne nicht durchkreuzen.

»Nimm dich mal nicht so wichtig, das ist nicht der erste trainierte Körper, den ich sehe«, entgegne ich und pikse ihn mit dem Zeigefinger in den Oberarm.

Okay, ganz schön hart.

»Warum wirst du dann so rot?«

Weil ich dich im Traum geküsst und berührt habe.

»Mir ist das eher unangenehm. Deswegen solltest du dir echt was anziehen. Sorry, aber diese ganzen Muskeln, das sieht irgendwie immer aus wie der Panzer eines Krebses. Und außerdem«, ich fächere mir mit der Hand demonstrativ Luft zu, »außerdem hast du Mundgeruch.« Mit diesen Worten schiebe ich mich an ihm vorbei und gehe zurück in mein Zimmer.

Mist, er sah wirklich gut aus. Viel zu gut.

Aber ich habe schlagfertig reagiert. Und ich bleibe dabei. Zudem gibt es Wichtigeres, als mir über Joan Gedanken zu machen. Heute soll ein positiver Tag werden, denn ich muss gleich zum ersten Mal zu meinem neuen Arbeitsplatz.

Ich nehme mein Handy und sehe, dass Silvie mir geschrieben hat. Sie wünscht mir einen schönen Tag und viel Glück bei der Arbeit. Ich schicke ihr ein paar Herzchen zurück.

Vergiss nicht, einen Stern zu ziehen, schreibt sie noch.

Sie hat recht, heute habe ich noch keinen gezogen. Also greife ich mit geschlossenen Augen in die Schale mit den Sternen vor mir auf dem Schreibtisch.

Mich heute gut genug fühlen, steht darauf.

Ich atme tief durch. Dieser Stern hat eine besondere Bedeutung. In meinem Leben hatte ich selten das Gefühl, gut genug zu sein. Aus verschiedenen Gründen. Wegen meiner Mama, wegen mir, wegen allem. Ständig hat mich alles zweifeln lassen, immer und immer wieder. Ich weiß nicht, ob ich schon so weit bin, diesen Stern umzusetzen. Also lege ich ihn zurück und ziehe einen anderen.

Gespannt lese ich, was auf dem neuen Stern steht.

Über mich hinauswachsen.

Ja, das ist es. Genau das will ich schaffen.

Doch plötzlich höre ich in meinem Kopf die dunklen Worte: *Du bist ein Nichts, du kannst nichts.* Doch ich schiebe sie zur Seite. Ich schaffe das, bin bereit für mein neues Leben, rede ich mir ein. Dennoch kann ich die Worte noch immer leise hören.

Eine Dreiviertelstunde später stehe ich Thomas Gleisberg, dem Leiter des Supermarktes, in dem ich seit heute arbeite, gegenüber.

»Also, das hier sind die Lagerbestände«, erklärt er mir. »Alles wird automatisch abgerufen, und Sie sortieren dann einfach ein, wo Bestände fehlen. Wird in Berlin ja auch so gewesen sein. Alles wie gehabt. Das ist schon alles. Natürlich helfen Sie den Kunden, sind freundlich und lächeln dabei immer.«

Ich nicke. »Das bekomme ich hin«, sage ich entschlossen.

»Wunderbar, denn Lächeln ist unsere Philosophie hier in diesem Markt. Der Arbeitsplan mit den einzelnen Schichten wird für jeden Monat festgelegt, ansonsten gibt es eigentlich nicht viel zu sagen. Ich bringe Sie jetzt mal zu Frau Krumpholz, sie ist schon am längsten hier. Sie können ihr gleich mal zur Hand gehen.«

Wir durchqueren den Gang mit den Drogerieartikeln und kommen schließlich zu den Nudeln und den Konserven, wo eine etwas rundliche junge Frau mit kurzen dunklen Haaren etwas auf ihrem Klemmbrett notiert.

»Frau Krumpholz, das hier ist Elisa Lohmann«, erklärt Herr Gleisberg ihr. »Sie ist neu in unserem Team und braucht noch etwas Unterstützung. Sie hat in einer Filiale in Berlin gearbeitet, und jetzt ist sie hier.«

Die Frau lächelt und streckt mir die Hand entgegen. »Freut mich. Ich bin Bettina, du kannst mich aber gern Betty nennen.«

»Danke, ich bin Elisa.«

Herr Gleisberg wendet sich ab. »Dann mal gutes Gelingen euch beiden.«

Betty deutet auf die Pakete vor uns auf dem Wagen. »Diese Nudeln hier müssen wir einsortieren. Einfach jede Sorte an den Platz, wo das entsprechende Schild hängt. Mehr musst du gar nicht beachten. Was meinst du, legen wir los?«

Während wir die Nudeln an ihren Platz stellen, erklärt Betty mir, wie im Laden alles abläuft, sie fragt mich nach Berlin und warum ich jetzt hier bin. Ich wiederum erzähle ihr, dass ich ursprünglich aus Nürnberg komme und nur eine Zeit lang in Berlin war. Auf diese Weise arbeiten wir einen Gang nach dem anderen ab. Hin und wieder werden wir von Kunden nach Produkten gefragt, und ich merke gar nicht, wie rasch die Zeit vergeht.

In der Mittagspause ziehen wir uns in den Personalraum zurück. Dort zeigt Betty mir den Schichtplan und meine Arbeitszeiten für die nächsten Wochen.

Als wir schließlich am Tisch sitzen und essen, erfahre ich noch, dass Betty schon seit über fünf Jahren hier arbeitet. Sie hat eine Tochter, die in die Grundschule geht, und ist damals von Leipzig nach Nürnberg gezogen, weil ihre Oma hier lebt, zu der sie ein gutes Verhältnis hat. Sie passt oft auf die Kleine auf, wenn Betty arbeitet.

»Herr Gleisberg ist auch in Ordnung«, sagt Betty. »Nur manchmal nervt er mit seinem ewigen Gelächle.«

Ich grinse. »Darauf scheint er Wert zu legen, das habe ich schon gemerkt. Er hat es jedenfalls sehr stark betont.«

»Was ja auch okay ist, aber er übertreibt es eben gern. Hat er mit dir schon diese eine Übung gemacht?«

»Nein, welche Übung?«

»Dann steht dir das noch bevor.« Sie lacht. »Er kommt dann auf dich zu und bittet dich, mindestens zwei Minuten lang einfach nur dazustehen und zu lächeln. Weil das angeblich Glückshormone ausschüttet. Und fröhliche Mitarbeiter sind bessere Mitarbeiter.«

»Ehrlich?«

»Ja, tatsächlich. Hin und wieder ruft er sogar am Morgen alle Mitarbeiter zusammen, und wir müssen uns hinstellen und lächeln.«

Na, darauf bin ich mal gespannt.

Kurz vor fünf - unsere Schicht neigt sich schon dem Ende entgegen - packen wir gerade noch die letzten Waschmittelpackungen in die Regale, als Herr Gleisberg zu uns kommt.

»Wie war denn Ihr erster Tag, Frau Lohmann?«, fragt er mich.

»Gut, vielen Dank«, antworte ich ehrlich.

»Das freut mich. Damit es weiterhin gut läuft, habe ich jetzt noch etwas für Sie. Frau Krumpholz, Sie kennen die Übung ja schon.«

Betty nickt und wirft mir einen verschwörerischen Blick zu. Das muss diese Übung sein, von der sie gesprochen hat.

»Also, unser Motto lautet: Fröhliche Mitarbeiter sind bessere Mitarbeiter. Daher bitte ich Sie, täglich die folgende Übung zu machen. Allein für sich oder auch hier, ganz wie Sie wollen. Dabei üben Sie zu lächeln. Einfach die Mundwinkel nach oben ziehen.«

Ich frage mich, ob das wirklich sein Ernst ist.

»So, dann die Zähne leicht zusammen und diese Position mindestens zwei Minuten lang halten. Das setzt Glücksbotenstoffe frei.« Noch immer steht er breit lächelnd vor mir, was fast schon ein wenig unheimlich wirkt. »So, jetzt sind Sie an der Reihe. Zeigen Sie mal, was Sie können.«

Aus dem Augenwinkel nehme ich Betty wahr, die zu Boden blickt. Ihre Lippen zucken verdächtig. Und dann bleibt mir nichts anderes übrig – ich verziehe den Mund und beginne zu lächeln.

»Sehr schön«, ruft Herr Gleisberg. »Genau so bleiben, das ist wunderbar!«

Okay, denke ich mir noch, wenigstens sieht mich jetzt keiner, der mich kennt. Aber mit einem Mal taucht Joan am Ende des Ganges auf. Na klar, musste ja so kommen. Ist man vor ihm denn nirgendwo sicher?

Sofort höre ich auf zu lächeln.

»Das reicht noch nicht«, ermahnt mich Herr Gleisberg. »Los, zeigen Sie Ihr Lächeln!«

Ich tue, wie mir befohlen, schließlich will ich meinen Chef ja nicht verärgern. Albern ist es dennoch.

Nun stellt Joan sich auch noch grinsend – was sonst? – neben ihn. »Ja, so ein schönes Lächeln.«

Herr Gleisberg nickt. »Fröhliche Mitarbeiter sind eben bessere Mitarbeiter.«

Joans Grinsen wird noch breiter. »Das sieht man.«

Na wunderbar, das darf ich mir jetzt sicherlich die ganze Zeit anhören. Was macht er überhaupt hier?

»Kann mir Ihre fröhliche Mitarbeiterin vielleicht sagen, wo ich Zahnpasta finde?«

»Aber natürlich«, entgegne ich mit dem strahlendsten Lächeln, das ich mir abringen kann. »Einfach den Gang geradeaus, dann links.«

»Vielen Dank.« Mit diesen Worten geht Joan an mir vorbei.

Herr Gleisberg ist sichtlich erfreut. »Sehr schön. Und immer weiterlächeln, nicht wahr?« Dann wendet auch er sich ab und geht.

Als Betty und ich wieder allein sind, deutet sie in Richtung des Zahnpastaregals. »Der Typ war ja süß. Kennst du ihn?«

Ich rolle mit den Augen. »Der ist absolut nicht süß. Und ja, ich kenne ihn, er ist mein Mitbewohner auf Zeit. Er tut nur so, eigentlich ist er mehr als nervig. Obwohl ich ihn erst wenige Tage kenne, bringt er mich regelmäßig zur Weißglut. Gestern hat er seine Zahnpastatube einfach offen im Waschbecken liegen gelassen, inmitten von lauter abrasierten Barthaaren und …«

Betty lacht. »Na ja, ich würde mal sagen, er löst zumindest Emotionen in dir aus. Jedenfalls hat er ein Lächeln, das ein Herz ganz schön durchschütteln kann.«

Augenblicklich werde ich rot im Gesicht. »Schon, aber genau das möchte ich nicht. Ich will gerade einfach meine Ruhe und mal nicht durchgeschüttelt werden«, rutscht es mir heraus.

»Ich merke schon, da steckt mehr dahinter.« Sie nickt nachdenklich und rückt eine Packung Waschpulver im Regal zurecht. »Es gibt solche Zeiten, in denen einfach alles zu viel ist. Da braucht das Herz mal kein Drama und eine Pause von den vielen Schleudergängen.« Auf einmal ist da etwas in ihrem Blick, das mich neugierig macht. Eine Geschichte?

»Kein Drama klingt gut. Und eine Pause auch.« Ich greife ebenfalls nach einer Packung Waschpulver und stelle sie ins Regal.

Schweigend sortieren wir noch ein paar Minuten lang ein, bis Betty sich mir zuwendet. »Aber unser Herz ist robuster, als du glaubst. Nehmen wir mal einen Haufen dreckiger Wäsche. Erst wenn alles mal gut durchgeschleudert ist, werden die Dinge auch wieder sauber, und dann sind wir bereit für die nächste Runde.« Sie zwinkert mir zu.

Was wohl in ihrem Leben durchgeschleudert wurde?

Ich atme tief durch. Für mich kann ich mir das gerade absolut nicht vorstellen. »Ich glaube, dafür bin ich nicht bereit. Nie mehr.«

Sie lächelt. »Irgendwann wirst du das wieder sein, Schätzchen, glaub mir.«

Er weiß nichts über mich

»Lächeln!«, ruft Joan mir von unserer Wohnungstür aus entgegen, als ich nach Feierabend die Treppe hochsteige und gerade noch über Bettys Worte nachdenke.

Er trägt ein enges Sportshirt, kurze Hosen und Turnschuhe, im Ohr hat er Ohrstöpsel. Bestimmt ist er auf dem Weg zum Sport.

Da fällt mir ein, ich könnte auch mal wieder laufen gehen. Es gab eine Zeit, da habe ich das gern gemacht, um den Kopf frei zu bekommen.

»Du hast ja immer noch Mundgeruch«, entgegne ich. »Du hättest dir wirklich mal die Zähne putzen können.«

Er lacht. »Ach, Elisa, es ist immer wieder schön mit dir.«

Ich verdrehe die Augen und will mich an ihm vorbeidrücken, doch er macht keinen Platz, und so berühren sich unsere Körper.

»Kannst du mal bitte auf die Seite gehen?«

»Klar, wenn du schon so lieb fragst. Also dann, viel Spaß noch, was auch immer du vorhast.«

Er ist echt nervig.

»Danke, dir auch.« Ich ziehe den Schlüssel aus der Tasche, schiebe ihn ins Schloss und öffne die Tür. Dabei blicke ich noch mal kurz über die Schulter zurück, aber Joan ist schon die Treppe nach unten gejoggt und außer Sichtweite. Gut so, jetzt kann ich mich wenigstens entspannen.

Ich beschließe, mir erst mal was zu essen zu machen. Nudeln mit Pesto, ja, darauf hätte ich jetzt Appetit. Bestimmt wird Louisa auch bald auftauchen, also koche ich ein paar Nudeln mehr.

Doch nachdem ich sie abgegossen habe, stelle ich sie warm und verschiebe das Essen auf später. Stattdessen werde ich mir jetzt in aller Ruhe ein Bad gönnen, solange ich noch allein bin. Von der Arbeit bin ich ganz verschwitzt, zudem mag ich es gern, mich in das warme Wasser zu legen und dabei Musik zu hören.

Während das Wasser einläuft, gehe ich in mein Zimmer, hole mir frische Kleidung und ziehe mich aus. Unwillkürlich fällt mein Blick auf den Spiegel am Kleiderschrank, ich bleibe kurz stehen und betrachte mich darin. Es ist ein merkwürdiges Gefühl, denn noch immer komme ich mit meinem Körper nur sehr schwer zurecht. Schnell wende ich mich ab, gehe zurück ins Bad und lege mich endlich in das warme Wasser. Sofort merke ich, wie gut es mir tut. Ich lege das Handy neben mir auf die Ablage, stecke mir die Kopfhörer ins Ohr und drücke auf *Play*.

Ich bin unheimlich entspannt, höre Musik, denke an nichts und genieße es einfach, mit geschlossenen Augen in der Badewanne zu liegen. Es ist ein Gefühl, als würde man schweben, und es gelingt mir dabei immer, ein wenig loszulassen.

Irgendwann wird das Wasser jedoch kälter, und ich beschließe, noch kurz meine Haare zu waschen. Ich öffne die Augen – und schrecke auf, denn im Türrahmen steht Joan.

Sofort werde ich hektisch und lasse beinahe das Handy ins Wasser fallen. Was denkt er sich nur dabei?

»Spinnst du? Raus hier!«

»Du scheinst echt ein Problem mit Türen zu haben«, sagt er grinsend. »Dabei ist es doch ganz einfach: abgeschlossen bedeutet besetzt.«

Sein Shirt ist verschwitzt und klebt an seiner Brust, ich sehe die Muskeln, die sich darunter abzeichnen, ganz deutlich. Ein leichter Schweißfilm überzieht seine Stirn.

»Und du hast eines damit, sie wieder zu schließen«, kontere ich. »Hör auf zu spannen!«

Doch er denkt gar nicht daran. »Ich frage mich ja langsam, ob das Absicht ist«, überlegt er.

Wie bitte?

»Ganz sicher nicht! Geh jetzt, ich will meine Haare waschen, dann kannst du rein.«

»Ich kann auch nebenbei kurz duschen«, schlägt er jetzt auch noch allen Ernstes vor.

»Was? Nein, du gehst jetzt hier raus!«

»Ich dachte, du hast schon viele trainierte Körper gesehen? Da macht das doch nichts. Und sagtest du nicht, dass dich Muskeln an den Panzer eines Krebses erinnern? Und Krebse gehören nun mal ins Wasser. Also?«

Die Röte schießt mir auf die Wangen, als er nun tatsächlich sein Shirt auszieht.

»Joan, raus!«

Er lacht. »Schon gut, schon gut, ich gehe ja.«

Aufgeregt sehe ich mich nach dem Shampoo um. Na toll, es steht natürlich in der Dusche.

Joan, der meinem Blick gefolgt ist, schaut mich fragend an. »Brauchst du das Shampoo?«

»Ja. Gibst du es mir bitte?«

»Das heißt, du bittest mich um Hilfe?«

Jetzt überspannt er wirklich den Bogen.

»Weißt du was?« In meiner Wut strecke ich mich, bis ich merke, dass meine Brüste über der Wasseroberfläche zu sehen sind. Nein, bitte nicht. Nein!

Schnell tauche ich wieder unter. »Weißt du was? Ich hole es mir selbst. Und jetzt raus!«, rufe ich und spritze mit Wasser nach ihm.

Endlich schließt er die Tür, während ich mit heftig klopfendem Herzen im Wasser sitze und zu meiner Shampooflasche hinüberlinse. »Na wunderbar«, murmele ich.

Ich stehe auf, steige aus der Wanne, greife nach dem Handtuch und wickle mich darin ein. Gerade will ich nach dem Shampoo greifen, als die Tür abermals aufgeht. Ich erschrecke so heftig, dass ich mit meinen nassen Füßen beinahe auf den Fliesen ausrutsche. Aber Joan hält mich fest, und mit einem Mal liege ich in seinen Armen. Mein Puls rast, und sein Duft dringt mir in die Nase. Eilig weiche ich zurück, wodurch das Handtuch ein Stück nach unten rutscht. Prompt gleitet sein Blick über meinen Körper.

»Sag mal, was soll das?«, rufe ich.

»Ich wollte dir doch das Shampoo geben.«

»Schon mal was von Anklopfen gehört?«

»Klar, aber wo bleibt da die Überraschung?«

Dieser Kerl hat sie nicht alle. Das ist doch nicht zu fassen.

»Eben, dann gibt es keine, verstanden? So soll es sein.«

Er lächelt. »Also, ich fand die Überraschung nicht so schlecht.« Erneut mustert er mich, und ich ziehe das Handtuch noch enger um mich. Ich will nicht, dass er mich so ansieht.

»Hast du dich da verletzt?«, fragt er nun und deutet auf die Narben an meinem Handgelenk.

»Das geht dich echt nichts an! Und jetzt verschwinde! Endgültig!«

Energisch schubse ich ihn aus dem Raum, schließe die Tür, und diesmal drehe ich zusätzlich die Verriegelung um.

Als ich frisch gewaschen und angezogen das Badezimmer verlasse, atme ich erst mal tief durch. Unglaublich, was da gerade wieder passiert ist. Wenn Louisa zurück ist, müssen wir wirklich reden. Ich betrete die Küche. Joan ist nicht da, aber ich merke, dass er von den Nudeln gegessen haben muss, denn es fehlt mindestens ein Teller voll.

Gut, natürlich kochen wir für die Gemeinschaft, trotzdem kann er doch auch mal fragen, und zudem liegt seine Sportjacke über einem der Stühle.

Mit einem Mal reicht es mir. Ich nehme die Jacke und klopfe an die Wohnzimmertür, dann öffne ich sie, doch es ist niemand da. Sicher ist Joan im Bad, er wollte ja vorhin schon duschen.

Also gehe ich auf die Badezimmertür zu und klopfe an. Keine zwei Sekunden später öffnet Joan die Tür. »Ja?«

Er ist nackt, hat nur ein Handtuch um die Hüften geschlungen. Mein Blick streift über seine feuchte Haut, die Brust und schließlich über die Muskeln, die sich ganz tief an seinen Seiten zeigen. Wie erstarrt stehe ich da.

Es dauert einen Moment, bis ich die Fassung wiedererlangt habe und die Tür zuknalle. »Sag mal, was soll das?«, rufe ich.

Doch er öffnet die Tür gleich wieder. »Du hast geklopft, ich habe aufgemacht.«

Er hält mich wohl für bescheuert.

»Ja, und du bist nackt!«

»Ich hab ein Handtuch um!«

»Trotzdem, das muss nicht sein. Und auch nicht, dass du dir einfach so von den Nudeln nimmst.«

»Ich dachte, die sind für alle.«

»Falsch gedacht!«

»Dann tut es mir leid, ich koche nachher neue«, sagt er, und ich weiß im ersten Moment nicht, was ich darauf antworten soll.

»Du bist echt einfach nur rücksichtslos«, entgegne ich schließlich. »Und du hast keine Manieren. So geht das nicht. Deine Dreckwäsche werfe ich jetzt in dein Zimmer.«

Ich wende mich ab und gehe hinüber ins Wohnzimmer. Zu meinem Erstaunen sieht es dort wirklich ordentlich aus. Nur auf dem Sofa liegen eine Decke und mehrere Kissen. Als ich die Jacke auf einem Sessel ablegen will, fällt mir ein Schreiben ins Auge, das auf dem Couchtisch liegt. Dem Briefkopf nach zu urteilen, stammt es von irgendeinem Krankenhaus. Schnell wende ich mich ab, ich möchte nicht neugierig sein.

Doch da steht schon Joan vor mir. »Na, gefunden, was du suchst?«

»Ich habe nichts gesucht!«, protestiere ich.

»Es sah aber ganz danach aus.«

»Hey, was ist hier los?« Louisa taucht mit einem Mal im Türrahmen auf.

»Joan hat die Nudeln aufgegessen und ist einfach ins Bad gekommen, als ich in der Wanne lag«, sage ich.

»Aus Versehen«, verteidigt er sich.

Ich mustere ihn. Er trägt noch immer nur das Handtuch.

»Mach dir keine Sorgen, du hast sehr gut ausgesehen«, fügt er hinzu.

Der spinnt wohl.

»Denkst du, darum geht es mir? Mich ärgert, dass du einfach so hereinkommst und …«

»Okay, ihr beiden, jetzt mal langsam«, unterbricht Louisa uns. »Passt auf, es müssen echt Regeln her. Joan, keine Bartstoppeln mehr im Waschbecken, keine Dreckwäsche, die irgendwo herumliegt, und du klopfst an, wenn du ins Bad willst.« Als er nickt, sieht sie zu mir. »Und ihr vertragt euch jetzt, ja? Ich meine, wir wollen doch hier einfach nur 'ne gute Zeit haben, oder? Was soll das dann?«

Ich nicke ebenfalls.

»Gut, und jetzt esse ich was, ich bin echt erledigt von der Uni. So was kann ich dann nicht auch noch gebrauchen.«

Nachdem Louisa gegangen ist, räuspert sich Joan. »Ist noch was? Sonst würde ich mich gern umziehen.«

»Ja, mach das.« Ich wende mich ab, doch weil er lacht, drehe ich mich noch mal zu ihm um. »Was ist denn daran so lustig?«

»Na ja, ich habe das Gefühl, dass du magst, was du hier siehst.«

Ich rolle mit den Augen. »Träum weiter und …« Ich breche ab, denn jedes weitere Wort ist zu viel.

»Mal im Ernst, echt schade, wenn man dich so ansieht. Wer oder was hat dich so verbittert werden lassen?«

Seine Worte treffen mich tief. Vielleicht bin ich verbittert oder benehme mich etwas daneben. Oder ich bin einfach verletzt, wie auch immer. Zudem muss ich mich irgendwo selbst schützen, denn ich habe ja meine Regeln und Pläne. Und zu ihnen gehört auch, dass ich mich von Jungs fernhalten will. Aus gutem Grund.

Aber das alles kann Joan ja wohl egal sein. Er weiß nichts über mich. Gar nichts.

Das Herz befreien

In der nächsten Woche schleicht sich fast schon ein bisschen Routine ein. Die Arbeit geht mir leicht von der Hand, die Kollegen sind wirklich nett, ich mag es, mit Betty herumzualbern, und zu Hause versuche ich, Joan aus dem Weg zu gehen. Ja, ich war nicht besonders nett zu ihm, das weiß ich. Dennoch hat mich verletzt, was er neulich gesagt hat. Dass ich verbittert sei. Die Stimmung ist also spürbar angespannt, sobald er und ich aufeinandertreffen, was auch dazu führt, dass Louisa mehr und mehr genervt wirkt.

»Ihr zwei benehmt euch wie Kleinkinder. Das ist so was von bescheuert!«, ruft sie durchs Telefon, als ich gerade durch die Stadt gehe. Ich habe den Tag frei und möchte ein paar Dinge erledigen. Deswegen bin ich auch schon früh zu Hause losgegangen.

Ihr ist es ernst, das merke ich, und ich fühle mich gleich schlecht. Ich hatte nie die Absicht, sie zu verärgern. »Tut mir leid«, antworte ich. »Du hast recht, es ist total kindisch. Ich versuche, dran zu arbeiten, versprochen.«

»Ja, tu das, absolut. Diese Stimmung – ihr müsst euch unbedingt aussprechen.«

»Ich versuche es«, sage ich noch einmal. »Mir tut es wirklich leid.«

»Schon gut, ich weiß ja, dass es nicht nur an dir liegt. Aber ich rufe nicht nur deswegen an. Pass auf, wir könnten doch am Wochenende durch die Clubs ziehen und deinen Einzug feiern. Was hältst du davon? Das wird sicher lustig, zumal die letzten Tage ja schon nervig waren. Es freuen sich schon alle, dich kennenzulernen, also so ganz offiziell. Kale und Jass kennst du ja sowieso schon, Isa ebenfalls. Die anderen sind auch alle voll in Ordnung, glaub mir. Und ich muss echt mal wieder raus.«

Was soll ich jetzt sagen? Die anderen wären ja nicht das Problem, aber …

Ich räuspere mich. »Ist Joan auch dabei?«, frage ich vorsichtig.

»Ja, schon, es sei denn, ihr zerfleischt euch vorher. Aber das wäre doch mal ein Ansatz, um genau das nicht zu tun. Was meinst du?«

Ich seufze. »Also gut, ich bin dabei.«

»Perfekt. Wo bist du eigentlich gerade?«

»In der Stadt. Und du?«, frage ich.

»Ich renne gerade in Richtung Hörsaal, weil ich zu spät dran bin, hab mich noch mit einer Kommilitonin verquatscht. Ach verdammt, die Tür ist schon zu. Also alles gebongt?«

»Ja, alles gebongt. Wir sehen uns später.«

Ich weiß gar nicht, ob sie meine letzten Worte überhaupt noch mitbekommen hat, denn sie hat bereits aufgelegt. Louisa ist echt unglaublich. Ich bin froh, dass wir uns so gut verstehen, und fühle mich unheimlich wohl bei ihr.

Während ich weitergehe, denke ich über das Telefonat mit Louisa nach. Sie hat recht, es muss aufhören. Kein Streit mehr. Und am Wochenende bietet sich ja vielleicht eine Gelegenheit dazu.

Doch mit einem Mal sind da wieder Zweifel. Werden die anderen, die ich noch nicht kenne, mich mögen? Werde ich gut genug sein?

Vor einem Schaufenster bleibe ich stehen und betrachte mich in der spiegelnden Scheibe. Kleine Bildfetzen aus der Vergangenheit ziehen durch meinen Kopf. Sie sind dunkel, deshalb will ich sie nicht haben. Ich möchte neu anfangen, anders sein. Doch auch wenn man neu anfängt, trägt man noch immer Gepäck mit sich herum, das man nicht einfach abwerfen kann.

Während ich auf ein Geschäft zusteuere, das verschiedene Bastelartikel in der Auslage hat, entdecke ich plötzlich Joan. Er steht nicht weit von mir entfernt an einem Brezenstand und redet mit der Verkäuferin. Wobei *reden* schon untertrieben ist, er flirtet sichtlich mit ihr. War ja klar. Wie sehr mich das nervt.

Okay, ich sollte nicht so gemein sein. Er kann flirten, mit wem er will. Und vielleicht sollte ich mich auch mal eher freundlich zeigen. Im Prinzip hat er mir ja nichts getan.

Ich gehe weiter auf die beiden zu. Die junge Frau hat lange blonde Haare, eine feine Stupsnase und scheint total sein Typ zu sein, denn er lächelt breit. Sofort muss ich an das Mädchen von neulich denken. Ob sie noch seinetwegen leidet?

In mir verkrampft sich alles. *Es ist nicht dein Problem, Elisa. Sei nett, lächle, winke und geh dann einfach weiter.*

Als ich nur noch wenige Meter von den beiden entfernt bin, sieht Joan in meine Richtung. Ich hebe die Hand, und er lächelt.

Na gut, das ist doch schon mal was.

»Hey«, sage ich im Vorbeigehen.

Ich bin schon ein paar Schritte weiter, da höre ich das Mädchen fragen: »Kennt ihr euch?«

»Ist nur meine etwas schwierige Mitbewohnerin«, entgegnet Joan.

Erneut zieht sich alles in mir zusammen. So nicht, mein Freund.

Energisch drehe ich mich um und gehe zurück zu den beiden. Dabei merke ich nicht mal, dass mir meine Tasche aus der Hand rutscht. Joan hebt sie auf, aber in meiner Entrüstung beachte ich ihn nicht weiter.

»Na ja, so schwierig bin ich nicht«, rufe ich, »im Gegensatz zu Johanna.«

Das Mädchen sieht mich fragend an. »Johanna?«

»Ja, so ist sein Name.«

»Joan, nicht Johanna«, berichtigt er mich.

Ich lächle. »Ach ja, stimmt. Tut mir leid, ich kann mir das nicht so gut merken.«

Dem Mädchen stehen gefühlt tausend Fragen im Gesicht.

»Und wenn wir schon mal beim Thema sind. Wenn jemand seine abrasierten Barthaare im Waschbecken liegen lässt und gefühlt nur in Unterwäsche herumläuft, finde ich das schon schwierig. Auch das mit dem Zähneputzen ist so ein Problem.«

Das Mädchen verzieht das Gesicht, und Joans Miene spricht Bände. Vermutlich würde er mir gerade am liebsten die Gurgel zudrücken. »Wie gesagt, sie ist etwas kompliziert«, meint er nur.

»Ich würde eher sagen, bei ihm ist immer alles kompliziert.« Ich seufze laut auf. »Nicht nur das mit der Ordnung und den ständigen Treffen mit wechselnden Frauen, er muss sich auch endlich mal eine Wohnung suchen. Er schläft nämlich in unserem Wohnzimmer.«

»Wollen Sie jetzt eine Brezel kaufen oder nicht?«, mischt sich nun eine ältere Dame hinter uns in die Unterhaltung ein. »Wenn nicht, bin ich jetzt nämlich dran. Und Sie klären diesen Kindergarten bitte woanders.«

»Entschuldigung, natürlich«, antworte ich und mache ihr Platz. »Ich gehe dann mal. Noch alles Liebe dir.« Ich winke dem Mädchen zu, das bereits begonnen hat, die Kundin zu bedienen.

Dann laufe ich los und lasse Joan einfach stehen. Die Frau hatte recht, wir veranstalten echt einen Kindergarten. Warum ist das nur so? Ich muss auch an das Gespräch mit Louisa denken. So kann das wirklich nicht weitergehen.

Nach der nächsten Straßenecke betrete ich ein Dekorationsgeschäft und sehe mich darin um. Schließlich finde ich eine hübsche Kiste aus Holz, um die Sterne aufzubewahren, einen kleinen Teppich in Sternform, eine hübsche Tasse mit Blumenmotiv sowie einen Bilderrahmen.

Vergessen sind die Gedanken an Joan – vorerst, denn während ich in Richtung Kasse gehe, muss ich noch mal an die Szene von vorhin am Brezenstand denken. Ob ich zu hart zu ihm war? Vielleicht. Aber er hat nun mal angefangen und hatte es irgendwo auch verdient.

Als ich an der Reihe bin, scannt die Verkäuferin meine Einkäufe. »Das macht 69,95«, sagt sie.

Ich will den Geldbeutel aus meiner Tasche holen, doch dann trifft es mich wie der Blitz. Verdammt. Joan, er hatte die Tasche in der Hand, weil sie mir zu Boden gefallen war. Das darf jetzt nicht wahr sein!

»So ein Mist«, murmele ich.

Die Kassiererin sieht mich fragend an.

»Ich habe meinen Geldbeutel vergessen«, erkläre ich verschämt. »Kann ich die Sachen vielleicht zurücklegen lassen? Ich wohne nicht weit von hier, ich hole ihn eben.«

»Klar, kein Problem. Das ist mir auch schon passiert, also kein Beinbruch.«

Nachdem sie meine Einkäufe hinter der Theke verstaut hat, verabschiede ich mich. Ich bin froh, dass ich wenigstens noch mein Handy habe, also suche ich nach Louisas Nummer, in der Hoffnung, dass sie mir die von Joan gibt. Doch es geht nur die Mailbox ran. Ob Joan nach Hause gegangen ist?

»Na, wunderbar«, schimpfe ich mit mir selbst, während ich die Straße entlanghaste. »Klar, dass ausgerechnet mir das wieder passiert.«

Augenblicklich spüre ich einen Druck im Magen. Als ich noch mit Colin zusammen war, machte ich mich oft selbst schlecht, wenn irgendwas passiert war. Weil er immer so viel an mir herumzukritisieren hatte. Er meinte immer, dass ich zu nah neben ihm gehen würde, wenn wir zusammen in der Stadt waren. Viele meiner Lipglosse mochte er nicht. Nach einem Kuss von mir wischte er sich meistens den Mund ab, sodass ich am Ende gar keinen Lippenstift mehr benutzte. Wenn ich im Gespräch ein Fremdwort falsch aussprach, korrigierte er mich sofort, auch vor anderen Leuten. Genauso rieb er es mir unter die Nase, wenn ich etwas vergessen hatte - was mir schon mal passieren kann, schließlich war ich schon immer ein wenig schusslig und vergesslich. In solchen Situationen fühlte ich mich dann unglaublich schlecht. Weil er auf mir herumhackte, die Augen verdrehte und mir zu verstehen gab, wie dumm und einfältig ich doch sei. Egal, was ich tat, es war nie gut genug. Ein Gefühl, das ich zu gut kenne. In Momenten wie diesem schleichen sich noch immer diese fiesen Gedanken in meinen Kopf, gegen die ich mich aber nun wehren will.

Als ich zu Hause ankomme, drücke ich gegen die Haustür, die glücklicherweise offen ist, und steige die Treppe nach oben. Hoffentlich ist Joan da. Ich klingle an der Wohnungstür, aber niemand öffnet.

»Bescheuert, einfach nur bescheuert!«, rufe ich und schlage mit der flachen Hand gegen die Wand neben der Tür.

»Ich hoffe, du meinst nicht mich. Aber vermutlich schon.«

Hektisch drehe ich mich um, und da steht Joan. In der Hand hält er meine Tasche. »Brauchst du vielleicht den Wohnungsschlüssel?« Er grinst, und ich verschränke die Arme vor der Brust.

»Das gefällt dir jetzt, oder?«

»Kann sein.«

Wir starren einander an. Eine Zeit lang gelingt es mir, seinem Blick standzuhalten. Aber irgendwann verliere ich die Geduld und gehe auf ihn zu. »Jetzt gib schon her.«

Doch er weicht zurück und versteckt die Tasche hinter seinem Rücken. »Erst sagst du ganz brav: ›Bitte, Joan, kannst du mir helfen? Ich brauche meinen Schlüssel.‹ Einverstanden?«

Ganz sicher werde ich das nicht tun. Was fällt ihm eigentlich ein?

»Niemals! Jetzt gib mir schon die Tasche.«

»Du weißt, was ich will. Also?«

»Dann bleibe ich lieber hier stehen.«

Jetzt grinst er. »Na schön, wie du möchtest. Ich hab jetzt sowieso noch einen Termin. Bis dann.« Er dreht sich um und geht die Treppe nach unten – mitsamt meiner Tasche.

Der hat sie ja nicht alle. Ist das sein Ernst? Lässt er mich wirklich hier stehen?

»Spinnst du? Das machst du jetzt nicht!«, rufe ich ihm hinterher, doch gleich darauf fällt schon die Haustür unten ins Schloss.

Mein Herz klopft mir bis zum Hals. Was zur Hölle ist bitte los mit diesem Kerl?

Ich nehme mein Handy und wähle Louisas Nummer, aber sie geht noch immer nicht ran. Also tippe ich eine Nachricht an sie ein.

Ich bin so was von genervt und sauer! Dieser Idiot gibt mir meine Tasche nicht. Da ist mein Schlüssel drin, und außerdem brauche ich mein Geld.

Nachdem ich die Nachricht abgeschickt habe, warte ich einen Moment. Louisa sendet mir ein Fragezeichen und ein Smiley, das eine Grimasse schneidet.

Wann kommst du denn heim?, frage ich sie.

Louisa antwortet, dass es noch gute zwei Stunden dauert und dass sie versucht, Joan zu erreichen.

Was mache ich denn jetzt?

Auf einmal erinnere ich mich an den Stern, den ich neulich gezogen habe.

Über mich hinauswachsen.

Und dann gehe ich einfach los, nehme die Treppe nach unten, reiße die Haustür auf – und stoppe, denn vor mir steht Joan mit einem breiten Grinsen.

»Suchst du mich?«

»Du bist echt … Was soll das? Gib mir jetzt die Tasche!«

»Sag *bitte.*«

»Nein!«

Er kommt einen Schritt auf mich zu und ist mir nun ganz nah, viel zu nah. Sein Duft kriecht mir in die Nase, und ich ertappe mich dabei, wie ich für einen kurzen Augenblick seine Lippen betrachte. Sie sind schön geschwungen. Aber ich sollte sie nicht ansehen. Wer weiß, was er sich dann einbildet. Kerle wie er bilden sich viel zu schnell etwas ein.

»Gut, dann nicht, dann musst du eben auf Louisa warten.« Er grinst. »Du kannst ja in der Zwischenzeit ein paar Sterne malen.«

Jetzt habe ich endgültig die Nase voll. »Musst du immer alles ins Lächerliche ziehen? Du weißt doch überhaupt nichts über mich und hast keine Ahnung, was diese Sterne für mich bedeuten! Sie bedeuten mir sehr viel, und das hat seine Gründe. Aber nein, dauernd haust du mir was um die Ohren. Und verbittert, ja, vielleicht bin ich das, weil ein Kerl – genauso ein blöder Möchtegern-Macho wie du – mir das Herz gebrochen hat. Ich hoffe, dieses Mädchen von neulich weint dir keine Träne mehr nach. Und jetzt lass mich in Ruhe.«

Das alles geht ihn nichts an, das ist mir klar, aber die Worte sprudeln einfach aus mir heraus. Er weiß doch gar nicht, was hinter allem steckt. Ich kann die Tränen nun kaum mehr zurückhalten. In seinem Blick erkenne ich, dass auch ich ihn getroffen haben muss, aber das ist mir gerade egal.

»Sorry. Hier, nimm schon.« Er hält mir die Tasche entgegen und wirkt nun ganz sanft. Tatsache ist aber, dass er den Bogen eindeutig überspannt hat.

Ich greife nach der Tasche, drücke mich an Joan vorbei und laufe davon. Hier will ich nicht länger sein, und zudem muss ich noch die Sachen aus dem Laden holen.

Während ich durch die Straßen eile, beginnt mein Puls zu rasen. Ruhig atmen, ich muss ruhig atmen und darf nicht immer so emotional sein, denn das hilft nichts. Das gerade hat mir absolut nichts gebracht, aber es musste raus. Und außerdem wird Louisa nicht begeistert sein, denn so sieht Versöhnung ja nicht aus.

War ich etwa unfair zu Joan?

Lass dich jetzt nicht durcheinanderschleudern, denke ich mir bei jedem Schritt.

Nach einer Weile habe ich mich beruhigt und steuere den Laden an, in dem ich vorhin schon gewesen bin. *Bleib bei deinen Plänen, Elisa. Du merkst ja, was passiert, wenn man davon abweicht.*

Als ich an die Kasse trete, erkennt die Kassiererin mich gleich wieder und lacht. »Na, haben Sie Ihren Geldbeutel gefunden?«

»Ja, alles wieder in Ordnung«, antworte ich verlegen, dann bezahle ich und mache mich auf den Weg nach Hause, in der Hoffnung, dass Joan nicht mehr da ist.

Und ich habe Glück, denn als ich die Wohnungstür aufschließe, ist alles still, und ich atme erleichtert auf. Der Idiot scheint weg zu sein.

Ich hänge meine Jacke im Flur an die Garderobe, anschließend gehe ich mit den Einkäufen in mein Zimmer und lege den Sternteppich vor dem Bett auf den Boden. Ich muss sagen, allein durch diesen Teppich wirkt der Raum gleich noch heimeliger.

Die Tasse bringe ich in die Küche und beschließe, sie gleich einzuweihen. Mit der vollen Tasse Kaffee gehe ich schließlich wieder zurück in mein Zimmer, wo ich mich an den Schreibtisch setze und erst mal nur aus dem Fenster starre. Alles war etwas viel heute.

Irgendwann greife ich nach meinem Notizbuch. Noch immer liegt der Stern mit der Aufschrift *Neuanfang* lose darin. Jetzt kann ich ihn endlich einkleben, ein Neuanfang ist schon mal gemacht. Während ich eine Tube Klebstoff aus der Schublade hole, muss ich an den Sternenhimmel denken, den ich neulich nachts vor dem Haus betrachtet habe. Ohne dass ich es will, taucht Joans Gesicht vor meinem geistigen Auge auf.

Mit einem Mal kribbelt es in meinen Fingern. Wie ferngesteuert greife ich nach einem Block und beginne zu malen, halte das, was mir gerade im Kopf herumschwirrt, fest. Und dazu gehört auch Joans Gesicht vorhin am Brezenstand. Einfach unbezahlbar.

Zu lange habe ich nicht mehr gezeichnet, dabei tut es so gut. Ich lasse alles aus mir heraus, und die Emotionen fließen wie von selbst auf das Papier. Auch wenn ich nicht will, dass jemand meine Bilder sieht, genieße ich dennoch dieses warme Gefühl von Glück im Bauch.

Gerade als ich fertig bin, klopft es an die Tür.

»Ja?«

Louisa steckt den Kopf herein. »Hey, alles gut? Du bist ja doch schon da. Ich hab noch mal versucht, dich zu erreichen. Was ist denn nur passiert?«

Schnell klappe ich den Block zu und drehe mich zu ihr herum. »Tut mir leid, ich war so sauer. Eigentlich wollte ich dich gar nicht damit belasten. Es war ein Chaos. Aber dann hab ich die Tasche doch noch bekommen, weil Joan noch gar nicht weg war. Sorry, ich hätte mich bei dir melden sollen.«

»Kein Problem, ehrlich.« Louisa lächelt. »Also habt ihr euch dann doch vertragen?«

»Vertragen nicht, aber die Tasche hat er mir wenigstens gegeben. Vielmehr habe ich sie mir wiedergeholt, wie auch immer.«

»Warum hatte er überhaupt die Tasche?«

Ich erzähle ihr in Kurzfassung, was passiert ist, und auch, was wir uns an den Kopf geworfen haben. Natürlich muss ich dabei auch auf die Sterne zu sprechen kommen.

Louisa seufzt. »Das ist echt schwierig mit euch beiden. Als würden Feuer und Wasser aufeinanderprallen. Da reden wir noch drüber, und kurz darauf knallt es schon wieder.« Sie wickelt sich eine Haarsträhne um den Zeigefinger. »Du hattest wirklich zu knabbern an der Sache mit deinem Ex, oder? Und die Sterne, haben sie etwas damit zu tun?«

»Ja. Es war schon eine heftige Zeit. Mir ging es überhaupt nicht gut damit. Und es tut mir leid, dass ich jetzt da ein bisschen empfindlich bin. Vielleicht bin ich sogar unfair … ach, was weiß ich. Wie auch immer, es ist jedenfalls nicht fair, dass du unter der miesen Stimmung leiden musst. Und die Sterne, ja, irgendwie hoffe ich, dass ich damit alles regeln kann. Wenn ich das, was geschehen ist, in etwas Positives umwandle, dann wird es besser. Das war zumindest mein Gedanke.«

»Darf ich sie mal sehen?«

Erst zögere ich, aber dann zeige ich sie ihr.

»Loslassen, mich frei fühlen, ohne Reue genießen«, flüstert sie, während sie die Sterne vorsichtig durch ihre Finger gleiten lässt. »Was bedeutet das?«

»Na ja, ich möchte alles, was mich von früher noch belastet, loslassen. Und mich frei zu fühlen, das hat was damit zu tun, dass ich mich mein Leben lang gefangen gefühlt habe. Meiner Mutter kann ich nie was recht machen, und bei meinem Ex-Freund war es das Gleiche.«

»Und das mit dem Genießen?«

»In den Augen meiner Mama war ich immer entweder zu dick oder zu dünn. Und Colin, von ihm will ich gar nicht reden, es … es war schwierig.«

»Ach, Elisa, das tut mir leid, wirklich. Und dann noch die Sache mit Joan, das reibt dich auf, oder? Jetzt erst verstehe ich alles.«

Ich winke ab. »Alles gut, er ist ja nicht mehr lange da.«

»Höchstens noch eine Woche.«

»Wie? Noch eine ganze Woche? Ich dachte, er ist früher weg?«

Sie seufzt. »Die Übergabe seiner Wohnung verzögert sich wohl weiter. Vorhin hat er es mir erzählt und noch um etwas Zeit gebeten. Klar ist es doof mit euch, aber ich kann ihn ja auch nicht einfach rausschmeißen.«

»Nein, das wohl nicht.«

Sie sieht mich an. »Dass du so verletzt wurdest, ist schlimm, ehrlich. Was ist denn in Berlin passiert, wenn ich fragen darf?«, sagt sie mit sanfter Stimme.

»Er hieß wie gesagt Colin, und es war echt 'ne schlimme Zeit. Es fällt mir immer noch schwer, darüber zu reden. Aber ich … ich habe ihn sehr geliebt und dachte, er liebt mich auch, aber das hat er wohl nie. Am Anfang war es schön, wir hatten Gemeinsamkeiten – das dachte ich zumindest –, doch mit der Zeit hatte er immer nur was an mir auszusetzen. Was ich getan habe, war nie gut genug. Ich hab mich gefragt, was mit mir nicht stimmt, und darin hab ich mich verloren. Ja, ich hätte gehen können, aber ich habe es nicht geschafft. Mein Herz wollte einfach so sehr, dass er mich liebt. Da war diese Hoffnung, irgendwie angekommen zu sein. Das klingt alles dumm, ich weiß.«

Einen Moment lang schweigen wir.

»Die Sache mit dem gebrochenen Herzen ist wirklich fies«, meint Louisa. »Aber weißt du was? Er ist es nicht wert. Ich bin froh, dass du da bist. Und ich verstehe dich wirklich. Um ehrlich zu sein, es gibt da auch bei mir jemanden, an den ich immer wieder denke, bei dem mein Herz schwer ist.«

»Und er fehlt dir?«

»Schon, ich vermisse ihn. Wir waren Freunde, und dann hat er sich nur arschig verhalten. Na ja, wir haben keinen Kontakt mehr, zudem hat er inzwischen eine Freundin. Was soll man da machen?«

»Manchmal hilft es, nicht darüber nachzudenken«, sage ich. »Dann tut es nicht mehr ganz so weh, wenigstens mal vorübergehend.«

»Schon, aber hin und wieder muss man auch reden. Damit man nicht nur das Herz befreit, sondern auch die Seele. Also falls du willst, ich bin da.«

Nachdem Louisa das Zimmer verlassen hat, klappe ich den Block noch mal auf und betrachte meine Zeichnungen.

Ja, es tut gut, das Herz zu befreien, zumindest ab und an. Dennoch ist es nicht immer leicht, es dazu zu bringen, endgültig loszulassen. Das ist vielmehr ganz schön schwer, vor allem, wenn das Herz ziemliche Narben davongetragen hat.

Waffenstillstand

»Das wird ein toller Abend. Du wirst sehen, die sind alle supernett«, sagt Louisa, als wir in der Schlange vor dem *Hinz und Kunz* stehen. Sie ist nicht allzu lang, und so kommen wir recht schnell voran. »Jass hat übrigens geschrieben, dass sie schon drin ist, zusammen mit Kale und Joan.«

Ich nicke nur. Joan. Seit unserer letzten Auseinandersetzung, dem Vorfall mit der Tasche, habe ich ihn nur noch flüchtig gesehen.

Louisa scheint meine Gedanken erraten zu haben. »Ihr müsst euch ja nicht miteinander beschäftigen, ihr Streithammel. Wobei ich finde, dass er sich schon auch bemüht hat, nett zu sein, oder?«

Na ja, es gab in der Tat ein paar Momente, in denen er nicht ganz so unausstehlich war.

»Du hast recht, ich werde mich zusammenreißen.« Das habe ich auch wirklich vor.

Nun sind wir auch schon an der Reihe, bekommen unseren Stempel, und während wir die Jacken an der Garderobe abgeben, schlägt uns bereits der Beat aus dem Innenbereich des Clubs entgegen. Drinnen angekommen, sehe ich mich um und bin gleich begeistert.

Die Einrichtung ist ziemlich cool, irgendwie modern, aber gleichzeitig auch Vintage.

»Na, was sagst du?«

Ich lächle Louisa zu, die heute Abend richtig schick aussieht. Sie trägt einen schwarzen Rock, dazu ein enges rotes Oberteil und Stiefeletten. Ich selbst habe nur eine blaue Bluse und eine dunkle Jeans an. Irgendwie hat mir wieder nichts zugesagt, und so wurde es eben die langweilige Bluse.

»Wir sind immer in der Halle dort«, sagt Louisa, und ich folge ihr zu einem separaten Bereich innerhalb des Clubs. Als wir ihn betreten, hämmern Hip Hop Beats auf uns ein. In einer Art Lounge entdecke ich sogleich Jass, die auf Kales Schoß sitzt und ihm gerade ein Küsschen auf die Wange drückt.

Wir gehen auf die Sitzgruppe zu, und als Jass uns sieht, fällt sie zuerst Louisa um den Hals, dann mir. »Wie schön, da seid ihr ja. Ich freu mich total«, sagt sie und deutet auf einen Kühlbehälter, in dem mehrere Flaschen stecken. »Wir haben schon die erste Runde bestellt, also bedient euch einfach.« Sie reicht mir eine Flasche Bier, und auch Louisa greift sich eine.

Jass nimmt mich an die Hand und führt mich zu einem Pärchen, das händchenhaltend auf einem der Sofas sitzt. »Das hier sind Hanna und Chris.« Nachdem ich mit den beiden abgeklatscht habe, hakt Jass sich mit einem Strahlen im Gesicht bei Kale unter. »Und den hier kennst du ja schon. Joan und noch ein paar andere treiben sich gerade auf der Tanzfläche herum.«

Joan, na toll. Ich will das überhaupt nicht, aber als ich seinen Namen höre, schlägt mein Herz dennoch schneller. Leider viel zu schnell. Ich versuche, das Gefühl zu ignorieren, indem ich daran denke, wie oft wir uns schon angezickt haben, zuletzt erst wieder bei dem Vorfall mit der Tasche. Als ich mal wieder die Tränen kaum zurückhalten konnte, weil er mich so sehr zur Weißglut getrieben hatte. Doch dann wurde sein Blick auf einmal sanft, der Himmel weiß, warum. Aber ich möchte kein Mitleid von ihm.

Zur Clique gehört auch, wie ich erfahre, ein gewisser Dominik, der zusammen mit einem Kumpel hier in der Stadt eine Bar besitzt. Allerdings ist die im Moment wegen einer Renovierung geschlossen, sonst hätten wir natürlich dort gefeiert. Dominik selbst befindet sich gerade auf einem längeren Trip durch verschiedene Länder. Jass erzählt mir, dass er neue Ideen für seine Bar sucht und unter anderem Whiskey- und Bierproduzenten in Irland und den USA besuchen will. Ich seufze leise. Eine Amerikareise, so wie Jass und Kale sie auch gerade planen, wäre schon mal ein Traum von mir. Aber so, wie es in meinem Leben aussieht, wird das wohl noch länger nur ein Traum bleiben.

»Isa ist übrigens auch hier«, sagt Jass. »Sie ist die Schwester von Josh, du kennst sie ja schon.«

Bei dem Namen Josh regt sich etwas in Louisas Gesicht, zumindest habe ich so ein Gefühl.

Und ich habe mich nicht getäuscht, denn schon fragt sie: »Aber Josh nicht, oder?«

Jass beißt sich auf die Lippe. »Doch.«

»Oh nee, musste das sein?«

»Warum, was ist denn?«, will ich wissen.

Louisa seufzt. »Wir haben doch über die Sache mit den gebrochenen Herzen geredet.«

Nun dämmert es mir. »Ach, er ist der, mit dem du viel Zeit verbracht hast und der jetzt eine Freundin hat?«

»Exakt. Darauf habe ich echt keine Lust. Warum ist er denn hier?«

Jass deutet auf Kale. »Er hat sich verquatscht, tut mir leid.«

»Na toll.« Louisa nimmt einen kräftigen Schluck von ihrem Bier. »Aber diese Marie-Sophie«, sie zieht den Namen in die Länge, »ist nicht hier, oder?«

Jass zuckt mit den Schultern. »Ich weiß nicht. Vorhin war sie jedenfalls noch nicht da, und ich hoffe, das bleibt so. Ich kann sie auch nicht leiden, du weißt das. Und ich verstehe Josh nicht. Er benimmt sich, als wäre er plötzlich der größte Instagram-Star.«

Ich sehe die beiden fragend an.

»Sorry, das weißt du ja alles gar nicht«, sagt Louisa zu mir. »Also, diese Freundin von Josh hat einen Model-Account mit vielen Followern, und Josh macht das Gleiche jetzt mit Fitness und irgendwelchen Selfies. Beide sind da wohl recht erfolgreich, aber sie benehmen sich nur noch arrogant. Sie ist es sowieso. Was sie will, nimmt sie sich.«

»Absolut. Und Josh hat nichts Besseres zu tun, als ständig seinen Waschbrettbauch in die Kamera zu halten«, ergänzt Jass. »Dazu noch diese Tussi – ihre ganze Art passt mir einfach nicht. Sie sieht einen immer so an, als wäre man nichts wert. Weißt du, was ich meine?«

Und ob ich das weiß. »Ja, ich kenne auch solche Menschen. Dieses Gefühl ist wirklich nicht schön.«

»Dabei war ich am Anfang ihr gegenüber echt aufgeschlossen. Aber wie auch immer, wir feiern jetzt und lassen uns den Spaß nicht verderben.«

Louisa lächelt, doch ich weiß, dass ihr eigentlich gar nicht danach ist. Ich kenne diese Art von Maskierung, man versucht, seine Gefühle dahinter zu verstecken. Doch die Augen spiegeln wider, was man wirklich in der Seele fühlt.

Schließlich beginnen wir zu tanzen, zwischendurch setzen wir uns auch mal hin und reden. Jass und Kale albern herum, und irgendwann sitzt Jass wieder knutschend auf Kales Schoß.

In meiner Brust sticht es, als ich die beiden beobachte. Es muss schön sein, einen Menschen zu haben, der einen wirklich liebt. Der immer da ist, egal, was kommt. Wie sehr habe ich mir das gewünscht.

Schnell verdränge ich den Gedanken und wende mich Louisa zu. »Süß, die beiden, oder?«

»Schon. Aber ich sage dir eines: Würde ich Jass nicht so sehr mögen, fände ich es fast schon eklig, wie verliebt sie sind.«

Ich lächle. »Ja, absolut.«

»Was meinst du, wollen wir wieder tanzen? Weg von diesen ganzen Pärchen?«, fragt Louisa mit einem

Seitenblick auf Hanna und Chris, die ebenfalls dasitzen und kaum die Finger voneinander lassen können.

Und so stehen wir auf und schieben uns auf die Tanzfläche. Die Musik ist gut, wir haben wirklich Spaß. Irgendwann rücken zwei Jungs ziemlich dicht an uns heran.

»Na, Mädels, was geht ab?«, fragt einer der beiden und beginnt gleich, auf Tuchfühlung zu gehen.

»Nichts geht ab mit euch«, ruft Louisa. »Lass deine Finger mal schön bei dir.« Sie lächelt ihn keck an und nimmt meine Hand. »Die sind total nervig«, flüstert sie mir zu. »Komm, hauen wir ab an die Bar.«

Dankbar für diesen Vorschlag lasse ich mich bereitwillig von ihr in Richtung Theke mitziehen.

Nachdem wir Platz genommen haben, seufzt sie. »Oh Mann, es gibt echt keine tollen Kerle mehr. Manchmal nervt mich alles.«

»Stimmt, und deswegen habe ich mir auch diese Regel gesetzt: Keine Jungs, denn die bringen nur alles durcheinander.«

»Irgendwie gefällt mir diese Regel, aber ohne Jungs ist es auch langweilig.«

»Wobei ich Langeweile gerade echt gebrauchen kann.« Ich rolle mit den Augen. »Was nervt dich denn noch?«

Sie zuckt mit den Schultern. »Ich weiß irgendwie nicht, was ich im Leben will. Ich studiere, ja, aber so richtig erfüllt es mich nicht. Und dann sehe ich Jass. Versteh mich nicht falsch, ich gönne ihr ihr Glück, wirklich.«

Mittlerweile kenne ich die Geschichte von Jass und Kale. Jass, die sehr krank war und so eine Kämpferin ist, konnte mit einer Liste von Wünschen Kales Herz gewinnen.

»Dennoch fühle ich mich so orientierungslos«, meint Louisa. »Ich trauere einem Idioten nach und mache auch nicht das, was ich wirklich will. Sollte man das in unserem Alter nicht langsam mal wissen? Irgendwas muss ich doch ändern, oder?«

»Was soll ich dir sagen? Ich hab gefühlt noch weniger als du gemacht. Ich meine, ich bin nach Berlin, um dort mit einem Kerl zu leben, der mich nicht liebte. Um ihm zu gefallen, hab ich alles in den Sand gesetzt, meine Ausbildung und …« Und noch so viel mehr, ergänze ich in Gedanken.

»Was hattest du denn für eine Ausbildung angefangen?«

»Ich war in einer Werbeagentur und wollte Mediengestalterin werden. Aber die Zeit war blöd, ich war irgendwie nicht ich selbst und … ach, keine Ahnung.«

»Das ist doch toll. Hast du dich denn damit schon länger beschäftigt?«

»Seit ich denken kann, habe ich gezeichnet, aber na ja, ich war dämlich zu glauben, dass mein Talent ausreicht. Denn das tut es nicht. Also habe ich es dann gelassen.«

»Das tut mir leid, ehrlich«, sagt Louisa, »das mit Colin und allem anderen. Aber du bist ja auf einem guten Weg. Die Idee mit den Sternen ist schön, und es verändert sich was in deinem Leben. Im Gegensatz zu mir hast du einen Plan.«

»Einen Plan, in dem aber kein Joan vorgesehen war.«

»Ja, ihr beiden, das ist echt schlimm.« Sie lacht. »Ich verstehe dich übrigens, dass du nach allem, was passiert ist, ein gebranntes Kind bist. Aber gib's zu, so schlecht ist er auch wieder nicht.«

»Ja, vielleicht.«

»Und er hat schöne Augen«, fügt sie hinzu.

Ich muss daran denken, wie intensiv ich seinen Blick finde.

»Schöne Augen allein reichen nicht.«

»Schon, ja, er wirkt aber auch charmant.«

»Das kann genauso gut alles nur Fassade sein.«

»Ab und zu kann man auch hinter die Fassade blicken«, gibt Louisa zu bedenken.

»Möglich, aber trotzdem bleibe ich dabei. Er ist egoistisch und tut nichts für andere. Und es ist eindeutig besser, wenn wir uns aus dem Weg gehen.«

Mit gerunzelter Stirn mustert sie mich. »Redest du nur von Joan, oder denkst du dabei auch an jemand anderen? An diesen Colin zum Beispiel? Vielleicht projizierst du zu viel von ihm auf die Männer im Allgemeinen und besonders auf Joan.«

Ich zucke mit den Schultern. Ja, gute Frage. Aber ich möchte mich damit jetzt nicht weiter beschäftigen, also greife ich stattdessen nach der Getränkekarte und frage: »Wie auch immer. Was wollen wir trinken?«

»Wir wär's mit einem Skinny Bitch?«

Ich sehe Louisa unwissend an. Anscheinend habe ich eine Bildungslücke, was angesagte Getränke angeht.

»Das ist einfach ein doppelter Wodka und dazu Wasser«, erklärt sie mir.

»Na dann, lass uns das trinken.«

Wenig später stehen die Getränke schon vor uns.

»Also dann, worauf trinken wir?«

»Auf uns.«

Ich lächle. »Ja, auf uns! Auf Veränderungen im Leben.«

»Soll ich ehrlich sein?«, sagt Louisa, nachdem sie einen Schluck aus ihrem Glas genommen und sich dann noch mal in der Halle umgesehen hat.

»Klar, du kannst mir gegenüber absolut ehrlich sein.«

»Also, das mit Josh hat mich total getroffen. Wir hatten uns so gut verstanden – und jetzt tut es nur noch weh.«

»Was ist denn passiert?«

»Na ja, ich wollte ihm damals sagen, dass ich was für ihn empfinde. Doch dann ist diese Marie-Sophie dazwischengekommen. Die Sache ist durch. Aber weißt du, irgendwie hoffe ich immer noch. Er kann doch nicht plötzlich so ein Idiot geworden sein, dass ich ihm nun völlig egal bin.« Ich sehe ihr an, wie sehr es sie schmerzt.

»Ich kenne ihn leider gar nicht«, antworte ich, »aber ich denke, dass du gerade nichts tun kannst. Manchmal verändern sich die Dinge, und es ist schwer, sie zu akzeptieren. Menschen verändern sich. Oder sie waren schon immer so, du hast sie nur anders gesehen. Ich weiß, es tut weh, aber vergiss ihn am besten für den Moment. Diesen Rat kann ich dir geben. Glaub mir, ich weiß aus eigener Erfahrung, wie schwer es ist, jemanden, den man vermisst, zu vergessen.«

»So wie Colin?«

»Ja, leider, dabei möchte ich nichts mehr als das.«

Louisa hebt ihr Glas. »Lass uns heute einfach glücklich sein und ganz viel lachen.«

In diesem Augenblick wird ein neues Lied gespielt, und sofort beginnt die Menge zu toben. Ohne zu fragen, ziehe ich Louisa mit mir auf die Tanzfläche. Wir bewegen uns im Takt der Musik, und ich merke, dass auch Louisa nun langsam loslässt. Die Stimmung ist entspannt, ich fühle mich richtig wohl.

Doch irgendwann wandert mein Blick zur gegenüberliegenden Seite des Raumes, und ich entdecke Joan. Er lehnt dort an der Wand und spricht mit einem Kerl, den ich nicht kenne. Ein wenig zu dicht neben ihm steht eine Blondine. Ob das sein Date ist?

Scheint so. Ich schlucke, dabei sollte es mir doch egal sein. Natürlich, und es ist mir auch egal. Ich versuche, sie zu ignorieren, und mustere stattdessen den Kerl, mit dem Joan gerade redet. Er sieht gut aus, hat helle Haare und einen ziemlich coolen Style. Auch fällt mir sein charmantes Grinsen auf.

Mein Blick geht wieder zurück zu Joan. Ich will es nicht, aber ich kann einfach nicht wegsehen. Auch nicht, als die Blondine plötzlich über seinen Arm streicht.

Louisa sieht nun ebenfalls zu den dreien hinüber. Ihr Gesicht ist wie versteinert, und dann verstehe ich. Der Typ mit dem sympathischen Grinsen, mit dem Joan sich unterhält, muss Josh sein.

Ich will es genau wissen und stupse sie an. »Ist das Josh?«, frage ich und reiße sie damit unübersehbar aus ihren Gedanken.

»Ja, das ist er. Josh.« Sie wirkt ganz benommen und starrt noch immer ununterbrochen in seine Richtung.

Nach einer Weile schaut Josh zu uns herüber. Aber nicht nur er, sondern auch Joan. Sofort klopft mein Herz wieder schneller. Verdammt, ich will das nicht. Für einen Moment treffen sich unsere Blicke, dann hebt Joan die Hand. Louisa tut es ihm gleich. Doch statt wie Joan zurückzuwinken, dreht Josh sich weg und tut so, als hätte er Louisa nicht gesehen.

Joan wirkt ein wenig verlegen, was ich nicht von ihm gedacht hätte, aber Josh scheint das nicht zu interessieren. Joans Blick bleibt auf mir liegen, als würde er auf eine Reaktion von mir warten. Aber ich will nicht auf nett machen, dafür hatten wir uns schon zu sehr in den Haaren.

Nun blickt auch die Blondine zu uns und flüstert Joan etwas ins Ohr. Sicher möchte sie wissen, wer wir sind, zumindest vermute ich das. Einen Moment später gesellt sich ein weiteres Mädchen zu den dreien. Sie hat dunkle Haare, zieht Josh sofort an sich, dann küssen die beiden sich ausgiebig. Ich will mir gar nicht vorstellen, welchen Stich Louisa gerade spürt.

Ich greife nach ihrer Hand. »Komm, lass uns weitergehen. Irgendwohin, wo wir unsere Ruhe haben.«

Louisa sieht mich mit glasigen Augen an. »So ein Penner. Er hat mich doch gerade mit Absicht ignoriert, oder? Nicht mal Hallo kann er sagen!«

Ich weiß, die Antwort, die ich ihr jetzt geben muss, tut weh. »Es tut mir so leid. Aber kümmere dich einfach nicht mehr um ihn, ja?«

Ohne ein weiteres Wort gehen wir in die nächste Halle und stellen uns dort an die Bar. »Der ist doch echt das Letzte!«, ruft Louisa. Sie hebt die Hand, und der Kellner tritt zu uns. »Drei Tequila bitte!«

Ehe ich mich versehe, stehen die drei Gläser vor ihr, und Louisa schüttet eines nach dem anderen in sich hinein. Ich kann sie so gut verstehen, sie ist verletzt, wütend und traurig.

»Was bildet der Kerl sich eigentlich ein? Nicht mal winken konnte er!«

»Er ist ein Idiot, denk nicht mehr an ihn.«

Auf einmal wird ihr Blick glasig, und Tränen treten in ihre Augen. Eine von ihnen rollt über ihre Wange.

Ich lege den Arm um sie. »Nicht weinen, Louisa, bitte. Er ist es nicht wert.«

»Ich weine ja nicht«, schnieft sie und wischt die Tränen schnell weg. Sie versucht, die Fassung wiederzuerlangen, das merke ich. Aber es gelingt ihr nicht.

Ich führe sie von der Bar weg. »Sei jetzt bloß stark. Du wirst garantiert nicht zusammenbrechen, schon gar nicht hier im Club. Alles klar? Ich weiß, es ist nicht immer leicht, stark zu sein. Aber du schaffst das. Komm, wir gehen erst mal von hier weg, zu den Toiletten oder so.«

Eilig ziehe ich sie durch die Menschenmenge zum Ausgang der Halle, als plötzlich Joan vor uns steht. »Alles okay?«, fragt er. Seine Augen treffen auf meine, und schon geht mein Puls wieder schneller.

»Nein, nicht so wirklich.«

Er nickt. »War Mist von Josh«, sagt er an Louisa gerichtet, die nur mit den Schultern zuckt.

»Gemein zu sein habt ihr Kerle halt drauf.« Sie schiebt sich an Joan vorbei.

Ich will ihr folgen, doch er fasst mich am Arm und zieht mich zu sich. Augenblicklich reagiert mein Körper auf diese Berührung. Ich möchte das aber nicht – und doch irgendwie schon.

»Können wir später mal reden, Elisa?«

Ich sehe ihn an, er ist mir viel zu nah. »Reden? Worüber?«

»Nun, ich denke, es gibt da schon ein paar Dinge, die wir für die Zukunft klären sollten.«

Ich schüttele den Kopf. »Also, ich habe nichts mit dir zu bereden. Außerdem muss ich mich jetzt um Louisa kümmern, und du wirst sicher auch erwartet«, sage ich nur noch, dann löse ich mich aus seinem Griff und schiebe mich hinter Louisa durch die Menge.

Nachdem wir die Halle verlassen haben, gehen wir die Treppe hinunter, die zu den Toiletten führt. Die Musik dringt jetzt nur noch dumpf zu uns durch. Im

Waschraum lehnen wir uns an die kühle, geflieste Wand. Ich reiche Louisa ein Taschentuch, mit dem sie sich die Augen abtupft.

»Mir tut das so leid, Louisa«, sage ich noch einmal.

Sie winkt ab. »Mir tut es leid, ich bin so eine blöde Heulziege. Es gibt doch gar keinen Grund und außerdem …«

»Du musst dich nicht bei mir entschuldigen. Wofür denn auch?«

Sie tritt an eines der Waschbecken, stützt sich darauf ab und beugt sich nach vorn. »In mir dreht sich alles, ich will heim«, flüstert sie.

»Dann lass uns gehen.«

»Du musst nicht mit mir kommen, Elisa. Du kannst hierbleiben. Und Joan, er wollte doch was von dir.«

»Das ist total egal.« Ich führe sie nach draußen in den Gang, wo vor den Toilettenräumen ein Sofa und zwei Sessel um einen kleinen Tisch gruppiert sind. »Setz dich und warte hier auf mich. Ich sage nur kurz Jass Bescheid, ja? Bin gleich wieder da.«

Nachdem ich mich vergewissert habe, dass ich Louisa auch wirklich allein lassen kann, steige ich die Treppe hoch, schlängle mich durch die Menge und suche nach Jass. Doch an der Sitzgruppe, wo sie vorhin noch war, finde ich sie nicht. Eilig sehe ich mich um und entdecke sie schließlich zusammen mit Kale auf der Tanzfläche.

Ich will zu den beiden rübergehen, doch da versperrt Joan mir schon wieder den Weg, und mein dummes Herz beginnt erneut, heftig zu pochen.

»Elisa, ich muss echt mit dir reden.«

»Was ist denn? Es passt gerade wirklich nicht.«

»Wie geht es Louisa?« Er beugt sich zu mir, und ich spüre seinen Atem an meinem Ohr. Das Gefühl ist gut. Aber ich will es nicht haben, ich darf es nicht.

Schnell trete ich einen Schritt zurück. »Na ja, sie ist einfach traurig und fertig. Wir gehen jetzt, sie muss nach Hause.«

»Brauchst du Hilfe? Soll ich mitkommen?«

Sein Blick ist warm, aber ich muss versuchen, gegen das, was in mir hochkommt, anzukämpfen. Er soll sich von mir fernhalten und mich in Ruhe lassen, so wie ich es ihm gesagt habe. Ich möchte nicht mit ihm reden, brauche keine Hilfe oder sonst irgendwas.

»Was willst du von mir, Joan? Ich habe jetzt keine Zeit. Und nein, du musst nicht mitkommen. Geh wieder feiern mit deiner Freundin.«

Mist, habe ich das wirklich gesagt?

Er kommt erneut näher, und sofort ist da wieder dieses Kribbeln in meinem Bauch, gegen das ich mich so sehr wehre. Ich will ihn auch nicht so ansehen, nicht die Muskeln anstarren, die sich unter seinem Shirt abzeichnen.

»Sie ist nicht meine Freundin.«

Meine Atmung geht schneller, aber ich versuche, es vor ihm zu verbergen. »Ist mir auch egal. Ich muss jetzt echt zu Jass, okay? Also bis dann.«

Schließlich drücke ich mich an Joan vorbei und gehe auf Jass und Kale zu, die immer noch miteinander tanzen.

»Na, wo treibt ihr euch denn herum?«, ruft Jass mir entgegen, nachdem sie mich entdeckt hat.

»Sorry, schlechte Nachrichten. Louisa geht's nicht so gut, ich bringe sie jetzt heim«, berichte ich ihr.

»Ach nein, was ist los? Wo ist sie?«

»Noch auf der Toilette, ihr war etwas übel. Ich wollte dir nur kurz Bescheid sagen. Es gab einen kleinen Zwischenfall wegen …« Ich stoppe, denn in diesem Moment taucht Josh auf der Tanzfläche auf und verwickelt Kale in ein Gespräch. Meine Wut auf ihn kann ich gerade nicht allzu gut unterdrücken.

Scheinbar spricht mein Blick Bände, denn Jass tritt nah an mich heran. »Wegen ihm?«, raunt sie mir zu.

»Ja.«

»Ich komme am besten mal mit. Dann kannst du mir alles erzählen.«

Ohne meine Antwort abzuwarten, beugt sie sich zu Kale und flüstert ihm etwas ins Ohr, woraufhin er nickt. Dann verlassen wir beide die Tanzfläche. Dabei fällt mir auf, dass ich Joan nirgendwo mehr entdecken kann, und ich frage mich sogleich, warum ich überhaupt nach ihm Ausschau halte. War ich eben vielleicht etwas kalt zu ihm, ein wenig zu hart? Sein Angebot zu helfen war ja eigentlich nett. Aber wir brauchen seine Hilfe nicht.

Als Jass und ich unten bei den Toiletten ankommen, sitzt Louisa immer noch auf dem Sofa. Sie wirkt sichtlich müde und geknickt.

Jass setzt sich neben sie. »Was ist passiert?«, will sie wissen.

»Ach, dieser dumme Josh ist passiert«, schluchzt Louisa und tupft sich mit dem Taschentuch die Augen ab. »Ignoriert hat er mich und …«

»Und du hast dir Tequila reingezogen«, stellt Jass fest. Gerade frage ich mich noch, woher sie das weiß, als sie zu mir aufsieht. »Wenn Louisa Tequila trinkt, wird sie mehr als emotional«, erklärt sie. »Sie sollte wirklich schnell heim.«

»Ich kann euch fahren, ich hab nichts getrunken und bin mit dem Auto da«, schlägt Joan vor, der auf einmal hinter mir aufgetaucht ist.

Wo kommt der denn jetzt her? Habe ich mich vorhin denn nicht klar genug ausgedrückt?

»Das brauchst du nicht«, wiegele ich ab. »Ich bin ja da und …«

Aber Jass unterbricht mich und sieht Joan an. »Das wäre so lieb von dir.«

»Unsinn, ehrlich«, widerspreche ich. »Wir können laufen, ich krieg das schon hin.«

»Elisa, es ist kein Problem. Jetzt sei nicht so stur.« Joans Blick trifft mich und fährt durch meinen gesamten Körper. Was fällt ihm ein?

»Ist echt gut. Wir schaffen das, wir sind stark«, sagt Louisa jetzt. Ich bin irgendwie erleichtert, dass sie es genauso sieht wie ich.

Doch Jass lässt sich nicht beirren. »Eindeutig der Tequila. Wäre echt klasse, Joan.«

Ich versuche es noch einmal. »Mach dir keine Umstände, wir können auch ein Taxi nehmen. Du willst doch sicher noch feiern und …«

»Wie gesagt, kein Problem.«

Na toll, gleich neben ihm im Auto zu sitzen, ist nicht gerade das, was mir vorschwebt.

»Ich denke, es ist keine schlechte Idee, wenn Joan euch fährt«, bekräftigt Jass. »Dann kommt ihr auf alle Fälle sicher nach Hause.«

Obwohl ich diesen Druck im Bauch spüre, beschließe ich, mich nicht weiter zu widersetzen. Wie sollte ich das auch begründen? Außerdem ist es ja wirklich nett von Joan, dass er uns fahren möchte.

Während ich noch darüber nachdenke, zieht er Louisa bereits auf die Beine. »Also komm, ich bringe euch heim.«

»Ja, heim ist gut.« Louisa seufzt. »Da ist es viel schöner als hier.«

Als sie einigermaßen sicher zum Stehen gekommen ist, haken Jass und ich sie links und rechts ein und gehen dann gemeinsam die Treppe nach oben.

»Habt ihr die Garderobenmarken?«, fragt Joan. »Dann hole ich eben eure Jacken.«

Louisa fängt an, in ihrer Tasche zu kramen, findet auch den Zettel, der ihr aber aus der Hand rutscht. Ich gehe in die Knie, um ihn aufzuheben. Joan scheint die gleiche Idee gehabt zu haben, und plötzlich sind wir uns wieder ganz nah.

»Nimm ruhig«, sage ich und erhebe mich hastig wieder.

»Und deine Jacke? Soll ich sie auch holen?«

Mist, was jetzt?

»Schon gut, ich mach das selber.«

Er greift nach meiner Hand und zieht mich ein Stück von Louisa und Jass weg. Ich bin so überfordert von der Situation, dass ich mich gar nicht wehren kann und schließlich mit dem Rücken zur Wand dastehe.

Joan sieht mich eindringlich an. »Elisa, wir beide hatten einen schlechten Start, das gebe ich zu. Auch wenn du mich nicht leiden kannst, sollten wir für den Moment Waffenstillstand schließen, ja?«

Schon wieder dieses dumme Herz. Warum muss es auch immer so rasen? Und wieso muss er so gut riechen?

Ich schlucke. »Okay«, flüstere ich, dann ziehe ich den Zettel für die Garderobe aus meiner Hosentasche und reiche ihn Joan.

»Alles klar.« Als er danach greift, berühren sich kurz unsere Finger, und ich spüre ein zartes Kribbeln auf der Haut.

»Bringt Louisa schon mal hinaus, ich komme dann zum Ausgang«, sagt er noch, ehe er sich von mir abwendet und sich auf den Weg zur Garderobe macht.

Ich hingegen bleibe noch einen Augenblick lang stehen, bis ich mich wieder einigermaßen gefasst habe. Dann gehe ich hinüber zu Louisa und Jass.

»Also, er fährt uns und …« Ich winke ab. »Ach, egal.«

Jass quittiert meine Worte mit einem Schmunzeln, aber ich werde sicher nicht darauf eingehen.

Am Ausgang angekommen, nimmt Jass Louisa in den Arm. »Kommt gut heim, ja? Bis morgen.«

»Jass, ich hab dich so, so lieb«, seufzt Louisa in Jass' Halsbeuge, woraufhin diese lächelt. »Und«, Louisa dreht sich zu mir herum, »dich hab ich auch lieb, Elisa, sooo lieb.«

Schmunzelnd hake ich mich bei ihr unter. »Ich dich auch. Also lass uns gehen.«

Joan, der mittlerweile mit den Jacken wieder zu uns gestoßen ist, öffnet uns die Tür. Wir gehen durch den schmalen Gang nach draußen, und einige Sekunden später empfängt uns die kühle, frische Luft.

»Ich stehe gleich da drüben«, erklärt er.

Tatsächlich ist es nicht weit bis zu seinem Auto, nur um eine Straßenecke. Ich bin erleichtert, denn Louisa ist wirklich nicht mehr allzu sicher auf den Beinen.

Vor einem schwarzen VW bleibt Joan stehen. »Da wären wir.« Er drückt auf die Fernbedienung, und ich öffne eine der hinteren Türen, um Louisa hineinzubugsieren. Etwas ungeschickt krabbelt sie ins Auto und streckt sich wohlig auf der Rückbank aus.

»Louisa, du musst dich anschnallen«, ermahne ich sie.

»Hm, na gut.« Sie rappelt sich auf, schnallt den Gurt fest und legt sich dann wieder hin, zumindest so weit, wie der Gurt es zulässt. »So gemütlich und kuschelig«, seufzt sie.

»Sie ist wirklich fertig«, sage ich mehr zu mir selbst als zu Joan.

Er nickt. »Auf jeden Fall. Komm, lass uns fahren.«

Verbirgt er auch etwas?

Kurze Zeit später sitze ich neben Joan und fahre mit ihm durch die Nacht. Die Stadt zieht an uns vorbei. Ich drehe den Kopf ein wenig nach hinten, Louisa atmet tief und gleichmäßig.

»Schläft sie?«, fragt Joan.

Ich betrachte ihn von der Seite. Die dunklen Haare, die leicht seine Stirn umspielen, seine Lippen … Wie nah er mir vorhin war.

Hör sofort auf, so zu denken.

Schnell wende ich den Blick wieder von ihm ab. »Ja, das mit Josh vorhin hat sie echt sehr mitgenommen.«

»Es ist so schade. Die beiden haben sich wohl mal sehr gut verstanden. Kale meinte, sie haben viel zusammen unternommen.«

»Das hat Louisa mir auch erzählt. Aber na ja, manche Kerle zeigen erst nach einiger Zeit ihr wahres Gesicht. Wer weiß, warum er so nett zu ihr war, dieser Idiot.«

Sofort tauchen Bilder vor meinem inneren Auge auf. Bilder, die ich nicht in meinem Kopf haben möchte. Ich kann aber sehr gut nachvollziehen, wie Louisa sich fühlen muss.

»Diese Kerle sind nett zu dir«, füge ich hinzu. »Sie spielen dir vor, dich zu mögen, gar zu lieben, und verletzen dich dann andauernd. Und man lässt es zu. Josh ist es nicht wert, dass Louisa auch nur einen Gedanken an ihn verschwendet.«

»Auf alle Fälle, da stimme ich dir schon zu. Menschen verändern sich manchmal zum Negativen.«

Eine Weile schweigen wir.

»War die Sache bei dir sehr schlimm?«, fragt er auf einmal.

»Was meinst du?«

»Nun, die mit dem blöden Möchtegern-Macho, der dir das Herz gebrochen hat.«

Seine Frage trifft mich total unvorbereitet. »Ja, nein, ich …«

Er sieht für den Bruchteil einer Sekunde zu mir herüber. Seine Lippen wirken selbst im Dunkeln irgendwie sinnlich, und ich ertappe mich dabei, wie ich sie anstarre. Wie es wohl wäre, sie zu küssen?

Kein guter Gedanke. Ein ausgesprochen blöder Gedanke. Keine Jungs, kein emotionales Theater und kein Drama.

Und doch.

Küsse, ja, sie können das schönste Gefühl der Welt auslösen. Aber sie können sich auch ganz und gar anders anfühlen. Ich spüre den Stich, versuche jedoch, ihn zu verdrängen. Und ich will Joan nicht küssen. Lieber nicht.

Meine Gedanken kreisen, sodass ich gar nicht bemerke, dass wir bereits unsere Straße erreicht haben.

Erst als Joan den Wagen stoppt, wird mir klar, wo wir sind.

»Da wären wir«, sagt er.

Ich blicke nach hinten zu Louisa. Sie schläft noch immer, und ich frage mich, wie wir sie nun nach oben schaffen sollen. Irgendwie tut es mir schon leid, sie aufwecken zu müssen, denn sie wirkt so zufrieden. Gerade ist ihre Welt in Ordnung. Schlafen kann so was Schönes sein. Ich strecke den Arm aus und rüttle leicht an ihr. »Louisa, hey, aufwachen. Wir sind da.«

»Wo da?«, murmelt sie und bewegt sich tatsächlich ein klein wenig.

Noch einmal rüttle ich. »Daheim. Los, komm, aufstehen, dann bist du gleich im Bett.«

Sie streckt sich kurz, nimmt dann aber sofort wieder ihre Schlafposition ein.

»Oh Mann, das kann dauern«, sage ich zu Joan, der sich jetzt abschnallt und aus dem Auto aussteigt. Ich tue es ihm gleich.

Als ich neben dem Wagen stehen bleibe, blicke ich kurz in den Himmel. Er ist klar, und einige Sterne betupfen ihn.

»Soll ich sie nach oben tragen?«, fragt Joan, der inzwischen auf meine Seite herübergekommen ist.

Erst sehe ich zu Louisa, dann zu ihm. »Schaffst du das denn?«

Er spannt die Muskeln an seinen Oberarmen an und grinst. »Wird schwer, aber ich gebe alles.«

Ich verdrehe die Augen. »Ich probiere noch mal, sie zu wecken«, erwidere ich, dann öffne ich die rückwärtige Tür und schüttele Louisa an der Schulter. »Hey Liebes, wir sind da, aufstehen.«

»Nein, ich will nicht aufstehen«, brummt sie und dreht sich von mir weg.

Aber ich gebe nicht auf. »Los, ab ins Bett mit dir, du kleine Schnapsdrossel.«

Doch es nützt nichts, Louisa ist schon wieder ganz woanders.

»Lass mich mal«, sagt Joan.

Ich trete zur Seite und schaue zu, wie er sich ins Auto beugt. »Hey, ich bin's, Joan. Komm schon, dein Bett wartet.« Er zieht sie leicht an den Armen nach oben.

Louisa richtet sich auf, öffnet die Augen und wirkt ganz benommen. »Hmm, ich kann nicht so laufen.«

»Dann komm her, ich trage dich.«

Nachdem wir sie gemeinsam aus dem Auto gehievt haben, hebt Joan sie auf seine Arme und trägt sie in Richtung Haustür. Ich schlage die Wagentür zu, laufe an Joan und Louisa vorbei aufs Haus zu und krame währenddessen schon in meiner Tasche nach dem Schlüssel.

Schließlich trägt Joan Louisa die Treppen nach oben. Ich folge ihnen und entriegele dann unsere Wohnungstür. Als wir die dunkle Wohnung betreten, schalte ich nur das Licht in der Küche ein, damit es für Louisa nicht zu grell ist.

»Legen wir sie gleich ins Bett?«, schlägt Joan vor.

»Gute Idee.« Ich öffne Louisas Zimmertür und lasse Joan eintreten, der Louisa nun vorsichtig auf dem Bett ablegt.

»Warte, ich ziehe ihr noch die Schuhe aus.«

Kaum habe ich Louisa von ihren Stiefeletten befreit, mummelt sie sich auch schon in die Decke ein.

»Geschafft.« Joan lächelt mir zu. Er sieht gut aus, wie er so dasteht in dem leichten Licht, das von draußen hereindringt. Und jetzt fällt mir auch wieder auf, wie gut er riecht.

»Ja, wir … wir sollten sie am besten ausschlafen lassen«, sage ich ein wenig verlegen und wende mich rasch ab, um das Zimmer zu verlassen.

Joan folgt mir, und als wir draußen im Flur stehen bleiben, sind wir uns mit einem Mal wieder so nah. Nur wir beide, kaum Licht um uns herum, und in mir kribbelt es heftig.

Ich brauche Abstand. Abstand ist eindeutig besser. Mein Körper darf einfach nicht so auf ihn reagieren.

»Also, dann gehen wir mal schlafen«, sage ich und beiße mir gleich darauf auf die Lippe. *Wir.* Was habe ich denn da wieder von mir gegeben? »Ich meine, ich gehe. Und du, du kannst ja noch …«

Er grinst. »Ja, ich schätze, das sollten wir machen.« Es verstreichen gefühlt einige Minuten, in denen wir uns nur ansehen. »Ist dir eigentlich schon aufgefallen, dass sie schief ist?«

Okay, was meint er damit?

»Na, die Tür deiner Kommode«, erklärt er. »Das ist mir schon früher aufgefallen, als Jass noch hier gewohnt hat.«

Wie kommt er denn ausgerechnet darauf? »Ähm, ja. Und jetzt?«

»Wenn du möchtest, kann ich sie dir reparieren. Ich muss sie mir nur kurz ansehen. Vielleicht würde es reichen, die Schrauben anzuziehen, dafür hätte ich das passende Werkzeug sogar hier.«

»Ist kein Problem.« Ich winke ab. »Dann ist die Tür eben schief. Ich brauche keine Hilfe, wirklich, alles gut.«

»Ich repariere gern Dinge, also betrachte es als Dienstleistung, nicht als Hilfe. Ist es dann besser für dich?«

»Du reparierst gern Dinge?«, frage ich und kann mir das Lachen beinahe nicht verkneifen. Das ist echt schräg.

»Ja, wenn was kaputt ist, gebe ich keine Ruhe, bevor es nicht repariert ist. Eine Handwerkerkrankheit, schätze ich.«

Nun kann ich doch nicht anders, als aufzulachen.

Er legt den Kopf schief. »Los, zeig schon, ich sehe sie mir wirklich gern an.«

»Okay, wenn du dann glücklicher bist?«

»Absolut.«

»Du hast sie echt nicht mehr alle.« Ich schüttele den Kopf. »Also gut, verstanden. Nicht du hilfst mir, sondern ich dir, weil du nicht schlafen kannst, bevor du nicht irgendwas repariert hast.«

Nun zucken auch Joans Mundwinkel. »Jap, so ist es.«

»Na schön.«

Schließlich öffne ich dann doch meine Zimmertür und schalte das Licht ein. Ich muss blinzeln, weil es so hell ist, nachdem wir die ganze Zeit praktisch im Dunkeln gestanden haben.

Joan ist mir gefolgt. Vor der Kommode geht er in die Hocke, betrachtet kurz die schiefe Tür von außen, dann öffnet und schließt er sie ein paarmal, ehe er sich zu mir umdreht. »Das ist wirklich nur ein ganz kleiner Handgriff, muss nur richtig festgezogen werden. Wenn du willst, mache ich dir das gleich. Ich hole schnell einen Schraubenzieher.«

Er steht auf, verlässt den Raum und kommt schon nach wenigen Augenblicken mit einem Werkzeugkasten zurück, aus dem er einen Schraubenzieher herausholt. »Der hier müsste passen«, murmelt er, während er sich an den Scharnieren zu schaffen macht.

Und tatsächlich, keine Minute später sitzt die Tür ganz fest und vor allem gerade. »Das war's schon.«

»Danke. Geht es dir jetzt besser?«

Er grinst nur und steht auf. Wieder ist er mir viel zu nah, und unsere Blicke verschmelzen einen Moment lang scheinbar wie von selbst. Schließlich deutet er auf den Beutel mit den Glasscherben, der neben den Sternen und den Bildern, die ich gemalt habe, auf dem Schreibtisch liegt. »Die Glasschale könnte ich dir auch reparieren. Dafür gibt es spezielle Klebstoffe. Natürlich nur, wenn du möchtest.«

Ich schlucke. »Ehrlich?«

»Ja, ehrlich. Ich habe das Gefühl, sie bedeutet dir was. Dafür bräuchte ich nur einen Glaskleber. Ob es klappt, weiß ich nicht, aber ich kann es zumindest versuchen. Ich muss morgen sowieso zum Baumarkt, dann besorge ich einen.«

»Nein, das brauchst du nicht, ich …«

»Ich mach das gern. Also?«

»Okay, meinetwegen.«

Das ist echt nett von ihm.

»Gut, dann …« Er streicht sich durch die Haare. »Du wolltest doch schlafen, und für mich wird es auch Zeit.« Sein Blick fällt auf den Schreibtisch, bleibt an meinen Bildern hängen, und er beginnt zu grinsen. »Hast mich gut getroffen.«

Jetzt realisiere ich, was er meint. Oh Mann, ausgerechnet das Bild von ihm liegt oben auf dem Stapel!

»Ja, ich … ach, keine Ahnung.«

»Darf ich mal?«

Mir bleibt nichts anderes übrig, als zu nicken.

Schon greift er nach dem Bild und betrachtet es. »Du kannst echt gut zeichnen. Hast du denn irgendwann mal vor, was in diese Richtung zu machen?«

Ich schüttele den Kopf. »Ich hatte mal eine Ausbildung begonnen, aber … das ist alles so kompliziert.«

»Schade, du hast es drauf, ehrlich. Du solltest mal wieder drüber nachdenken.«

»Nett von dir, danke. Mal sehen.«

Er legt das Bild wieder zurück. »War gemein von mir, das mit dem Zimmer und dass ich dich gleich loswerden wollte. So bin ich sonst nicht, ehrlich.« In seinem Blick liegt etwas, das ich nicht deuten kann.

»Stimmt, das war schon ein wenig gemein. Auch das mit der Tasche und dass du mich mit den Sternen aufgezogen hast. Und dann noch das, was du über mich gesagt hast, dass ich verklemmt bin. Das war nicht so schön.«

Er nickt. »Das war echt nicht okay.«

»Na ja, andererseits war die Show mit dem Mädchen am Brezenstand auch nicht besonders prickelnd von mir«, gebe ich zu.

Nun grinst er. »Nein, nicht wirklich. Ich werde nie wieder dort eine Brezel kaufen. Ich meine, sie denkt doch jetzt, ich heiße Johanna und bin total unfähig.«

»Das tut mir auch leid, genauso das mit der Zahnpasta und den Barthaaren. Und dass ich gesagt habe, dass du ein bescheuerter Möchtegern-Macho bist.«

Wieder sehen wir uns an, eine ganze Weile.

»Ist schon okay, war ich ja irgendwie auch«, sagt er dann. »Ich denke, wir waren beide nicht besonders nett und hatten keine wirklichen Glanzmomente.«

Unweigerlich sehe ich zu den Sternen auf meinem Schreibtisch. »Glanzmomente. Das klingt schön.«

»Die Sterne, was bedeuten sie für dich? Du sagtest, sie sind dir wichtig.«

Ich habe mit allem gerechnet, aber nicht mit dieser Frage. »Sagen wir so, es ist etwas komplizierter«, antworte ich ausweichend. Soll ich ihm davon erzählen? Aber dafür kennen wir uns doch zu wenig, oder?

»Ich weiß, es geht mich nichts an, aber die Aufschriften machen mich wirklich neugierig. *Etwas Unerwartetes erleben, keine Angst haben, ohne Reue genießen, Herzklopfen spüren* – ich meine, das hast du ja sicher nicht ohne Grund geschrieben.«

»Na ja, die Idee war, schlechte Momente, die ich erlebt habe, gegen gute zu tauschen und sie damit zu ersetzen«, erkläre ich in dem Versuch, nicht allzu viel zu verraten.

Er überlegt kurz. »Du reparierst also damit sozusagen dein Leben?«

Ich lächle. »Wenn du es so sehen willst, ja.«

»Ein schöner Gedanke, wirklich. Aber …«

»Aber?«

Er zuckt mit den Schultern. »Ich finde, schlechte Dinge lassen sich nicht einfach ersetzen, und das muss man auch gar nicht tun. Etwas Gutes kann man nicht planen, so wie man das Schlechte nicht immer austauschen kann. Weißt du, alles hat seinen Sinn.«

»Aber man kann es doch zumindest versuchen.«

Unsere Augen liegen aufeinander.

»Oder man lässt sich überraschen und das Leben einfach geschehen. Das ist wie bei einer Karte, die irgendwann Sinn ergibt.«

Eine Karte. Ein schöner Gedanke. Und dennoch.

»Na ja, mit Überraschungen hab ich bislang nicht besonders gute Erfahrungen gemacht«, sage ich. »Und ob es dann auch wirklich besser wird?«

Er nickt nachdenklich. »Dann hast du noch keine richtigen Überraschungen erlebt.« Kurz ist es still, ehe er weiterspricht. »Wie auch immer, dann packe ich das mit dem Glas morgen mal an.«

»Wenn es dir damit besser geht?«

»Wie schon gesagt, ja.« Er zwinkert mir zu. »Also dann, Frieden oder so was zwischen uns?«

»*Frieden oder so was* klingt nach einem Anfang.«

»Und wer geht jetzt zuerst ins Bad?«

»Ich, wenn das okay ist.«

Er scheint lange überlegen zu müssen, doch er schmunzelt dabei. »Gut, ausnahmsweise, dann warte ich.« Er streckt mir die Hand entgegen. »Neuanfang?«

Als er die Worte ausspricht, kribbelt es in meinem Bauch. Schließlich lege ich meine Hand in seine. Mir fällt auf, dass dies schon mein zweiter Neuanfang in letzter Zeit ist, und ich genieße das gute Gefühl.

Doch mit einem Mal wird mir bewusst, dass wir uns immer noch berühren, und ich ziehe meine Hand schnell weg.

»Eine Sache noch, Joan.«

»Ja?«

»Die Regeln, ich meine sie ernst. Keine Jungs. Ich kann in meinem Leben keine Jungs gebrauchen, ich habe andere Prioritäten.«

Mein Blick gleitet zu den Sternen auf meinem Schreibtisch. Ja, so ist es auch. Ich will die Momente tauschen, neu anfangen, einfach ich sein. Es gibt so vieles, was ich tun möchte. Aber mein Herz verlieren und mich wieder quälen, das will ich nicht.

»Verstehst du«, fahre ich fort, »wir können Freunde sein oder so, aber wirklich nicht mehr. Ich will dir das nur gleich sagen.«

Einen Moment lang sieht er mich an, dann lächelt er. »Lass uns einfach sehen, was passiert, ja? Ich denke, das ist das Beste.«

Als ich wenig später aus dem Bad komme und am Wohnzimmer vorbeigehe, höre ich hinter der geschlossenen Tür Joans Stimme. Er wirkt angespannt.

»Nein, ich komme, natürlich … Ich weiß, es ist wichtig … Nein, jetzt weine nicht, ich bin schon unterwegs …«

Schnell schleiche ich in mein Zimmer, lösche das Licht und krieche ins Bett. Auf meinem Handydisplay sehe ich nach der Uhrzeit. Schon spät, bereits halb drei.

Wer das wohl war?

Und wohin soll er jetzt kommen?

Ich muss an unser Gespräch von vorhin denken und daran, welche Wendung der Abend noch genommen hat. Es war doch nett mit Joan. Er hat sich entschuldigt, aus eigenem Antrieb – etwas, das ich so nicht kenne. Er hat gesagt, dass er meine Bilder gut findet, hat meine Kommode repariert und möchte nun auch noch das Glas kleben. Er hat es einfach so vorgeschlagen.

Warum ist er wohl der Meinung, dass man Momente nicht tauschen kann und dass alles seinen Sinn hat? Was steckt dahinter?

In diesem Augenblick fällt erst die Wohnungstür ins Schloss und kurze Zeit später unten die Haustür.

Okay, er geht jetzt also.

Ich stehe auf und sehe aus dem Fenster hinunter auf die Straße, wo Joan sich gerade ins Auto setzt.

Was es wohl mit dem Telefonat auf sich hatte? Sicher fährt er zu einem Mädchen. Wohin auch sonst? Oder verbirgt er in seinem Leben womöglich auch etwas?

Freunde sein

»Ich sterbe, Elisa«, seufzt Louisa, als ich ihr Zimmer betrete. Vor ein paar Minuten hat sie mich gerufen, ob ich ihr eine Flasche Wasser bringen könnte, was ich natürlich mache.

»Guten Morgen«, begrüße ich sie. »Oder soll ich lieber *Guten Mittag* sagen?«

»Tut mir so leid«, flüstert sie.

Ich schenke ihr ein Glas Wasser ein und reiche es ihr. »Was soll dir leidtun?«

Sie trinkt einen Schluck, dann stellt sie das Glas vorsichtig auf dem Nachttisch ab, als handele es sich um ein rohes Ei. »Na alles, wie ich war und …«

»Das muss dir nicht leidtun, okay?«

Sie seufzt. »Wie … wie sind wir denn eigentlich heimgekommen? Ich weiß noch, dass wir auf dem Klo waren, und dann …« Sie hebt die Hände und lässt sie ruckartig fallen. »Puff, alles weg.«

»Joan hat uns gefahren und dich ins Bett getragen.«

Ihre Augen weiten sich. »Wie bitte?«

»Ja. Du konntest nicht mehr laufen. Ich hab dir dann noch die Schuhe ausgezogen, wir haben dir ein Schlaflied gesungen und …«

Sie hebt die Hand. »Haha, das mit dem Schlaflied stimmt nicht, oder?«

»Nein, aber alles andere.«

Louisa vergräbt ihr Gesicht in den Händen und schüttelt den Kopf. »Nein, wie peinlich. Das ist alles so peinlich!«

»Das muss es dir nicht sein, es hat doch niemand mitbekommen. Nur Joan, Jass und ich.«

»Ja, und bestimmt auch der ganze Club.« Sie hält kurz inne. Ich weiß, was sie beschäftigt. »Und Josh?«, fragt sie leise.

»Der natürlich nicht. Ich hatte nur Jass Bescheid gesagt, sie hat dir bestimmt auch schon geschrieben.«

Sie wiegt den Kopf hin und her. »Kann sein, ich hab noch gar nicht nachgeschaut. Ich hatte irgendwie Angst.«

»Das Handy müsste in deiner Tasche sein«, erkläre ich. »Ich habe sie an die Garderobe im Flur gehängt. Soll ich es holen?«

»Danke, brauchst du nicht, ich mach schon.« Louisa steht auf und schleppt sich hinaus in den Flur. Ein paar Augenblicke lang höre ich gar nichts, und ich fürchte schon, dass sie sich draußen einfach auf den Boden gelegt hat und weiterschläft. Doch dann ruft sie: »Gott sei Dank, da ist es. Ja, Jass hat mir schon ein paar Nachrichten geschickt. Ich schreibe ihr schnell, dass alles gut ist.«

Mit dem Telefon in der Hand kommt sie zurück, lässt sich wieder ins Bett fallen und beginnt zu tippen. »Erledigt«, sagt sie nach einer gefühlten Ewigkeit und legt das Handy neben das Glas auf den Nachttisch. »Joan hat mich also ins Bett getragen, du hast mir die Schuhe ausgezogen. Und dann?« Sie zwinkert mir zu.

Ich weiß, worauf sie anspielt. Aber ich muss und werde sie enttäuschen. »Dann haben wir uns mal nicht zerfleischt, das ist doch schon was.«

»Und das war alles? Jeder ist in sein Zimmer gegangen?«

»Um ehrlich zu sein, er hat noch meine Kommode repariert. Er meinte, das hat ihn schon immer bei Jass gestört. Angeblich repariert er gern Dinge.«

»Stimmt, das tut er wirklich gern.«

»Was arbeitet er eigentlich?«, frage ich.

»Hast du ihn das nicht gefragt? Er ist selbstständig, betreibt einen Reparaturservice.«

Ich schlage mir mit der flachen Hand an die Stirn. »Okay, jetzt fühle ich mich doof.«

»Quatsch, ist doch kein Problem. Er war deswegen auch 'ne Zeit im Ausland, wollte mal neue Erfahrungen sammeln. Aber dann ist er zurückgekommen, das ist noch gar nicht so lange her. Warum er jetzt wieder hier ist, kann ich dir allerdings nicht sagen. Ich weiß sowieso recht wenig über ihn. Und Kale redet da auch nicht drüber.« Sie hält kurz inne und blickt auf ihr Handy. »Und was war dann noch?«

»Eigentlich nichts weiter«, antworte ich. »Doch, warte, er hat sich entschuldigt, und wir haben Frieden geschlossen. Zumindest mal fürs Erste.«

Sie lächelt. »Ich sage dir, er mag dich.«

»Quatsch!« Energisch schüttele ich den Kopf. »Wir haben uns jetzt einmal normal verstanden. Vielleicht werden wir ja Freunde, mal sehen.«

»Freunde? Findest du ihn nicht anziehend? Nicht mal ein kleines bisschen?«

»Ich? Keine Ahnung …«

»Also doch?«

»Vielleicht ein klitzekleines bisschen. Aber ich habe da echt andere Pläne, wie du ja weißt.«

»Dann erzähl mir von deinen Plänen. Also keine Jungs, okay, aber sonst? Die Sterne, ich wollte dich eh noch mal danach fragen. Wie passen sie in den Plan?«

Ich atme tief durch. »Im Prinzip möchte ich alle schlechten Momente, die ich erlebt habe, durch gute austauschen, sie praktisch ersetzen, sodass sie verschwinden. Vielleicht habe ich es dann einfacher, wieder zu mir selbst zu finden. Zumindest ist das mein Plan«, erkläre ich.

»Momente tauschen. Ich würde auch gern ein paar Momente ungeschehen machen«, überlegt Louisa. »Aber ob das möglich ist?« Ihr Blick schweift ab. Bestimmt denkt sie gerade an Josh.

»Joan ist auch der Meinung, dass es nicht funktioniert«, sage ich.

»Du hast ihm davon erzählt?«

»Irgendwie schon. Er meinte, alles hat seinen Sinn. Aber ich weiß nicht. Ich erkenne den Sinn nicht, in so vielen Dingen.«

»Stimmt, ich auch nicht.« Noch immer wirkt sie nachdenklich. Wahrscheinlich fragt sie sich, was der Sinn von Joshs Verhalten ist.

»Das gestern Abend war wirklich gemein von Josh. Ich finde, du solltest ihn vergessen.«

Sie nickt. »Ich weiß. Ja, ich weiß es wirklich. Aber sag dem Herzen mal, dass es jemanden nicht vermissen darf.«

Ich weiß genau, was sie meint. Vermissen, das ist etwas Schreckliches.

»Es wird besser werden, versprochen«, flüstere ich.

»Ich hoffe es. Wir hatten so viel Spaß zusammen. Und jetzt? Er hat mich ignoriert, Elisa, einfach so. Er ist nicht mehr der Josh, der er war.« Sie winkt ab. »Ach, was soll's. Warum mache ich mir Gedanken darüber? Es ist sein Leben, er soll tun, was er will. Und wenn er jetzt ständig seinen Waschbrettbauch in die Kamera halten muss, dann soll er es eben tun. Ich wünschte nur, dieser Liebeskummer würde vergehen. Und überall liest man nur denselben Quark. *Schau nach vorn, denke positiv*. Im Ernst, muss man denn immer funktionieren? Darf man nicht mal mehr traurig sein oder Schwächen zeigen? Ich meine, das macht uns doch aus. Es geht heute nicht mehr darum, wie schön die Zeit ist, sondern nur, dass alles optimiert wirkt. Likes bedeuten mehr als Momente, als wäre die Welt nicht genug.«

»Wäre doch mal ein schönes Thema, um sich näher Gedanken zu machen«, überlege ich.

»Ehrlich gesagt schon.« Sie zögert kurz. »Soll ich dir was verraten? Ich habe neulich angefangen, ein bisschen zu diesem Thema zu schreiben. Über Träume, Wünsche, Veränderungen, diese Dinge. Das ist es nämlich, was ich liebe. Aber das darfst du niemandem erzählen, ja?«

Mit ernster Miene hebe ich die Finger wie zum Schwur. »Großes Ehrenwort. Wobei ich nicht erkenne, was daran so schlimm sein soll. Im Gegenteil, es ist toll.«

»Ach, keine Ahnung, ich weiß doch selbst noch nicht, was daraus wird. Es macht mir einfach nur Freude. Ein eigenes Buch wäre natürlich schon ein Traum. Irgendwie sollten meine Texte dann auch noch grafisch ausgeschmückt werden, zumindest ein wenig. Das würde alles lebendiger machen, aber dafür hab ich überhaupt kein Talent.«

Als sie die Worte ausspricht, beginnt es in meinem Bauch zu flattern. »Echt jetzt? Du möchtest es illustriert haben?«

»Ja, das wäre gigantisch.«

Soll ich mich trauen?

Was stand noch mal auf meinem Stern? *Über mich hinauswachsen*.

»Ich hab dir doch erzählt, dass ich gern zeichne und die Ausbildung abgebrochen habe.«

»Stimmt. Hättest du denn was, das ich mir ansehen könnte? Ich meine, wer weiß, vielleicht passt es ja?«

In mir spüre ich wieder diese Zweifel. Will ich das überhaupt? Doch dann nicke ich. »Also, wenn du wirklich möchtest? Aber erwarte nicht so viel, okay? Wie gesagt, ich bin nicht so talentiert. Ich liebe es nur.«

»Los, jetzt zeig schon her.«

Mit klopfendem Herzen stehe ich auf, gehe in mein Zimmer und hole die Bilder, die ich gezeichnet habe. Auch den Laptop nehme ich mit. Als ich zurück bin, setze ich mich mit den Zeichnungen samt Laptop zu Louisa ans Bett.

»Also, wie gesagt, es ist einfach … na ja, es sind Dinge, die mich bewegen, mehr nicht«, erkläre ich, während ich ihr die Zeichnungen reiche. »Deswegen sind das jetzt erst mal nur Entwürfe, die sind noch lange nicht perfekt. Auf dem Laptop hab ich auch noch ein, zwei Sachen.«

Eine ganze Weile sagt Louisa gar nichts. Sie betrachtet jede Zeichnung ausführlich, und ich befürchte schon, dass sie meine Werke für den totalen Mist hält. Erst als sie beim letzten Bild angekommen ist, entfährt ihr ein »Wow, die sind ja supergut!«

Meine Wangen werden spürbar warm. Ich freue mich natürlich über Louisas Reaktion, aber es ist mir schon immer schwergefallen, Komplimente anzunehmen, und daran hat sich bis heute nichts geändert.

»Das ist ein richtig toller und mal ganz anderer Style, genau das, was ich mir vorgestellt habe.« Louisa ist anzuhören, wie aufgeregt sie ist.

»Ehrlich?«

»Klar, absolut. Ich habe mir überlegt, dass ich Texte zu bestimmten Themen schreiben könnte. Über die Probleme, die wir alle haben. Zum Beispiel über unseren Alltag, dass die Gesellschaft von uns erwartet, ständig perfekt zu sein. Einiges an Material hab ich schon. Und du würdest dann die passenden Illustrationen liefern. Ich meine, natürlich nur, wenn du Lust hast.«

»Meinst du das echt ernst?«

Ihre Augen haften auf mir. »Ich meine das total ernst. Das könnte doch was richtig Tolles werden. Was Frisches, das den Druck von den Lesern nimmt. So ein richtig schönes Anti-Motivationsbuch. Ja, das ist es. Und weißt du was?« Sie wirkt jetzt sehr entschlossen.

»Was denn?«

»Na ja, wir holen damit sozusagen zum Gegenangriff aus. Denn unser Buch macht Mut, ohne Druck aufzubauen. Und wir sind kritisch.«

»Dazu habe ich ein Foto, warte mal.« Ich werde mutiger und suche nun auf dem Laptop eines meiner Bilder von früher heraus. Ein Glück, dass ich sie damals abfotografiert habe, sonst wären sie jetzt verloren.

Ich drehe den Laptop in Louisas Richtung. »Die Qualität ist nicht die beste, aber das liegt daran, dass es nur Fotografien der Zeichnungen sind. Ich würde sie natürlich noch mal neu malen.«

»Hast du denn die Originale nicht mehr?«

In meiner Brust sticht es. »Nein, ich musste sie in Berlin lassen. Genauer gesagt, er … er hat sie nicht mehr rausgerückt.«

Louisas Augen weiten sich. »Nicht dein Ernst?«

»Doch, so ist es. Ich … ich hatte da mal ein Projekt mit ihm angefangen, er wollte, dass ich für ihn zeichne. Das war auch die Gemeinsamkeit, von der ich dir erzählt habe. Er hat einen Account auf Instagram und mich am Anfang total dazu motiviert, zusammenzuarbeiten. Ich hatte einen Preis bei einem Wettbewerb gewonnen, deswegen ist er überhaupt erst auf mich gekommen. Erst war alles so berauschend, und ich dachte, er macht wirklich gern was mit mir zusammen. Aber auf einmal war alles schlecht, nicht mehr gut genug und …«

»Echt? Du hast 'nen Preis gewonnen?«

»Ja, der Preis war der Ausbildungsvertrag bei einer sehr bekannten Agentur. Aber dann hat Colin begonnen, an allem, was ich gemacht habe, herumzukritisieren. Und ich habe es geglaubt, wurde immer unsicherer. Bis ich dann eines Tages alles hingeworfen habe. Ich wollte es nicht mehr.«

Als ich nun darüber spreche, erkenne ich die ganze Tragweite von Colins Verhalten. Mit dem Zeichnen hat er mir auch mein letztes Selbstvertrauen genommen. Er hat einfach das gestohlen, was ich geliebt habe, was mir Halt gegeben hat.

»Das tut mir so leid«, sagt Louisa mitfühlend.

Ich winke ab. »Alles gut. Ich habe ja noch Hände, die neu zeichnen können.«

»Trotzdem, es war deine Arbeit, die darf er doch nicht einfach behalten. Und was macht er jetzt damit?«

»Keine Ahnung, ich war dann weg, und das Projekt wurde nicht mehr weiterverfolgt. Seinen Account *ColinC* habe ich blockiert.«

»So ein Penner!« Nun widmet sich Louisa dem Foto auf dem Laptop. »Das ist richtig heftig, Elisa, ehrlich.

Ich glaube, das kann echt gut ankommen. Dieses Bild, es wirkt, als würde es sprechen. Das Mädchen vor dem Spiegel. Man spürt regelrecht die Zweifel in ihrem Blick und fühlt mit ihr mit. Oder hier, dasselbe Mädchen, und diesmal hat es ein Herz auf der Hand liegen. Das ist wirklich ein Talent, das du da hast.«

Ihre Worte tun so gut, es fällt mir dennoch schwer, sie anzunehmen. Ich kann mich noch sehr gut daran erinnern, wann ich diese Bilder mit dem Mädchen gezeichnet habe. Damals habe ich oft versucht, meine Gefühle und das, was mich bewegt hat, in den Zeichnungen zu verarbeiten.

»Also, ich … ich meine, ich hätte total Lust drauf«, sage ich. »Ich habe ja ewig nicht mehr so richtig gezeichnet.«

»Dann machen wir das. Wir haben was zu sagen und wollen den Menschen Mut machen. Zu verlieren haben wir doch nichts.«

Sie hat recht. »Also gut«, stimme ich zu. »Aber wir machen es am besten zu Beginn mal geheim.«

»Auf jeden Fall, dann kriegt es keiner großartig mit. Es ist nur unser Ding.«

Voller Elan sitzen wir schließlich da. Louisa lässt mich schon mal ein paar ihrer Texte lesen, und sofort ist mein Kopf voller Ideen. Es macht wirklich Spaß mit ihr. Außerdem kann ich sie damit auch etwas von der Sache mit Josh ablenken. Denn Ablenkung ist enorm wichtig, gerade wenn man mit dem Herzen leidet. Ich hatte damals Silvie, und Louisa hat in gewisser Weise nun mich.

Und es lenkt mich auch von Joan ab, denn bislang ist er noch nicht zurückgekommen. Ich frage mich schon, wo er ist, auch wenn es mir absolut egal sein müsste.

»Das war jetzt wirklich schön«, stellt Louisa irgendwann fest. »Ich musste gar nicht mehr an Josh denken.«

»So soll es sein.«

Sie nimmt ihr Handy, klickt kurz darauf herum und lächelt dann. »Jass schreibt, dass ich den Idioten vergessen soll, und fragt, ob wir Spaß haben.«

»Das haben wir, sehr viel Spaß sogar.«

»Und wir haben sogar schon ein richtiges Konzept, ich bin total aufgeregt. Warte, jetzt schreibt sie noch was.« Als sie weiterliest, lacht sie laut auf. »Sie meint, ich soll einfach irgendeinen anderen daten und am besten mal auf Tinder vorbeischauen.«

Ich muss ebenfalls lachen. »Na, wenn Jass das sagt …«

»Eben. Vielleicht gar keine schlechte Idee.«

Kurz hängen wir beide unseren Gedanken nach.

»Übrigens ist Joan heute Nacht weggefahren«, erzähle ich.

»Ehrlich? Nachdem ihr geredet hattet?«

»Ja. Und er ist noch nicht zurück. Ich meine, es ist mir egal, aber …«

Louisa lächelt. »Gib's zu, es ist dir nicht egal.«

»Na ja, was heißt egal. Ich weiß nicht, er war schon nett. Er hat sogar vorgeschlagen, mein Glas zu reparieren.«

»Das ist wirklich lieb, ja.« Sie nickt. »Wenn du dir Gedanken machst, dann schreib ihm doch. Willst du seine Nummer?«

»Seine Handynummer?«

»Nee, seine Personalausweisnummer natürlich. Welche denn sonst?«

»Und dann? Soll ich ihn einfach so anschreiben?«

»Klar, warum nicht? Los, hol dein Handy.«

Ich wiege den Kopf hin und her. »Ich weiß nicht, ich ...«

»Doch, das machen wir jetzt.«

Schließlich gebe ich nach, gehe in mein Zimmer und hole mein Handy vom Schreibtisch. Ich habe eine Nachricht von Mama. Sie fragt, ob ich mich schon eingelebt habe, mehr nicht.

Natürlich nicht. Was habe ich denn erwartet?

Eine zweite Nachricht ist von Silvie. Als ich sie lese, geht mir augenblicklich das Herz auf. Sie schreibt, dass sie an mich denkt, gerade Kuchen isst, und schickt mir ein Foto von ihrer schwarz-goldenen Sternentasse. Ich werde später zurückschreiben, jetzt gehe ich erst mal wieder zu Louisa.

»Na wunderbar«, empfängt sie mich ungeduldig. »Also los, ruf deine Kontakte auf.«

Ich tue, wie mir befohlen, Louisa diktiert mir die Nummer, und ich speichere sie ein. Anschließend öffne ich WhatsApp. Joans Profilbild zeigt ihn von der Seite – er sitzt auf einem Felsen und blickt in die Ferne.

»Und jetzt schreib ihm einfach mal und frag, was er macht«, schlägt Louisa vor. »Ihr habt doch gesagt, ihr seid Freunde, und die dürfen einander schreiben.«

»Wir sollen ja auch nur Freunde sein, um was anderes geht es mir nicht.«

Sie legt den Kopf schief. »Warum machst du dir dann Gedanken, wo er ist?«

Ob ich ihr von dem Telefonat erzählen soll, das ich belauscht habe? Es klang ernst, könnte aber genauso gut nur mit irgendeinem seiner Flirts zu tun haben. Und dann würde ich mich noch lächerlich machen, weil er denken könnte, ich stehe doch auf ihn. Was ich aber nicht tue.

Dennoch spüre ich ein Klopfen in meiner Brust.

Hör auf, Elisa, denk an die Regeln. Er war einmal nett zu dir, und schon springst du wieder an, ermahne ich mich selbst und starre dabei das Handy an. *Sei nicht immer so gefühlsduselig.*

»Jetzt schreib ihm doch«, drängt Louisa.

»Na schön.«

Also tippe ich: *Hey Joan, hab deine Nummer von Louisa. Sie hat Kopfweh und wollte wissen, ob du zufällig unterwegs bist und Cola kaufen kannst?*

Klingt das plausibel?

Schon, oder? Egal, ich schicke die Nachricht jetzt weg.

Kurz darauf ist Joan bereits online. Die Haken werden blau.

Er schreibt zurück: *Hey, klar kann ich Cola mitbringen. Brauche auch nicht mehr so lang. Hoffe, dir geht's gut und Louisa ansonsten auch.*

Ich lächle.

»Und, was schreibt er?«, will Louisa sogleich wissen.

»Dass er dir Cola mitbringen kann.«

Sie grinst. »Ach, ich wurde vorgeschoben. Wunderbar.«

»Stimmt, das war blöd. Sorry. Aber was hätte ich denn sonst schreiben sollen?«

»Weißt du, Joan ist total in Ordnung. Es spricht doch nichts dagegen, wenn ihr mal was zusammen unternehmt. Warte einfach ganz entspannt ab, was passiert, und mach dir keinen Druck. Ich finde das auf alle Fälle besser als eure Streitereien. Und jetzt mal ganz unter uns, ich gestehe dir was.«

»Was denn?«

»Ich überlege wirklich, mal wieder jemanden zu daten. Zugegeben, ich sehne mich nach jemandem, der mir Liebe gibt oder zumindest Nähe. Und du doch sicherlich auch.«

Ich atme tief durch. »Ab und an gab es schon den Gedanken, ja. Doch dann war da auch wieder diese Angst. Mein Herz wurde echt sehr strapaziert.«

Was passiert ist, hat mich verletzt, und auch wenn ich Colin praktisch losgelassen habe – was mir trotz allem schwerfiel –, kommen die Gedanken immer wieder zurück. Wie es war, wie ich mich gefühlt habe. Doch natürlich sehne ich mich auch nach Nähe.

Vielleicht hat Louisa aber auch recht. Was spricht dagegen, es einfach mal auf mich zukommen zu lassen?

Während ich noch darüber nachdenke, kommt erneut eine Nachricht von Joan.

Und sorry, wirklich. Das Angebot mit dem Glas steht noch. Wäre morgen auch noch okay? Bin ziemlich fertig heute. War 'ne lange Nacht.

Eine lange Nacht, aha.

»Und?«, fragt Louisa.

»Er will wissen, ob wir das mit dem Glas auch noch morgen machen können.«

»Na, dann hast du ja ein Date. Oder vielmehr dein Glas.«

Als ich später in meinem Zimmer am Schreibtisch sitze, lasse ich den Tag Revue passieren. Es war schön, mit Louisa Pläne zu schmieden und unsere Ideen festzuhalten. Das habe ich immer gern gemacht. Und ich freue mich irgendwie auch darauf, Joan morgen zu sehen. Dennoch weiß ich nicht, wie das alles werden soll. Soll ich ihn wirklich in mein Leben lassen? Louisa hat ja gemeint, wir hätten ein Date. So ein Unfug. Wir haben kein Date.

Ich schlage mein Notizbuch auf. Lächelnd betrachte ich den Stern mit der Aufschrift *Neuanfang* und das Bild, das ich dazu gemalt habe. Mit einem Mal spüre ich Wärme im Bauch. Natürlich habe ich viele unschöne Dinge erlebt, und ich habe meine Regeln, aber ich kann Joan zumindest eine Chance geben, dass wir Freunde werden. Vielleicht sollte ich wirklich einfach mal abwarten, was passiert, denn das hat ja auch was mit einem Neuanfang zu tun.

Keine Angst haben

Ich sehe Scherben, spüre den Schmerz, höre in Gedanken die Worte, die mir so wehgetan haben.

»Warum sollte ich dich noch wollen?«

Ja, warum? Alles in mir dreht sich, und ich sehe das zersplitterte Bild meines Gesichts vor mir. Ich sehe Colin, seine blauen Augen, die Lippen, die ich immer so gern geküsst habe und noch immer küssen will.

Was hätte ich tun können, damit es anders ist? Ich wollte doch nur, dass wir glücklich sind. Und ich dachte wirklich, er ist es. Er hat es mir doch gesagt.

Er hat so vieles gesagt. Getan hat er aber was ganz anderes. Das Bild von ihm mit diesem anderen Mädchen, ich bekomme es nicht aus dem Kopf.

Warum hat er das getan? War ich nicht gut genug, nicht schön genug? Hätte ich mich mehr anstrengen müssen?

Meine Mutter schiebt sich in das Bild. Auf einmal ist sie so präsent. »Als ob du dich anstrengst oder dich mal bemühst. Es ist immer das Gleiche mit dir.«

Panik ergreift mich. Wie kann ich nur besser sein und schöner? Wie? Aber ich weiß es nicht. Ich weiß nur, dass ich zerbrochen bin und es mit Sicherheit immer sein werde.

Schweißgebadet wache ich auf. Ich spüre den Traum noch bis in die Knochen. Immer wieder quälen mich diese Erinnerungen, die mich auffressen, mich treffen und schmerzen. Die Scherben, die Worte, es war so verworren.

Wie sehr wünschte ich mir, alles vergessen zu können. Es ist besser geworden, natürlich, die Träume werden weniger, und ich bin froh, dass ich schon längere Zeit keine Angstattacken mehr hatte. Trotzdem weiß ich, dass sie jederzeit wiederkommen können.

Mein Blick wandert zur Uhr, es ist bereits neun. Gestern Abend bin ich so schnell eingeschlafen, dass ich gar nicht mehr mitbekommen habe, ob und wann Joan nach Hause gekommen ist.

Nachdem ich aufgestanden bin, springe ich unter die Dusche, ziehe meinen Bademantel über und klopfe dann an Louisas Zimmertür. Mich wundert, dass sie noch nicht wach ist.

Es kommt nur ein schwaches Krächzen. »Ja?«

Als ich die Tür öffne, liegt Louisa im Bett und sieht ganz verschwitzt aus.

»Hey, was ist denn los?«

»Ich hab mich heute Nacht übergeben«, erklärt sie mit matter Stimme. »Dann hatte ich plötzlich so schreckliche Kopfschmerzen, und jetzt tut mir alles weh. Migräne, ich hasse es so sehr. Ich brauche meine Tabletten.«

Ich trete zu ihr ans Bett und lege die Hand auf ihre Wange. Sie ist ganz warm. »Soll ich sie dir holen? Wo hast du sie denn?«

Louisa schüttelt vorsichtig den Kopf. »Ach, ich habe das Rezept noch gar nicht abgeholt. Ich dachte, es geht auch ohne, und jetzt …«

»Die Tabletten kann ich dir doch in der Apotheke besorgen. Du musst mir nur das Rezept geben.«

»Würdest du das wirklich machen? Das wäre so lieb.«

»Was ist das für eine Frage? Natürlich mache ich das.« Ich halte kurz inne. »Ist Joan eigentlich da?«

Sie zuckt mit den Schultern. »Hab ich durch diesen ganzen Mist jetzt nicht so mitbekommen, sorry.«

»Ach quatsch, macht doch nichts. Ich sehe mal nach. Wenn du noch was brauchst, melde dich einfach, ja?«

»Danke schön.« Sie lächelt. »Und könntest du die Jalousien noch ein wenig runterlassen, bitte?«

Als ich mit den Jalousien fertig bin, hat Louisa die Augen schon wieder geschlossen.

»Ist das Rezept in deiner Handtasche?«, frage ich leise.

»Ja, in der braunen draußen im Flur.«

Auf Zehenspitzen verlasse ich das Zimmer und werfe an der Garderobe einen Blick in Louisas Tasche. Glücklicherweise finde ich das Rezept auf Anhieb. Ich will gerade zurück in mein Zimmer, um mich anzuziehen, als die Tür zum Wohnzimmer aufgeht und Joan vor mir steht.

»Hey«, sagt er. Ohne dass ich es will, beschleunigt sich mein Herzschlag schon wieder. »Ich bin bereit und gewappnet.« Lächelnd hebt er eine Tube Kleber hoch, dann wandert sein Blick über meinen Körper. »Hübsch.«

Ich verdrehe die Augen. »Ich wollte mich vorhin schon anziehen, doch dann hat Louisa mich gebraucht, ihr geht's nicht gut.«

»Was hat sie denn?«

»Migräne, sie hat heute Nacht wohl gebrochen.«

»Das ist Mist. Willst du Kaffee? Dann mache ich einen für dich mit. Cola hab ich übrigens auch mitgebracht.«

Ich nicke. »Das wäre echt lieb. Kaffee ist immer gut.«

Schließlich folge ich Joan in die Küche, und während er den Kaffee zubereitet, mustere ich ihn unauffällig. Er sieht wirklich gut aus. Heute trägt er ein graues Longsleeve und eine dunkle Hose.

»Und du warst also die ganze Zeit unterwegs?« Kaum habe ich die Worte ausgesprochen, frage ich mich schon, warum ich das überhaupt wissen will. Es geht mich ja wirklich nichts an. Dennoch rätsele ich noch immer, was es mit dem Telefonat in der Nacht auf sich hatte und wo er so dringend hinmusste. Zumal er dort ja auch geschlafen haben muss, was schon Fragen aufwirft.

Er dreht sich zu mir herum. »Ja, musste was unternehmen. Warum?«

»Nur so.«

»Und wieso hast du gefragt?«

»Keine Ahnung. Nur so, wirklich.«

»Hast du mich vielleicht vermisst?«

»Was? Nein, warum sollte ich? Ich hab mich nur gewundert.«

Er lächelt. »War nur Spaß. Lass dich nicht immer ärgern, okay? Es gab ein bisschen was zu organisieren, familiär und wegen der Wohnung. Aber alles halb so wild, nur ziemlich zeitaufwendig.«

Er kommt zu mir her, stellt die Kaffeetasse vor mich hin, und als er jetzt die Hand nach mir ausstreckt, setzt mein Herz gefühlt für einen kurzen Moment aus.

»Du hast da was.« Er zupft eine Fussel von meinem Bademantel, ich hebe den Kopf, und unsere Augen treffen sich.

»Ich muss mich mal anziehen«, sage ich schnell und stehe auf. »Und dann sollte ich auch noch zur Apotheke wegen Louisas Tabletten. Sie hat vergessen, das Rezept einzulösen.«

»Gut, ich fange inzwischen schon mal an, das Glas zu kleben. Vorher muss ich aber noch was aus dem Auto holen.«

»Danke, ehrlich.«

Kurz stehen wir noch da, als wären wir am Boden festgeklebt. Aber dann schiebe ich mich an ihm vorbei und verlasse die Küche.

Mist, warum klopft mein Herz in seiner Gegenwart immer so heftig?

Mit schnellen Schritten durchquere ich den Flur und steuere mein Zimmer an. Bevor er zurückkommt, möchte ich mich noch eben umziehen.

Er betritt mein Zimmer ausgerechnet in dem Moment, als ich vor der offenen Schranktür stehe und mir

Kleidung zum Anziehen heraussuche. Natürlich fällt prompt sein Blick darauf: auf die Jeans, das helle Top – und die Unterwäsche.

»Sehr schön«, stellt er fest, ohne eine Miene zu verziehen, was ihm sichtlich schwerfällt.

Verschämt wende ich mich ab. Er soll nicht merken, dass ich knallrot geworden bin. »Fang lieber mal an zu kleben«, sage ich nur, dann verschwinde ich mit meiner Kleidung ins Bad.

Ehe ich den Bademantel ausziehe, vergewissere ich mich, dass ich die Tür auch wirklich abgeschlossen habe. Ich schlüpfe in meinen Slip und den BH und betrachte mich im Spiegel. Ob Joan gefallen würde, was er sieht?

Wie oft habe ich mich wegen meines Körpers geschämt. So vieles musste ich mir anhören. Und auch jetzt wieder schäme ich mich, als ich über meine Narben streiche.

Selbst wenn ich Joan gern küssen oder berühren würde, ich könnte es nicht. Ich bin nicht schön, schon gar nicht so schön wie die Mädchen, mit denen er sich sonst trifft. So wie die Blonde aus dem Club oder das Mädchen vom Brezenstand. Sie sind alle um Längen besser, hübscher und perfekter als ich. Und nicht so zerrissen. Schon deswegen würde ich mich nie trauen, mehr von ihm zu wollen als nur Freundschaft, denn dafür fühle ich mich nicht gut genug. Weil ich nie gut genug war. Genau das ist die Wahrheit.

Aus diesem Grund darf ich auch nicht gegen die Regeln verstoßen. Ich habe so viele Probleme, von denen Joan nichts weiß. So viele Dinge, die mich belasten, mit denen ich nicht umgehen kann. Allein die Gedanken, die ich jetzt habe, sind nicht schön.

Mit einem tiefen Seufzer werfe ich einen letzten Blick in den Spiegel, dann schlüpfe ich in die Jeans und das Top und lege zum Schluss noch leichtes Make-up auf.

Als ich zurück in mein Zimmer komme, sitzt Joan am Schreibtisch und hat tatsächlich schon einige Teile des Glases geklebt.

»Das geht ja ganz gut, danke«, sage ich.

»Gern.« Er sieht zu mir auf und lächelt. »Du siehst übrigens hübsch aus.«

Seine Worte treffen mich. Eilig winke ich ab. »Du musst nicht schleimen.«

Er rollt mit den Augen. »Du bist schlimm. Was Nettes darf man dir nicht sagen, helfen auch nicht.«

Wirkt das komisch? Ja, vielleicht.

»Richtig, ich komme gut allein klar.«

»Daran hab ich keinen Zweifel, aber das eine schließt das andere ja nicht aus.«

Verlegen zucke ich mit den Schultern.

»Wie auch immer, dann mach ich mal weiter. Und du holst inzwischen die Tabletten?«

Mein Blick wandert zu der Schale mit den Sternen. Ich möchte nicht, dass Joan sie sich ansieht, solange ich weg bin. Also nehme ich eine leere Umzugskiste, die noch im Zimmer steht, und stelle die Schale hinein.

»Keine Sorge, ich hätte sie nicht angeschaut«, sagt er. Natürlich hat er mich mit seinem Blick verfolgt.

»Klar, aber so hast du mehr Platz.«

Während ich die Kiste in eine Lücke zwischen Schrank und Bett stelle, widmet Joan sich schon wieder dem Glas. Er wirkt sehr vertieft in seine Arbeit, also greife ich in die Schale und hole einen Stern heraus.

Keine Angst haben.

Ich weiß genau, warum ich diese Worte geschrieben habe. Weil ich oft Angst hatte, vor allem.

Schon als kleines Mädchen hatte ich Angst. Vor dem Tod zum Beispiel und davor, etwas falsch zu machen und dann wieder auf die Finger zu bekommen. Davor, blöde Fragen zu stellen, weshalb ich lieber gar nicht erst fragte. Aber am schlimmsten war die Angst, allein zu sein. Ich weiß noch, wie schrecklich ich mich immer fühlte, wenn meine Mama nicht zu Hause war. Vielleicht lag es auch daran, dass mein Papa eines Tages wegging und nicht mehr wiederkam. Und diese Angst steckt noch immer in mir. Vielleicht war ich deswegen auch so verzweifelt, wenn Colin mir drohte, mich zu verlassen, und mir sagte, dass er gehen werde, sollte ich ihn noch mal so reizen. Ja, die Angst beherrscht mich, seit ich denken kann.

Ich stecke den Stern in meine Hosentasche.

»Was hast du gezogen?«, will Joan wissen.

Er hat seine Augen auch überall.

Ich räuspere mich. »Ähm, was meinst du?«

»Na, welchen Stern?«

»Ach so. *Keine Angst haben.*«

Er nickt, antwortet aber nichts. Was er wohl denkt?

»Also, ich gehe dann mal«, sage ich nur noch und verlasse schnell den Raum.

Draußen im Flur schlüpfe ich in meine Jacke, nehme meine Tasche und prüfe noch mal, ob ich das Rezept auch wirklich dabeihabe. Danach taste ich in meiner Hosentasche nach dem Stern.

Keine Angst haben.

Es wird etwas dauern, bis ich diesen Stern vergoldet habe und in mein Buch einkleben kann, aber ich muss und werde es versuchen. Mit diesem Gedanken schließe ich die Tür hinter mir und mache mich auf den Weg.

Als ich ein paar Minuten unterwegs bin, klingelt mein Handy. Es ist Louisa.

»Hey, alles okay?«, frage ich. »Ich hole deine Tabletten, bin gerade los.«

»Danke, du bist ein Schatz. Tut mir so leid, dass ich dich nerve, aber könntest du mir bitte noch einen Gefallen tun?«

»Du nervst nicht. Klar, was brauchst du?«

Sie seufzt. »Ich habe eine Mappe vergessen bei so einem Typ aus meinem Uni-Jahrgang. Ich muss spätestens morgen da reinschauen, sonst bekomme ich Schwierigkeiten mit meinem Prof. Meinst du, du kannst die auch noch holen? Die Adresse schicke ich dir, ist nicht so weit weg, er wohnt ganz in der Nähe.«

»Kein Problem, schick sie einfach.«

Nachdem wir das Gespräch beendet haben, sind es nur noch wenige Schritte bis zur Apotheke, wo ich Louisas Tabletten abhole.

Wieder draußen auf der Straße checke ich WhatsApp. Louisa hat mir schon die Adresse geschickt, und ich gebe sie in Google Maps ein. Es ist fast um die Ecke, ich brauche nur ein paar Minuten dorthin.

Mein Weg führt mich schließlich in einen Hinterhof, und als ich ihn betrete, muss ich ehrlich gesagt kurz schlucken. Der Hof ähnelt dem in Berlin, wo ich mit Colin gewohnt habe. Auch wenn ich weiß, dass beide Orte nichts miteinander zu tun haben, bekomme ich trotzdem ein mulmiges Gefühl.

Okay, Elisa, nicht dran denken, einfach hingehen, die Mappe holen und wieder weg. Steigere dich da nicht weiter rein, sondern denk an was Gutes.

Dennoch schleichen sich Bilder von Dunkelheit in meine Gedanken. Von geschlossenen Türen und Tränen. Vom Alleinsein.

Aber ich bin nicht allein, und vor allem darf ich nicht daran denken.

Keine Angst haben.

Kurze Zeit später stehe ich vor den Klingelschildern und suche den Namen Langer. Nachdem ich ihn gefunden habe, atme ich noch mal tief durch, ehe ich auf den Knopf drücke. Es dauert nicht lange, bis der Summer ertönt.

Als ich die Tür aufdrücke und eintrete, riecht es nach altem Holz, ein mir viel zu bekannter Geruch, und ich versuche, ihn möglichst nicht in mich aufzunehmen. Ich bin nicht in Berlin, sondern hier in Nürnberg und muss nur schnell etwas abholen. Trotzdem wird mir mit jedem Schritt, den ich die knirschenden Treppen hinauf in den dritten Stock gehe, schwerer im Magen. Denk an was Schönes, denk an was Schönes, rede ich mir nun pausenlos ein. Alles wirkt hier zu bekannt, außerdem fällt es mir nicht leicht, mich mit jemandem zu treffen, den ich nicht kenne.

Keine Angst haben.

Also beschließe ich, weiterzugehen und es einfach durchzuziehen.

Als ich oben ankomme, streckt ein Typ mit hellen Haaren seinen Kopf aus einer der Türen. Das muss Louisas Kommilitone sein. »Hey, hey, willst du zu mir?«, fragt er lächelnd.

»Hey. Ja, ich soll eine Mappe für meine Freundin abholen. Louisa Körner.«

Er nickt. »Ah klar, sie hat mir geschrieben. Komm doch rein, ich muss die Mappe schnell holen.«

Reinkommen, zu einem Fremden.

Okay. Egal, es ist nichts dabei.

Mein Puls beschleunigt sich trotzdem. Erst bin ich unsicher, aber dann mache ich mir selbst Mut. Ich hole nur eine Mappe ab, es ist absolut nichts dabei, kurz drinnen zu warten.

Als er die Tür hinter mir schließt, beschleichen mich augenblicklich wieder die Gedanken an damals, an meine Mama und Colin, an einige Momente, in denen mir verschlossene Türen Angst gemacht haben.

Um mich abzulenken, sehe ich mich im Flur um. Mein Blick bleibt an ein paar Fotos hängen, auf denen ein gut gestylter junger Mann mit längeren dunklen

Haaren in verschiedenen Posen zu sehen ist. Ein Fotomodel, wie es scheint.

»Mein Halbbruder Vince«, erklärt Louisas Kommilitone. »Er ist gerade bei 'nem Modeljob. Und außerdem sucht er 'ne eigene Wohnung.« Er verschwindet kurz in einem der Zimmer, die vom Flur abgehen, und kommt mit einer Mappe zurück. »Das müsste sie sein. Und wer bist du?«

Irritiert sehe ich ihn an. Sein Lächeln kommt mir irgendwie schmierig vor, vielleicht bilde ich es mir aber auch ein. »Elisa«, antworte ich nur.

»Ich wusste gar nicht, dass Louisa so eine hübsche Freundin hat. Ich bin Nils.« Er hält mir seine Hand hin, doch ich tue so, als hätte ich es nicht bemerkt, und betrachte stattdessen weiter die Fotos.

»Wir sehen uns nicht besonders ähnlich, Vince und ich«, bemerkt er. »Ich komme mehr nach meinem Vater, er dagegen nach unserer Mutter. Aber lass uns jetzt mal über was anderes reden. Was meinst du, soll ich uns einen Kaffee machen? Hast du noch Zeit?«

Wie bitte, warum das denn?

Er zwinkert mir zu, und mir wird nun endgültig mulmig im Bauch. »Ähm, nein danke, ich muss dann mal wieder los. Louisa wartet auf mich.«

Ich wende mich ab, um zu gehen, doch er versperrt mir den Weg. »Sicher nicht?« Sein Grinsen wird noch breiter.

»Ja, sicher nicht.«

Plötzlich dringen Bilder in meinen Kopf. Der Geruch in diesem Haus, die Angst, die Tür. Schon überrollt mich Panik. Eine Panik, wie ich sie gefühlt ewig nicht mehr hatte, die ich aber kenne. Bislang ist es mir recht gut gelungen, sie einzudämmen, indem ich an etwas Gutes gedacht habe, so wie neulich. Aber jetzt greift sie mich.

»Ganz sicher!«, wiederhole ich deutlich lauter. »Ich gehe jetzt.«

»Sorry, war ja nur 'ne Frage.«

Ich drücke mich an ihm vorbei, reiße die Tür auf und stürme hinaus.

»Hey, was hast du denn?«, ruft er mir noch hinterher.

Ich bin so durcheinander, dass ich die Treppen nach unten nur noch renne, ohne mich noch mal umzusehen. Ob er mir folgt? Ich bin mir nicht sicher, zumindest habe ich so ein Gefühl.

Tatsächlich höre ich gleich darauf wieder seine Stimme hinter mir. »Jetzt warte doch mal, die …«

Was er noch sagt, bekomme ich nicht mehr mit, denn ich bin mittlerweile unten angekommen und werfe die Haustür mit einem lauten Rums hinter mir ins Schloss. Panik, in meinem gesamten Körper herrscht Panik. Verdammt, warum passiert das? Das darf nicht sein. Wie albern ist das denn. Und wie peinlich.

Du bist peinlich, Elisa.

Nein, ich will so nicht denken.

Hab keine Angst, so wie es auf dem Stern steht. Kämpfe dagegen an und denk an was Schönes. Aber es gelingt mir nicht. Alles, was ich sehe, ist Dunkelheit, Tränen, Schmerz und Einsamkeit.

Wohin jetzt? Blindlings renne ich die Straße entlang und befürchte, gleich umzukippen. Nachdem ich um zwei Straßenecken gebogen bin und mich vergewissert habe, dass Nils mir nicht mehr folgt, setze ich mich einfach an den Rand einer Hofeinfahrt.

Der Asphalt unter mir fühlt sich kalt an. Ich atme tief und versuche verzweifelt, mich zu beruhigen. Doch es gelingt mir nicht, ich bin wie gelähmt.

Hektisch ziehe ich den Stern aus meiner Hosentasche. Warum hilft es nicht? Warum?

Keine Angst haben.

So sitze ich da, halte den Stern fest und hoffe nur, dass es besser wird.

Ich weiß nicht, wie viel Zeit vergangen ist, als mein Handy klingelt. Es ist Joan. Mit zitternden Händen nehme ich das Gespräch an.

»Hallo?«

»Hey Elisa, wo bist du denn?«

Ich sehe mich um. Ja, wo bin ich? Irgendwo …

Und ja, es ist albern. Ich muss mich endlich zusammenreißen.

»Ich … ich komme gleich.«

»Ist alles okay?«

Ich schlucke. Ist alles okay? Nein, nichts ist okay.

Aber ich möchte es ihm nicht sagen – oder doch?

»Also, ich brauche nur einen Moment, ich …«

»Sag mir, wo du bist, ich komme sofort!«

Das will ich nicht. Er denkt doch, ich bin bescheuert. Wie soll man das hier jemandem erklären?

»Elisa, komm, sag schon.«

Erst zögere ich noch kurz, aber dann gebe ich ihm meinen Standort durch.

»Elisa?«

Als ich endlich Joans Stimme höre, bin ich noch immer wie gelähmt. Ich fühle mich albern dabei, dennoch wage ich es nicht, mich zu bewegen. Der Druck, den ich spüre, ist zu stark.

»Was ist denn passiert?« Er setzt sich neben mich und sieht mich an.

»Keine Ahnung, nichts eigentlich. Ich sollte nur für Louisa etwas bei einem Kommilitonen abholen. Eine Mappe. Auf einmal hatte ich solche Angst. Der Typ konnte nichts dafür, doch als er die Wohnungstür geschlossen hat, da … Ich weiß, das klingt bescheuert, aber … ich habe plötzlich Panik bekommen.«

»Alles gut, du musst mir nichts erklären.«

Ohne dass ich damit rechne, greift er nach meiner Hand, und die Berührung löst ein Kribbeln in mir aus. Ich weiß, ich habe ihn die ganze Zeit weggeschoben, ihm gesagt, dass ich keine Hilfe möchte, doch in diesem Augenblick fühlt es sich nicht unangenehm an. Nein, ich bin unheimlich froh, dass ich nicht allein bin.

»Hast du denn solche Panikattacken öfter?«

Erstaunt frage ich: »Woher weißt du …«

»Mein Bruder Charly, er hatte das ab und zu mal. Und bei dir?«

»Früher auf jeden Fall, da …« Ich atme tief durch, ich will nicht so schwach sein. »Ach, ich bin so bescheuert, wirklich«, sage ich mit einem tiefen Seufzer.

»Das bist du nicht, sag so was nicht. Alles hat seinen Grund.«

Kurz hält er meine Hand noch fest, aber dann lässt er sie los, und für einen Moment bin ich traurig. Es war so schön, die Wärme seiner Haut zu spüren. Doch auf einmal zieht er mich zu sich heran, mein Herz pocht, und ich möchte nur eines: ihm noch näher sein.

»Dein Bruder also auch«, flüstere ich.

»Ja, wenn er Angst hatte, dann ist das schon mal passiert.«

»Und wovor hatte er Angst?«

»Vor vielem. Manchmal reichte ein Geräusch aus.«

»Das kenne ich.«

Irgendwie fühlt es sich gut und richtig an, mit Joan zu reden. Bei ihm fühle ich mich verstanden.

»Wovor hattest du denn Angst?«, will er wissen.

»Vor der verschlossenen Tür«, gestehe ich, und wieder zieht sich alles in mir zusammen. »Dabei wollte ich das gar nicht, ich wollte es doch überwinden. Ich sollte nur die Mappe abholen. Es ist einfach … ich bin …«

Er streicht mir über die Haare. »Es ist nicht schlimm«, sagt er, trotzdem fühle ich mich wie die letzte Versagerin.

Mein Blick fällt auf den Stern, der mir vorhin aus der Hand gerutscht ist. Ich hebe ihn auf und drehe ihn zwischen meinen Fingern.

Keine Angst haben.

Scheiße.

»Weißt du, ich wollte die Angst überwinden – und jetzt sitze ich hier …«

»*Keine Angst haben*. Jetzt verstehe ich es.« Er schiebt mich ein wenig von sich und sieht mich an. »Warum setzt du dich denn so unter Druck mit diesen Sternen und all den Regeln und Plänen?«

»Weil ich es wiedergutmachen und überwinden will.«

»Ich weiß, du willst das nicht hören, Elisa, aber ich denke, gerade das Unerwartete ist manchmal das Beste. Du kannst nicht planen, nicht mehr ängstlich zu sein, du kannst es nur versuchen. Das Leben passiert einfach.«

»Na ja«, ich zucke mit den Schultern, »wie schon gesagt, ich habe bisher nicht besonders gute Erfahrungen mit Überraschungen gemacht. Und was ich erlebt habe, war echt nicht schön.«

»Was ist passiert, welche schlimmen Momente hast du erlebt? Was hat dir solche Angst gemacht?«

»Ich wurde eingesperrt«, gestehe ich zögernd.

»Okay, das ist schlimm.« In seinem Blick liegt etwas Trauriges, aber ich habe das Gefühl, dass er mich versteht. »Und wer hat dich eingesperrt?«

»Meine Mama, als ich noch ein Kind war. Und das nicht nur einmal.«

Seine Augen werden groß. »Deine Mama hat dich eingesperrt?«

»Ja.«

»Das tut mir sehr leid«, sagt er leise.

»Schon gut, es ist ja nicht deine Schuld.« Ich versuche, es wegzulächeln, doch Joans Blick bleibt ernst.

»Okay, Elisa, pass auf. Wie wäre es, wenn du jetzt mal abschaltest und nicht mehr an all das denkst? Wir unternehmen etwas zusammen. Einfach ganz entspannt.«

»Bei dir ist irgendwie immer alles entspannt.«

»Ich weiß. Aber warum denn nicht? Einen Versuch ist es doch wert. Also ja?«

Kurz denke ich nach, dann nicke ich. »Ja. Aber was ist mit Louisa? Ich muss ihr die Medikamente bringen und … So ein Mist, ich habe ihre Mappe vergessen!«

Das war es wohl, was der Typ mir hinterhergerufen hat.

»Die Mappe hole ich dir, dann gehen wir noch zu Louisa und bringen ihr alles. Lass uns was Schönes zusammen machen, ich überrasche dich. Einverstanden?«

Joans Blick verschmilzt mit meinem, und die Luft zwischen uns beginnt merklich zu flirren.

Ehe es noch intensiver wird, steht Joan auf. »Also, sag mir die Adresse, du wartest inzwischen unten auf der Straße. Und dann geht es los.«

Er hält mir seine Hände hin, um mich vom Boden hochzuziehen, aber ich weiß nicht, ob ich sie nehmen soll. Schließlich greife ich doch danach. »Abgemacht. Aber …«

»Aber was?«

»Warum machst du das alles, Joan?«

Er zuckt mit den Schultern. »Einfach so. Und weil ich dich gut leiden kann.«

»Das ist der Grund?«

»Natürlich. Das ist doch Grund genug, oder?«

Es ist schön

Als ich Louisa das Medikament und die Mappe gebracht habe, war sie erleichtert. Sie hat gleich eine Tablette eingenommen, sich umgedreht und weitergeschlafen, während Joan und ich uns auf den Weg in die Stadt machten.

»Und, wie hat der Typ reagiert, als du bei ihm aufgekreuzt bist?«, frage ich, als wir im Auto sitzen.

Joan lacht. »Na ja, er war leicht irritiert.«

»Wie peinlich. Er denkt sicher, ich bin bescheuert.«

»Unsinn. Und wenn schon, es muss dir egal sein, was er denkt.«

»Das ist etwas, das mir meistens nicht so leicht fällt«, gebe ich zu.

»Warum?«

»Keine Ahnung, ich mache mir immer unheimlich viele Gedanken. Dann denke ich, dass mit mir was nicht stimmt und …« Ich winke ab. »Schwer zu verstehen, oder?«

»Nein, ich verstehe dich schon. Ich finde, man kann es lernen, sich nicht zu viele Gedanken zu machen. Zumindest nicht über solch unwichtige Dinge.«

»Machst du dir denn nie Gedanken?«

Er sieht kurz zu mir herüber. »Doch, klar, aber ich versuche einfach, mich nicht mehr verrücktzumachen und alles so zu nehmen, wie es kommt.«

»Deswegen denkst du auch, dass alles seinen Sinn hat?«

»Ja, genau.«

Mit einem Mal bin ich froh, dass wir uns endlich gut verstehen, und Joans lockere Art kommt mir nun gar nicht mehr so verkehrt vor.

Wir sind zur Wöhrder Wiese gefahren. Ich frage mich schon die ganze Zeit, was Joan hier will – inmitten dieser vielen hohen Bäume und der Menschen, die sich auf der Wiese tummeln.

»Was machen wir jetzt?«, will ich wissen.

Er lächelt. »Wir spielen ein bisschen.«

»Wir spielen? Was?«

»Ja, wir gehen dort hinüber. Zum Erfahrungsfeld der Sinne. Du wirst sehen, es macht Spaß.«

»Okay. Ist das nicht nur was für Kinder?«

Er grinst. »Tief in uns drinnen sind wir doch alle Kinder, oder? Wir verlieren aber diese Leichtigkeit mit der Zeit, und das ist schade.«

»Das stimmt.« Er hat recht, zumindest sollten wir uns das bewahren.

»Warst du noch nie hier?«, fragt er, während wir darauf zugehen.

»Nein, nicht wirklich.«

»Also, dann lass dich überraschen.«

Wir stellen uns am Kassenhäuschen an. Als wir an der Reihe sind und die junge Frau hinter dem Schalter

Joan erkennt, beginnt sie zu strahlen. »Hey Joan. Schön, dass du da bist.«

Er lächelt, und ich frage mich, wie oft er wohl hier ist.

Nachdem er den Eintritt bezahlt hat, zwinkert sie ihm noch zu. »Dann also viel Spaß.«

Schließlich erzählt Joan mir, dass es hier verschiedene Aufgaben gibt, die es zu bewältigen gilt. Dabei sollen die Sinne geschärft werden. Beispielsweise geht es darum, Gewürze an ihrem Duft zu erkennen. Erst finde ich es albern, doch als Joan mich auffordert, über ein Seil zu balancieren, und mir dabei seine Hand reicht, merke ich, dass auch ganz schöne Herausforderungen darunter sind. Wir lachen, als ich von einer Drehscheibe rutsche, und haben viel Spaß.

Ab und an schleicht sich die Frage in meinen Kopf, mit wie vielen Mädchen Joan wohl schon hier war, wenn er sogar von der Kassiererin am Eingang erkannt wird. Aber ich versuche, sie zu verdrängen.

Irgendwann bleiben wir vor einem kleinen Haus stehen. »Darin ist alles dunkel«, erklärt Joan. »Aber nicht nur das, ein Raum ist auch ziemlich verworren.«

Sofort wird mir mulmig im Bauch. Worauf habe ich mich da eingelassen? Was hat er vor?

»Hey, du brauchst keine Angst zu haben. Ich zeige dir auch gleich, warum. Ich weiß, erst ist es ein bedrückendes Gefühl, als wäre man gefangen, als wäre da nichts. Doch du musst einfach Schritt für Schritt durchgehen. Du wirst sehen, es ist gar nicht so schlimm.«

»Wirklich?«, frage ich zaghaft.

»Ja, wirklich. Also wollen wir?«

»Okay.«

Wir betreten das Haus und gehen ganz langsam einen schmalen Gang nach oben. Erst ist da noch etwas Licht, doch dann wird es immer dunkler, und schließlich ist es um uns herum nur noch schwarz.

In meiner Brust wird es eng. So vieles, was ich bisher in der Dunkelheit erlebt habe, war beklemmend.

»Joan?« Er hält meine Hand, dennoch will ich mich vergewissern, dass er da ist.

»Keine Angst. Ich zeige dir jetzt was«, sagt er und löst seine Hand von meiner.

»Nicht loslassen«, presse ich hervor.

»Einen Moment nur, ja?«

Ich male mir schon die schlimmsten Dinge aus, die jetzt folgen könnten, aber er beginnt einfach zu singen: »You are the sunshine of my life. You are the sunshine …«

Trotz allem muss ich lachen. »Du singst? Du bist albern, lass das!«

Auf einmal wird es hell, er hat die Taschenlampe seines Handys eingeschaltet.

»Jetzt ist es besser, oder? Hattest du noch Angst?«

»Ganz ehrlich, das sieht gruselig aus.«

Er verzieht das Gesicht zu einer Grimasse. »Und jetzt?«

Lachend schüttele ich den Kopf. Wirklich, ich habe meine Angst ganz kurz vergessen.

»Siehst du, es geht ganz einfach.«

Ich rolle mit den Augen. »Ich war ja auch nicht allein, und du hast Licht angemacht. Es ist aber nicht immer ein Licht da.«

»Ja, ich weiß. Du musst versuchen, der Angst ihren Schrecken zu nehmen. Wenn es dunkel ist, mach Licht, auch wenn du keine Taschenlampe dabeihast. In deinem Kopf kannst du die Gedanken so steuern, dass du die Angst irgendwann vergisst. Du kannst gegen die Stille singen, dir dieses Licht geben und gegen alles vorgehen, was dich belastet. Schlag der Dunkelheit in deinem Inneren ein Schnippchen. Verstehst du, was ich meine? Es gibt diese Lichter in verschiedenen Formen. Wenn du dir Sorgen machst, denk darüber nach, warum das so ist, anstatt dich nur hineinzusteigern. Das ist etwas, das ich mir angeeignet habe. Auch wenn es sich albern anhört, es funktioniert. Das ist wie mit deinen Sternen, es gibt immer verschiedene Seiten. Du musst sie auf die goldene Seite drehen, einfach so. Das heißt nicht, dass die dunkle Seite verschwunden ist, aber du betrachtest sie anders.«

Mein Herz klopft heftig. Damit hat er nicht unrecht. Es klingt so leicht und ist trotzdem so schwer.

»Ich möchte aber, dass die dunkle Seite verschwindet«, wende ich noch ein, als er plötzlich das Licht löscht und meine Hand nimmt. Sofort schlägt mein Herz schneller.

»Das wird nie passieren, doch du kannst lernen, sie zu akzeptieren. Ich weiß, es ist nicht so einfach, aber ich wollte nur, dass du versuchst, es so zu sehen. Komm, gehen wir weiter, es gibt noch einen Raum«, sagt er, und ich lasse mich von ihm mitziehen.

Es wird wieder heller, dafür ist im nächsten Raum alles verworren, alles steht kopf.

»Ein merkwürdiges Gefühl, oder?«, fragt Joan.

»Ja, echt ein komisches Gefühl. Als würde dich die Wand gegenüber anziehen oder dich mitreißen wollen.«

Joan steht nun dicht neben mir. Ich würde am liebsten weglaufen, möchte aber doch in seiner Nähe sein. Seine Hand gibt mir Sicherheit.

Irgendwann stolpert Joan, und ich muss lachen. »Na ja, irgendwie ist es doch auch lustig.«

»Weil ich stolpere, schon klar.« Er grinst, und mit einem Mal liegt sein Blick auf mir. Seine Augen sind schön, selbst in dem lauen Licht.

Kaum sind wir ein Stück weitergegangen, stolpere ich ebenfalls, und nun ist er es, der lacht. »Ob wir hier jemals wieder rauskommen?«

»Ich hoffe es sehr.«

Wir gehen in kleinen Schritten vorwärts, und ich gewöhne mich immer mehr an dieses ziehende Gefühl in mir. Joans Hand und seine Nähe beruhigen mich. Es ist, als wüsste er genau, was er tun muss.

Dennoch kommen immer wieder diese Gedanken in mir auf. Wie oft hat er das schon gemacht? Ist es womöglich nur eine Masche?

Als wir schließlich unbeschadet den Ausgang erreicht haben, merke ich, dass ich in diesem Augenblick so nicht denken will. Weil es schön mit ihm ist.

»Das war merkwürdig, aber doch irgendwie gut, es geschafft zu haben. Sogar in der Dunkelheit«, stelle ich fest.

»Ja, finde ich auch.« Verschwörerisch blickt er mich an. »Was meinst du, wollen wir noch 'ne Runde?«

Ich lächle. »Einverstanden. Also wer zuerst durch ist?«

Etwas später sitzen wir auf einer Bank, stärken uns mit den typischen Nürnberger Bratwurstbrötchen, Cola für mich und Limonade für Joan. Ich muss lachen, weil ich daran denke, wie Joan in dem Haus gestolpert ist. Es sah zu komisch aus. Anschließend haben wir noch zusammen versucht, auf einem sich drehenden Kreisel die Balance zu halten. Ich möchte nicht wissen, was für ein Bild wir beide da abgegeben haben. Es war so unbeschwert.

»Was ist denn so komisch?«, will er wissen.

»Dein Gesicht, als du hingefallen bist. Wie in Zeitlupe. Und singen, na ja, das musst du auch noch üben.«

»Wie bitte? Also, ich finde meine Stimme wundervoll.« Er sieht mich an. »Sag mal, wollen wir uns nicht lieber auf die Wiese setzen?«

»Auf die Wiese?«

»Klar, die Sonne scheint, und wir können meine Jacke als Unterlage nehmen. Dann ist es fast wie ein Picknick.«

Schließlich lasse ich mich überreden, und es tut wirklich gut, in der Sonne zu sitzen.

»Danke, das hat echt Spaß gemacht«, sage ich, nachdem ich den letzten Bissen von meinem Brötchen genommen habe.

»Ja, mir auch.«

Kurz zögere ich noch, aber dann frage ich einfach geradeheraus: »Du bist öfter hier?«

»Wie kommst du darauf?«

»Na ja, du wurdest an der Kasse erkannt.«

Er nickt. »Ja, hin und wieder schon.«

»Dann ist das also eine Art Masche?«

Er sieht mich intensiv an, und ich erkenne Verwunderung in seinen Augen. »Warum denkst du das?«

»Keine Ahnung. Einfach so.«

»Ich bin öfter mal mit Kindergruppen hier«, erklärt er.

Damit habe ich jetzt nicht gerechnet.

»Okay, und was machst du mit ihnen?«

»Ich führe sie durch die Stationen, erzähle ein bisschen was und versuche, ihnen Mut zu machen. Die meisten dieser Kinder stammen aus problematischen Verhältnissen und haben ein paar unschöne Dinge erlebt. Damit baue ich sie dann auf. Es ist ein Teil der Werkkurse, die ich für Kinder gebe. Die Idee kam mir irgendwann mal. Weißt du, ich finde es einfach schön zu sehen, wie die Kids über sich hinauswachsen, wie sie sich freuen, wenn ihnen etwas gelingt. Und es macht mir Spaß.«

Alles hätte ich erwartet, aber nicht das.

»Magst du Kinder?«, frage ich.

»Ja, absolut. Sie sind so ehrlich.« Er trinkt einen Schluck von seiner Limonade.

»Wo warst du eigentlich?«

Fragend sieht er mich an. »Was meinst du?«

»Du warst doch auch 'ne gewisse Zeit lang weg, im Ausland. Zumindest hat Louisa mir das erzählt.«

»Stimmt, ich war in Spanien, ein wenig den Horizont erweitern und den Kopf frei kriegen. Ich war gern dort, aber dann wurde es notwendig, wieder hierherzukommen.«

»Und warum? Was steckt dahinter?«

In seinem Blick ist auf einmal eine Traurigkeit, die ich nicht deuten kann. Doch er lächelt. »Wie kommst du darauf, dass mehr dahinterstecken könnte?«

»Tut es das nicht immer?«

»Ab und an schon. Und das beschäftigt dich?«

Ich fühle mich ertappt. »Nein, nein, nur … na ja, neulich bist du mitten in der Nacht weggefahren. Und ich dachte, du … Hast du denn nichts Besseres zu tun, als mit mir hier zu sein?«

»Warum sollte ich was Besseres machen wollen? Ich finde es schön.« Sein Blick ist mit einem Mal so weich, und in seiner Nähe spüre ich wie schon so oft dieses Herzklopfen. »Weißt du, dass du gerade wirklich hübsch aussiehst?«, fragt er.

Auf einmal wird es mir peinlich. »Tut mir leid, ich frage so viel, das ist echt unangebracht. Das war wirklich keine böse Absicht und …«

»Ich meine es ehrlich. Du siehst gerade total hübsch aus.«

»Ich? Unsinn.«

»Du kannst es nicht einfach annehmen, oder?«

»Weil ich … ich bin nicht hübsch. Ich habe Augenringe, bin blass und«, ich wische mir über den Mund, »und habe Ketchup an den Lippen.«

Er legt seine Hand an meine Wange, ganz sanft. »Quatsch. Wer hat dir das denn eingeredet? Na ja, bis auf das Ketchup natürlich.« Er räuspert sich. »Weißt du was, Elisa? Du denkst zu viel nach. Darüber, was ich wohl denke, warum wir hier sind. Aber es ist einfach so, dass ich mit dir hier sein will. Punkt.«

Wieder liegt dieses Flirren in der Luft. Ich starre auf seine Lippen, und in meinem Bauch flattert es.

Doch plötzlich zieht er seine Hand weg. »Machen wir dann weiter?«, fragt er.

»Meinst du?«

»Klar.«

Er steht auf und reicht mir die Hände, um mich nach oben zu ziehen. Kurz spüre ich seinen Körper an meinem, und das Gefühl ist so unerwartet schön, dass ich für einen Moment alles um mich herum vergesse.

»Also, dann mal los. Bereit?«

Ich nicke. »Gut, ich bin bereit.«

»Von wegen du hast gewonnen, ich habe alle Gewürze erraten«, sage ich, als wir zu Hause die Treppenstufen hochsteigen.

»Die Uhr hat da aber was anderes gesagt«, entgegnet Joan hinter mir. »Ich hatte mindestens eine Sekunde Vorsprung.«

»Da war doch gar keine Uhr.«

Mittlerweile sind wir oben angekommen. Ich drehe mich zu ihm um, und er deutet an sein Handgelenk. »Doch, ich habe gestoppt. Damit.«

»Ach, und du hast das auch sicher überhaupt nicht zu deinen Gunsten ausgelegt?« Ich lehne mich an den Türrahmen. »Danke, das war heute wirklich schön. Und ich freue mich auch, dass ich ein bisschen was über dich erfahren habe.«

»Nicht der Rede wert. Das mache ich doch gern, besonders für dich.«

Er lächelt, und ich streiche mir verlegen eine Haarsträhne aus dem Gesicht. »Wir sollten mal reingehen, oder?«

Ich drehe mich um und beginne, in meiner Tasche nach dem Schlüssel zu kramen. Doch Joan kommt mir zuvor, und ich spüre seinen Bauch an meinem Rücken, als er seinen Schlüssel an mir vorbei ins Schloss schiebt.

Wir betreten die Wohnung, es ist dunkel und still.

»Psst, Louisa schläft bestimmt«, flüstere ich.

Nachdem ich an der Garderobe meine Jacke und meine Tasche aufgehängt habe, steht Joan auf einmal dicht vor mir. Viele Gedanken scheinen sich in unseren Köpfen zu drehen, als seine Hand unerwartet zu meinem Unterarm wandert. Rasch versuche ich, die Narben mit dem Ärmel meines Shirts zu verdecken.

»Schäme dich nicht für irgendwas, Elisa«, raunt er mir zu. »Auch nicht für die Narben. Wir haben alle welche, okay? Und ich mag deine Narben, sie erinnern mich an eine Landkarte.«

»Eine Landkarte?«

»Ja, irgendwie schon.«

Ganz deutlich liegt nun ein Kribbeln in der Luft. Eines, das den kompletten Raum greift. Joan kommt noch ein Stückchen näher auf mich zu, sodass ich die Wand im Rücken spüre.

»Was hast du jetzt vor?«, frage ich.

»Das weiß ich noch nicht. Aber wir können morgen wieder was zusammen machen, wenn du willst.«

»Ehrlich? Einfach so?«

»Ja, warum nicht? Denk nicht immer so viel nach, Elisa, was sein wird und was werden kann oder auch nicht.«

»Vielleicht tue ich das viel zu oft«, gebe ich leise zu.

Erneut wandern seine Finger über meine Arme. Wie kann sich das nur so gut anfühlen? So was von gut.

Aber es darf sich nicht so gut anfühlen. Diese Gefühle brechen Herzen. Und was weiß ich denn schon über Joan? Zu wenig. Er arbeitet mit Kindern und hat wirklich eine Seite, die mir gefällt, auch wenn ich das am Anfang nicht gedacht hätte.

Dennoch, die Menschen zeigen immer nur das, was sie zeigen wollen. Zu oft habe ich mich in ihnen getäuscht.

Ja, ich habe Regeln. Keine Jungs. Wir sind nur Freunde. Und ich habe Pläne. Ich will nicht mein Herz verlieren.

Die Berührung seiner Hand lässt meine Haut jedoch prickeln, und mein Herz scheint gerade nicht besonders viel von meinen Plänen zu halten.

»Also dann, gute Nacht, Elisa.«

Okay, das kommt jetzt etwas schnell. »Was?«

Er lächelt. »Wolltest du denn was anderes hören?«

»Nein.«

Verdammt, ja!

Ich starre auf seine Lippen und habe wieder dieses Verlangen, sie zu küssen. Aber das passt nicht in meinen Plan. Absolut nicht.

Keine Angst haben.

Von wegen. Ich habe Angst. Noch immer.

Joan beugt sich vor, weiter, immer weiter, und mein Herz klopft immer heftiger. Wir dürfen das nicht, ich darf das nicht. Das bringt Ärger, er bringt Ärger, er wird alles durcheinanderwirbeln.

Doch dann legen sich seine Lippen auf meine, und augenblicklich denke ich nichts mehr. Stattdessen fühle ich diese Wärme, die durch meinen Körper strömt, die mich beben lässt. Es fühlt sich so gut an und macht mich glücklich, viel zu sehr. Ich halte mich an seinem Nacken fest, ziehe ihn an mich, und die Sehnsucht, die mich greift, ist nun nicht mehr aufzuhalten. Unsere Lippen verschmelzen, sanft, fordernd, und in meinem Körper wird die Wärme zu Hitze, die Hitze zu einem Feuer. Leise seufze ich gegen seinen Mund und spüre seine Hände an meiner Taille.

Schon eine Sekunde später bin ich aber wieder im Hier und Jetzt und nicht mehr in meinen Gedanken. Joan steht mir noch immer gegenüber. Der Kuss war nichts als ein Wunschtraum.

»Wir sehen uns morgen, ja?«, sagt er schließlich.

Noch immer bin ich ganz gefangen von den Bildern in meinem Kopf. Von Bildern, die da nicht sein dürfen.

»Okay«, flüstere ich. »Und Joan?«

»Ja?«

»War echt schön heute, auch wenn … ach, keine Ahnung. Es war nett, dass du mich aufbauen wolltest, aber du musst das nicht weiter tun, ja? Du hast so viel um die Ohren, deine Wohnung, der Job, die Kurse mit den Kindern, und neulich warst du auch nachts weg und …«

Er legt den Zeigefinger an meine Lippen. »Lass das meine Sorge sein, ich krieg das schon hin. Und wegen neulich nachts: Ich war bei einer Freundin, sie braucht hin und wieder meine Hilfe. Und ich verbringe Zeit mit dir, weil ich es will, und ich hoffe, du willst es auch. Dann ist alles gut.«

Ich nicke nur.

»Und jetzt schlaf gut und versuche, nicht so viel nachzudenken.«

»Na schön, ich versuche es.«

Sein Blick liegt weiter auf mir, und er beugt sich langsam zu mir vor. Will er mich etwa tatsächlich küssen?

»Ich … also dann.« Schnell wende ich mich ab und gehe den Flur entlang zu meinem Zimmer. Es ist besser so. Ich darf nicht den Kopf und schon gar nicht mein Herz verlieren.

Und ich darf mir nicht so viele Gedanken machen. Ja, aber das ist nicht so leicht. Ich frage mich immer so vieles, andauernd.

Zudem ist da immer dieses Misstrauen. Was wohl hinter seiner Arbeit mit den Kindern steckt? Warum wollte er wirklich Zeit mit mir verbringen? Und wer ist diese Freundin, der er helfen musste? Was läuft da zwischen den beiden? Ist sie *seine* Freundin?

Aber ist das alles überhaupt so wichtig?

Irgendwie schon, denn ich kann kaum glauben, dass jemand so selbstlos ist, so nett.

Alles hat seinen Grund, das hat er ja gesagt, und ich glaube es auch. Doch genau das ist das Problem.

Gedanken, immer diese Gedanken.

Ja, ich denke wirklich zu viel, dauernd, ständig, immerzu. Ich frage mich, ob das jemals aufhören wird. Denn ich denke nicht nur, ich zerdenke die Dinge. Ich bin so schrecklich.

Der Kuss war nur ein Wunschtraum, ein Gedanke. Dennoch hat er mich so durcheinandergewirbelt und neue Fragen aufgeworfen. Warum will ich Joan küssen? Ich sollte das nicht wollen. Worauf würde ich mich da einlassen? Was weiß ich denn schon über ihn? Mag er mich wirklich? Kaum vorstellbar. Ich, Elisa Lohmann, habe so viele Fehler. Wie kann er mich dann mögen?

Und vor allem, was sind seine wirklichen Beweggründe, warum er Zeit mit mir verbringen will?

Ist es denn so schwer, anzunehmen, dass er dich vielleicht einfach mag?, flüstert eine zarte Stimme in mir.

Ja, irgendwie schon. Denn bislang hatte ich noch nie das Gefühl, dass mich jemand einfach so mochte oder sich um mich bemühte. Es war immer kompliziert.

Immer. In meinem Leben jagte gefühlt ein Drama das nächste, und das ist ja auch der Grund, warum ich diese Regeln aufgestellt habe. Damit ich mich nicht in meinen Gefühlen verliere, in der Hoffnung.

Die Gedanken, die in meinem Kopf kreisen, sind so verwirrend. Als ich mich schließlich ins Bett lege, versuche ich, sie abzustellen, doch so leicht ist das nicht.

Ich denke viel über früher nach. Über Berlin und über Colin, wie alles mit ihm begonnen hat, wie sehr ich mich darin verloren habe, ihm mein Herz zu öffnen. Ich dachte wirklich, er mag mich, dabei hatte er es nur auf etwas anderes abgesehen. Auf das, was ich geliebt habe. Das Zeichnen. Er spielte mir vor, dass ich etwas Besonderes sei, um zu bekommen, was er wollte. Dieser Verrat saß tief. Und dazu hat er mein Herz auch noch mehr als einmal zertreten. Es war anders als mit Joan, ich war viel mehr bemüht, Colin zu gefallen, weil er so tat, als würde er mich sehen, nachdem ich zum ersten Mal überhaupt gut in etwas war.

Es ist also schwer, anzunehmen, dass Joan das alles einfach nur meinetwegen tut. Der Tag mit ihm war schön, er hatte sich für mich wirklich Gedanken gemacht. Und das soll er einfach so getan haben? Bislang war das in meinem Leben immer anders.

Ich denke an die Sterne, an die schönen Momente. Auf einen Stern habe ich geschrieben, dass ich mich gut genug fühlen möchte. Aber das scheint das Problem zu sein. Mich gut genug zu fühlen, fällt mir so schwer – nach allem, was war, noch viel mehr. Deswegen habe ich wohl auch ein Problem damit, mir vorzustellen, dass Joan mich wirklich mögen könnte.

Die Gedanken wirbeln noch eine ganze Zeit lang durch meinen Kopf. Doch irgendwann schließe ich die Augen und schlafe ein.

Wie im Film

Als ich am nächsten Morgen die Augen öffne, fällt mein erster Blick auf Joans Gesicht, und ich schrecke auf. Was macht er denn in meinem Zimmer?

Oder ist das wieder nur ein verrückter Traum, in dem wir uns gleich küssen, die Kleider vom Leib reißen und …

»Nein, es wird nichts passieren, keine Küsse, nichts. Ich muss nur aufwachen«, rede ich mir ein. Erleichtert schließe ich noch mal die Augen.

Doch auf einmal fährt es wie ein Blitz in meinen Kopf. Habe ich das mit den Küssen etwa laut gesagt?

Er lacht. »Keine Küsse, ich hab schon verstanden. Ich wollte dich nur wecken.«

Verdammt. Also doch. Das ist mir jetzt megapeinlich. Aber warum sitzt er auch hier?

»Du wolltest was? Mich wecken? Warum? Du darfst doch nicht einfach in mein Zimmer kommen und …«

»Tut mir leid, ich weiß. Ich wollte dir Kaffee bringen. Außerdem hab ich vorher angeklopft.«

Kaffee ans Bett, einfach so?

Das klingt ziemlich real. Es ist also wirklich kein Traum.

»Kaffee?«

»Ja.«

Ich öffne die Augen wieder. Joan sitzt tatsächlich da, in der Hand hält er eine Tasse Kaffee.

Er lächelt. »Ich dachte, wenn du wach bist und ausgetrunken hast, fahren wir zusammen weg.«

Wegfahren? Er und ich?

Ich setze mich auf und greife nach der Tasse. »Danke, das ist lieb von dir.«

»Gern geschehen. Und was passiert jetzt? Küssen?« Schnell hebt er die Hand. »War nur Spaß, wirklich. Aber jetzt mal im Ernst, ich habe mir heute Nacht ein paar Gedanken gemacht.«

»Ich dachte, du machst dir keine Gedanken?«

»Ab und an doch. Und zwar darüber, warum du so sehr daran zweifelst, dass ich gern Zeit mir dir verbringen will.«

Ich nehme einen Schluck Kaffee und spüre die Wärme im Bauch. »Und zu welchem Schluss bist du gekommen?«

»Ich finde es schade, dass du denkst, du bist es nicht wert, dass man was mit dir unternimmt. In meinen Augen ist das der totale Unsinn.«

»Nein, ich …«

»Und deswegen hab ich mir was überlegt. Etwas, das dir vielleicht Spaß macht.«

»Joan, das ist echt nicht nötig, es ist alles gut und …«

Aber er geht nicht darauf ein, sondern fragt nur: »Wie lange brauchst du?«

»Hab ich denn gar nichts mitzureden?«

»Doch, natürlich. Wenn du nicht möchtest, akzeptiere ich das. Es wäre allerdings schade.«

Kurz denke ich nach, dann nicke ich. »Also gut, aber ich muss zumindest vorher noch duschen.«

»Dann mach das. Ich warte im Wohnzimmer auf dich.« Er steht auf und geht ein paar Schritte bis zur Tür. Dort dreht er sich noch mal zu mir um. »Ich bin gespannt, was du sagst.«

Nachdem er gegangen ist, trinke ich den Kaffee aus, dann springe ich schnell unter die Dusche und ziehe mich an. Eine halbe Stunde später bin ich fertig und bereit.

Als wir uns im Flur treffen, hat Joan einen Rucksack dabei. Überrascht deute ich darauf. »Wollen wir wandern gehen?«

»Nein, aber ich dachte, ein bisschen Proviant kann nicht schaden. Also, bist du so weit?«

Wenig später sitzen wir in seinem Auto und fahren in Richtung Innenstadt.

»Was hast du bitte vor?«, will ich jetzt endlich wissen.

»Wir fahren zur Steintribüne, dort mache ich ein paar Fotos von dir.«

»Fotos? Von mir? Und das soll Spaß machen?«

»Ja, liebe Elisa.«

Ich schüttele den Kopf. »Nein, absolut nicht. Ich brauche das nicht.«

»Oh doch, und ob du das brauchst.«

»Und du bist der Fotograf, oder wie?«

»Ja, ich habe zumindest alles dabei.«

»Fotos? Aber …«

»Das wird lustig, vertrau mir.«

Es dauert noch ein paar Minuten, bis Joan den Wagen parkt und aussteigt. Er kommt zu mir herum und öffnet die Beifahrertür.

»Ach, ich weiß nicht«, sage ich zögernd, »ich mag mich auf Fotos nicht.«

»Lass es uns ausprobieren, okay?«

Schließlich steige ich doch aus, und wir gehen eine Weile stumm nebeneinanderher. Es ist schön hier. Die alten Steine, die Teil des ehemaligen Reichsparteitagsgeländes sind und heute gern als Fotomotiv genutzt werden, haben einst so viel Furchtbares gesehen. Dennoch herrscht eine gelöste Stimmung. Hier stört kein Autoverkehr, auch keine Hektik und kein Lärm. Es gibt nur viel Ruhe, einen Hauch von alter Zeit, den Wind und ein paar Menschen, die sich die Beine vertreten.

Joan stellt den Rucksack ab und holt eine Kamera heraus, die ziemlich professionell aussieht.

»Woher hast du die?«, will ich wissen.

»Ein Hobby. Ich habe sie auch auf meinen Reisen dabeigehabt und einige Fotos geschossen.«

»Gibt es eigentlich was, das du nicht kannst?«

Er schüttelt den Kopf. »Das ist nur 'ne Kamera. Ich bin kein professioneller Fotograf, ich hab nur Freude daran, und das ist es doch, was zählt.«

»Darf ich die Fotos denn mal sehen? Immerhin hast du meine Zeichnungen auch begutachtet.«

»Natürlich. Auf den Bildern, die ich jetzt mache, wirst du ja sowieso drauf sein.« Er grinst, und ich verdrehe die Augen.

»Warum machen wir das überhaupt?«, frage ich weiter.

»Weil es Spaß macht.«

»Ach Joan, nein, ich …«

Er sieht mich an. »Du wirst jetzt nicht alles zerreden. Lass es uns einfach tun, okay? Willst du dich mal da drüben auf die Treppe setzen?«

Ich merke, wie aufgeregt ich bin. »Wir ziehen das echt durch?«

»Ja, ich würde schon sagen.«

Mein Herz klopft zu heftig, als ich hinüber zur Treppe gehe und mich unbeholfen hinsetze. Noch nie habe ich gern für Fotos posiert, und ich mag auch keine Bilder von mir. Irgendwie finde ich es doof, wie ich darauf immer aussehe.

Während ich die Augen schließe und tief durchatme, höre ich bereits das Klicken der Kamera. »Jetzt schon?«, fahre ich Joan an, ein wenig zu barsch, das muss ich zugeben. »Warum wartest du denn nicht noch ein bisschen?«

Doch er lächelt. »Denk einfach mal nicht so viel nach. Ich mache ein paar Fotos, und du verhältst dich ganz normal, ja?«

Schließlich sitze ich da, genieße die Sonne und beobachte die Menschen, die an uns vorbeigehen. Ein junges Paar nähert sich uns. Er hält ihre Hand, und die beiden sehen so glücklich aus. Wie er sie ansieht – ich wünschte, mich würde auch mal jemand so ansehen. Für einen Moment bin ich mit meinen Gedanken ganz woanders, bis ich wieder das Klicken der Kamera höre. Joan, ich hatte ihn beinahe vergessen.

Ich blicke zu ihm, und unweigerlich bewegen sich meine Mundwinkel nach oben.

»Bleib genau so«, ruft er, »das sieht sehr schön aus.«

»Du veräppelst mich.«

»Warum sollte ich das tun? Warte, eins noch.«

Anschließend kommt er zu mir her und setzt sich neben mich. Er dreht das kleine Display an der Kamera in meine Richtung und zeigt mir das letzte Foto. Ich weiß nicht, was ich sagen soll. Es sieht tatsächlich nicht so schlimm aus, im Gegenteil.

»Das bist du, Elisa.« Seine Stimme ist jetzt ganz sanft. »Also, machen wir noch ein paar?«

Joan schafft es, dass ich mich tatsächlich irgendwann nicht mehr schäme und mich einfach darauf einlasse. Als wir fertig sind, zeigt er mir ein paar der Fotos. Wir lachen, essen die Brötchen, die er mitgebracht hat, und schlendern schließlich ein wenig umher, bis zum Dutzendteich, einem großen See, der schon früher als Erholungsort in der Stadt beliebt war. Wir setzen uns auf die Wiese und blicken aufs Wasser. Es ist schön, und ich fühle mich so leicht.

Irgendwann sehe ich auf mein Handy. Louisa hat geschrieben und will wissen, wo ich stecke. Gestern Abend, als wir nach Hause kamen, wollte ich sie ja nicht wecken, und heute Morgen, bevor wir los sind, hat sie auch noch geschlafen. Wahrscheinlich brauchte sie einfach ein bisschen Ruhe.

Ich antworte ihr, dass ich wieder mit Joan unterwegs bin. Sie schickt mir ein Smiley zurück und schreibt, dass sie alles haargenau erfahren will, wenn wir mal Zeit haben. Sie wird jetzt Jass und Kale besuchen.

»Louisa hat geschrieben«, erzähle ich. »Sie besucht Jass und Kale, also geht es ihr wohl schon besser.«

Joan nickt. »Das ist gut. Was meinst du, wollen wir Tretboot fahren?« Er deutet zu der kleinen Bootsstation am Ufer des Sees.

»Was? Jetzt?«

»Ja, klar. Warum nicht?«

»Aber ich … ich weiß nicht …«

Er steht auf und zieht mich an den Händen nach oben. »Es wird gut, glaub mir.«

Wenig später sitzen wir tatsächlich in einem Tretboot und fahren über den See. Währenddessen erzählt Joan von Spanien, dass er dort viele Eindrücke gesammelt hat und es sein großer Wunsch ist, noch mehr von der Welt zu sehen. Und dass er schon immer gern was mit seinen Händen gemacht hat, daher auch sein Beruf.

Irgendwann fangen meine Beine an zu brennen, und ich nehme die Füße von den Pedalen. »Oh Gott, meine Beine«, ächze ich.

»Hast du einen Krampf?«, fragt Joan.

»Nein, aber ich bin das nicht mehr gewohnt. Früher bin ich sehr viel gelaufen, weil ich dauernd dachte, sonst nichts essen zu können. Alle um mich herum waren so fit, das hat mich irgendwo gestresst. Colin, mein Ex, war auch so. Er hat viel Wert auf Fitness gelegt und bei Instagram immer so getan, als wäre das alles so einfach. Das Wichtigste war für ihn immer, sympathisch rüberzukommen. Ich bin darauf ja auch reingefallen. Aber hinter den Kulissen war es anders. So ist es ja oft, dass der Schein ein anderer ist als die Realität.«

Joan nickt nur und lässt mich weiterreden.

»Ich mag Sport, doch irgendwann wurde es beinahe zu einer Besessenheit. Genauso war es mit dem Essen. Ich habe mich immer mehr diszipliniert, aber gar nicht verstanden, warum ich das tat. Es wurde sowieso nicht besser, egal, was ich gemacht habe.«

»Inzwischen ist es aber besser, oder?«

»Es geht, ich versuche es. Das ist auch eine meiner Regeln.«

»*Ohne Reue genießen*, die Worte auf dem Stern. Jetzt verstehe ich sie.«

Mit einem Mal fühle ich mich albern und dumm. »Tut mir leid, das war dämlich, ich weiß. Eigentlich wollte ich nur sagen, dass ich im Moment nicht so fit bin.« Ich schlucke. Als ich diese Worte nun ausspreche, erkenne ich, wie gut Joan doch aussieht – ganz im Gegensatz zu mir.

»Ach, Elisa, so ein Unsinn.«

»Na ja, nicht direkt. Schau dich doch mal an.«

»Was meinst du?«

»Damit hast du kein Problem, oder?«

»Womit?«

»Na ja, du scheinst dir keine Gedanken darüber zu machen, wie du aussiehst. Und die Mädchen stehen ja auch auf dich, zum Beispiel die Verkäuferin vom Brezenstand oder die Blonde im Club …«

Er sieht mich ernst an. »Weißt du, es kommt nicht darauf an, wie viele Muskeln man hat oder wie man sich zeigt, sondern darauf, wer man ist. Ja, ich mache gern Sport, aber ich weiß auch, dass Muskeln und das Aussehen nicht alles sind. Mir selbst geht es darum nicht.«

Ich mag die Worte, die er gerade gesagt hat. Ob er sie auch wirklich so meint?

»Komm, streck deine Beine aus, ich mach das schon«, sagt er mit einem Lächeln.

»Und du hältst mich dann nicht für einen Schwächling?«

»Warum sollte ich das? Ich trete ja eh schon die ganze Zeit für dich mit.«

Ich stupse ihn in die Seite. »Fiesling.«

»Spaß.«

Auf einmal entdecke ich im Wasser eine flüchtige Bewegung, direkt unter uns. »Schau mal, da war ein Fisch, oder?«

Joan blickt nun ebenfalls nach unten. »Ja, könnte ein Fisch gewesen sein. Oder auch etwas ganz anderes.«

»Etwas anderes?«

»Wer weiß, ein Seeungeheuer vielleicht?«

Schließlich betrachte ich mein Gesicht, das sich auf der Wasseroberfläche spiegelt. Kurze Zeit später taucht

Joans Spiegelbild neben meinem auf. Er sieht gut aus, ich dagegen wirke so blass.

»Woran denkst du gerade?«, will er wissen.

»Daran, dass ich das einzige Ungeheuer bin, das ich hier sehe.« Ich wollte das überhaupt nicht sagen oder vielmehr nur zum Spaß, aber jetzt ist es nun mal raus.

»Meine liebe Elisa, damit liegst du so was von falsch.«

»Ach ja? Dann hast du einen Knick in der Optik, oder dein Blick ist trüb wie das Wasser.« Ich versuche zu scherzen, aber er bleibt ernst.

»Nein, absolut nicht.«

Auf einmal zieht er mich an sich, seine Augen treffen meine. »Ich sehe einen wunderbaren, liebenswerten und humorvollen Menschen, der sich viel zu viel Unsinn von irgendwelchen Ungeheuern hat einreden lassen.«

Ich seufze. »Ach, Joan.«

»Ach, Elisa.«

»Hast du nichts Besseres zu tun, als mein Ego aufpolieren zu wollen?«

»Das hat absolut nichts damit zu tun. Und überhaupt, warum sollte das schlecht sein?«

»Weil … keine Ahnung.«

Noch immer liegt sein Blick auf mir.

»Warum schaust du denn so?«, frage ich.

»Weil ich dich gern ansehe. Darf ich das denn nicht?« Er lächelt. »Du hast da an der Nase übrigens kleine Sommersprossen.«

»Ja, ich weiß, aber ich mag sie nicht.«

Er kommt näher, immer mehr. »Ich schon«, flüstert er und küsst mich sanft auf die Nase. Sofort wird mir wohlig warm im Bauch.

»Das ist zu viel«, presse ich hervor.

»Was?«

»Zu viel Romantik. Wenn es jetzt noch zu regnen beginnt, komme ich mir vor wie in einem schlechten Film.«

»Ich sagte doch, du hast Humor.« Lachend legt er seine Hand an meine Wange. »Auch wenn sie überzogen sind, ich mag diese Filme, denn da wachsen die Helden immer über sich hinaus.«

»Ich bin aber sicher keine Heldin.«

»Sind wir nicht alle die Helden in unserem kleinen Film oder Buch?«

In mir kribbelt es jetzt heftig, und ich ertappe mich dabei, wie ich auf Joans Lippen starre. Nicht nur einmal habe ich mir vorgestellt, sie zu küssen. Aber das ist bescheuert – oder doch nicht?

Küssen, jetzt?

Doch der Gedanke verschwindet, denn nun tropft tatsächlich etwas Nasses auf mich herab. Ich zucke zusammen und sehe nach oben. »Was war das?«

Der Himmel hat sich verdüstert, und auf einen Schlag beginnt es, wie aus Eimern zu schütten.

»Das ist jetzt nicht wahr!«, rufe ich.

Joan schmunzelt. »Ich würde mal sagen, der Himmel hat auch Humor.« In der Ferne zischt ein Blitz. »Das ist ein Platzregen. Wir müssen zum Ufer.« Er stellt die Füße auf die Pedale und fängt an zu treten.

»Versuch du, den Rucksack zu schützen, wegen der Kamera.«

Ich nehme den Rucksack zwischen meine Beine und lege meine Jacke darüber.

Nach ein paar Minuten erreichen wir endlich das Ufer, wo uns ein Mann vom Bootsverleih mit einem Regenschirm in Empfang nimmt. »Das ist ein Wolkenbruch, was? Kann hin und wieder ganz schön schnell gehen«, meint er und deutet in den Himmel, der inzwischen mit einer wirklich dicken grauen Wolkenwand überzogen ist.

»Ja, das stimmt. Danke für die Fahrt.« Joan nickt dem Mann zu, dann nimmt er meine Hand. »Komm schnell, wir rennen, okay?«

Statt einer Antwort beginne ich, in Richtung Parkplatz zu laufen, und ziehe Joan mit mir.

Als wir das Auto fast erreicht haben, bleibt Joan auf einmal stehen und hält mich zurück.

»Was machst du?«, rufe ich. »Wir werden patschnass!«

»Egal, das sind wir doch eh schon.« Lächelnd legt er die Hände auf meine Schultern. »Was würde jetzt in einem schlechten Film passieren?«

»Was? Wie meinst du das?«

»Na ja, in den romantischen Filmen.« Er beugt sich ein Stück zu mir, meine Augen versinken in seinen.

»Ich …« Auf einmal denke ich nicht mehr nach, sondern sage es einfach. »Ich glaube, es würde einen Kuss geben.«

»Ja, das glaube ich auch.«

Er kommt näher, noch näher, und dann spüre ich endlich seine Lippen auf meinen. Mein Herz klopft heftig gegen meinen Brustkorb, als hätte ich einen ganzen Marathonlauf hinter mir.

»Wir sind nass«, seufze ich gegen seinen Mund.

»Ich weiß.«

Er küsst mich erneut, und ich erwidere den Kuss. Seine Lippen zu schmecken, vermischt mit dem Regen, berauscht mich, und Tausende von Gefühlen trommeln durch meinen Körper, so stark wie der Regenguss.

Irgendwann lösen wir uns voneinander, und Joan betrachtet mich lächelnd.

»Oh Gott.« Ich fahre mir über die Haare. »Wir sollten jetzt los, ich … ich sehe bestimmt schrecklich aus.«

Er schüttelt den Kopf. »Ich finde, du hast nie schöner ausgesehen.«

Zu Hause angekommen, sind wir noch immer komplett durchnässt, und auch die Polster im Auto haben einiges abbekommen. Doch auch wenn alles nass ist und nicht perfekt – der Moment war so perfekt unperfekt.

»Ist dir kalt?«, fragt Joan, als wir die Treppe nach oben gehen.

Ich winke ab. »Ach, nicht so wichtig. Hoffentlich ist die Kamera heil geblieben.«

Er holt den Wohnungsschlüssel aus der Tasche, schließt die Tür auf und lässt mich eintreten. »Ist doch egal, Hauptsache, du wirst nicht krank. Los, unter die Dusche mit dir. Und dann ziehst du dir was Trockenes an.«

Wie er sich um mich sorgt, das bin ich gar nicht gewohnt.

Vor dem Spiegel an der Garderobe bleibe ich stehen. »Meine Haare sehen total furchtbar aus«, murmele ich.

Doch Joan schüttelt den Kopf. Er tritt auf mich zu und steht nun wieder ganz dicht vor mir. »Elisa …«

Ich hebe den Kopf und blicke ihm in die Augen.

»Du siehst gerade alles andere als furchtbar aus, eher unglaublich sexy.«

»Ach, Unsinn, ich …«

»Verdammt, Elisa, weißt du eigentlich wirklich nicht, wie schön du bist? Kannst du das echt nicht sehen?«

»Ich …«

»Deswegen machst du dir auch diese Gedanken, was du sagst, wie du bist, aber das brauchst du nicht. Absolut nicht.«

Ich schlucke. »Du bist verrückt, Joan. Das hier ist keine romantische Geschichte, die man sich irgendwie ausdenkt. Es ist das Leben, und das ist eher mies als romantisch. Außerdem ist es bereits geschrieben, dagegen können wir nichts tun.«

»Das sehe ich anders. Oder willst du mir etwa sagen, dass das hier nicht romantisch ist?«

»Du bist verrückt.«

»Oh ja, das bin ich. Nach dir.«

Ehe ich noch irgendwie zweifeln oder etwas entgegnen kann, spüre ich seine Lippen erneut weich auf meinen. Nicht fordernd oder drängend, sondern voller Sehnsucht. Eine Sehnsucht, die mich ansteckt, mich hoffen lässt, die anders ist. Ich schlinge die Hände um seinen Nacken. Die Hitze, die durch meinen Körper schießt, lässt mich alles vergessen: den Regen, die Nässe, die Kälte, die Zweifel, die Gedanken. Gerade fühle ich nur Joan, seinen Mund auf meinem, seine Berührungen.

Er hebt mich hoch, trägt mich durch den Flur und in mein Zimmer, wo er mich vorsichtig auf dem Bett ablegt. Dabei hören wir nicht auf, uns zu küssen. Im Gegenteil, unsere Küsse werden noch tiefer, ich spüre seine Zunge und berühre sie mit meiner.

Meine Hände wandern unter sein nasses Shirt, ziehen es ihm über den Kopf, und er hilft mir dabei. Als ich über seine Haut streiche, die sich trotz der Nässe warm anfühlt, kribbelt es in meinen Fingerspitzen. Meine Atmung beschleunigt sich. Ich spüre seine Hände unter meinem Shirt, das an mir klebt, und bin erleichtert, als er es mir jetzt ebenfalls vom Körper streift.

Der Sturm, der draußen tobt, tobt nun auch in uns. Ich weiß nicht, ob wir das tun sollten, ob wir es tun dürfen. Warum wir es tun und ob er mich wirklich will. Das war nicht der Plan. Dennoch ist dieser Moment unglaublich schön und fühlt sich so gut an. Wie in einem Film oder einem Buch? Ein bisschen schon. Jedenfalls gut. Ja, zu gut.

Zum wiederholten Male suchen Joans Lippen meine, ehe sie schließlich über meinen Hals wandern. Mit jedem Kuss, der über meine Haut gleitet, will ich ihn mehr. Ich schlinge die Beine um seine Hüften. Wir tragen noch unsere nassen Hosen, aber ich möchte sie jetzt ebenfalls loswerden. Meine Hände tasten nach Joans Gürtel, nach den Knöpfen an seiner Jeans.

Auf einmal erklingt draußen im Flur eine helle Stimme. »Hey, seid ihr da?«

Verdammt.

»Louisa«, flüstere ich.

Joan seufzt. »Das darf jetzt nicht wahr sein.« Er küsst mich noch mal und haucht dann gegen meine Lippen: »Ich ertrage das nicht, dich jetzt loszulassen. Aber weißt du was?«

»Was?«

»Jedes Buch muss ja auch Spannung haben.«

»Hey, ich hab doch Joans Auto gesehen. Wo seid ihr denn?« Nun klopft es an die Tür. »Elisa, bist du da? Kann ich reinkommen?«

»Einen Moment noch«, rufe ich.

Hastig springt Joan auf und zieht sich sein nasses Shirt über, ich tue es ihm gleich. Sofort wird mir kalt, die Wärme erlischt.

»Ich komme jetzt«, ertönt es von draußen, und schon wird die Klinke nach unten gedrückt.

Als Louisa den Kopf durch die Tür steckt, sitze ich auf meinem Bett, während Joan die Kommode begutachtet. »Also, ich repariere dir das in den nächsten Tagen. Das wird nicht sonderlich schwierig.« Er steht auf. »Ich gehe dann mal.«

Ich nicke. »Okay. Und danke für den Tag.«

»Klar, gern geschehen.«

Nachdem er das Zimmer verlassen hat, sieht Louisa mich schmunzelnd an. »Soso, die Kommode, die schon repariert ist. Und das auch noch in durchnässter Kleidung, schon klar.« Ich beiße mir auf die Unterlippe, und sie lacht. »Na, dann geh jetzt erst mal duschen.«

Ein Risiko wert

»Also, was läuft da zwischen euch?«, fragt Louisa, als wir uns am nächsten Tag nach der Arbeit im Café treffen, um die Entwürfe, die wir bereits haben, durchzugehen. Wir sind schon richtig weit gekommen.

»Na ja, wir haben uns geküsst, mehr nicht«, antwortete ich ein wenig verlegen.

»Mehr nicht, schon klar. Aber das doch nur, weil ich nach Hause gekommen bin.«

»Unsinn.«

Sie lacht. »Das glaube ich dir aufs Wort. Wie verlegen ihr gestern wart. Ich dachte, ich krieg mich nicht mehr ein. Zu lustig.«

»Ach, ich weiß auch nicht. Das ist eigentlich alles andere als lustig.«

Ihr Blick wird ernst. »Du magst ihn, er mag dich. Wo ist das Problem? Und ihr scheint gern was zusammen zu unternehmen, zumindest in den letzten Tagen. Du wirkst so entspannt, auch in deinen Zeichnungen spiegelt sich das wider.«

»Findest du?«

»Ja, absolut.«

Ich zucke mit den Schultern. »Weißt du, er sagt mir so nette Dinge, aber ich … ich kann das nicht ernst nehmen. Das darf auch gar nicht sein, das ist absolut nicht mein Plan. Und außerdem, was weiß ich denn schon über ihn? Ich meine, weshalb hat er überhaupt Interesse an mir?«

»Wieso fragst du dich das denn? Warum zweifelst du schon wieder?«

»Na ja, die Sache mit den Kindern, der Freundin, der er hilft … Irgendwie traue ich dem Ganzen nicht.« Natürlich habe ich Louisa das alles schon erzählt.

»Er hat dir doch gesagt, dass er gern mit dir zusammen ist. Und du bist ein lieber Mensch, klug und mit ganz viel Herz.«

»Nein, ich … ich bin ein merkwürdiger Mensch, ich bin voller Angst und Zweifel und misstrauisch. Was will er von mir, wo ist der Fehler?«

»Ach, Elisa, wir haben doch alle Fehler, jeder Mensch hat welche. Aber wie wäre es, wenn du dich mal nicht dauernd auf sie fokussierst, sondern darauf, was gut an dir ist. Klar, das mit Colin war Mist, er hat dich ausgenutzt, dein Talent und auch dein Herz. Aber deswegen muss Joan doch nicht genauso sein.« Sie betrachtet eine meiner Zeichnungen. »Und du hast wirklich Talent. Es ist traurig, dass dieser Colin dich daran hat zweifeln lassen. Der ist doch der totale Idiot. Schau doch nur mal, wie er sich selbst darstellt.«

»Wie kommst du denn darauf?«

»Tut mir leid, ich hab ihn bei Insta gestalked. Du hattest seinen Account mal erwähnt.« Sie lächelt verschämt. »Mal ehrlich, er postet jeden Tag blöde Selfies und schreibt dazu irgendwelche Texte, wie viel ihm Werte bedeuten. Aber ich nehme ihm das nicht ab, und wenn man sich ihn genauer ansieht, merkt man das auch. Und die meisten von denen, die ihn kommentieren, sabbeln nur dumm daher, wie heiß er ist und so.«

»Ja, ich weiß. Die Mädchen fliegen nun mal alle auf ihn, ist mir ja genauso passiert.«

»Was zu schade ist«, entgegnet sie energisch. »Für mein Empfinden ist er nur auf Profit aus, auf schnelles Geld, darauf, sich zu präsentieren. Bei allem, was er macht und schreibt, ist kein Herz zu spüren. Der Typ ist inhaltslos wie ein leeres Notizbuch. Was mich allerdings stutzig gemacht hat …«

Was sie mir sagen will, belastet sie sehr, das merke ich. Sie zückt ihr Handy und zeigt mir ein Bild. Ich erkenne es deutlich als meines. Eines, das ich gezeichnet habe.

»Was ist das?«, frage ich atemlos.

»Er hat ein paar davon auf dem Feed und schreibt, dass sie ihm gehören.«

Ihre Worte treffen mich wie ein heftiger Schlag in die Brust. »Ehrlich?«

»Ehrlich. Du, das ist nicht erlaubt, dagegen solltest du was unternehmen.«

»Was soll ich denn da machen? Gegen ihn hab ich doch keine Chance.«

»Doch, die hast du. Du solltest ihm das auf keinen Fall durchgehen lassen. Elisa, das ist dein Talent, okay?

Und er? Sich mit dem zu bereichern, was andere geschaffen haben, ist wirklich das Allerletzte.«

Mein Herz fühlt sich schwer an. Damals hatte er dieses Projekt gestartet und wollte dafür meine Zeichnungen, doch als ich sie dann fertig hatte, waren sie in seinen Augen nur Mist. Aber anscheinend waren sie das doch nicht. Wie es aussieht, wollte er sie nur für sich haben.

»Und was soll ich jetzt tun?«

»Das weiß ich auch nicht. Eine Möglichkeit wäre vielleicht, dass du ihm schreibst oder so. Zumindest mal 'ne Nachricht, dass er das lassen soll, weil es deine Zeichnungen sind.«

»Ich bin gar nicht mehr auf Insta«, wende ich ein, »das hab ich einfach nicht mehr gepackt.«

»Oder per E-Mail?«

»Ja, das wäre möglich.«

»Gut, dann mach das auf jeden Fall. Die Adresse suche ich dir raus, falls du sie nicht hast. Und das mit Joan genießt du, okay?«

Ich senke den Blick, antworte aber nichts.

»Wovor hast du wirklich Angst, Elisa?«, hakt sie jetzt nach.

»Dass ich am Ende wieder verletzt werde, weil ich erkennen muss, dass alles gar nicht so ist, wie es scheint. Erst das mit Colin und dann noch Joan - das wäre schon hart.« Sie will etwas entgegnen, doch ich gebe ihr ein Zeichen, dass ich weitersprechen möchte. »Ja, ich weiß, Joan ist nicht Colin. Doch die Gefahr, mein Herz erneut zu verlieren, ist so groß. Joan löst etwas in mir aus, das zwar gut, aber auch zu viel ist. Etwas, das ich nicht kenne, mit dem ich noch nicht umgehen kann. Ich meine, er sagt so viele liebe Sachen und …«

»Und das ist schlecht?«

Ich nicke. »Weißt du, ich habe mein Herz schon mal riskiert – und verloren.«

»Mal ehrlich, Elisa. Joan scheint dich zu mögen, jedenfalls sagt er dir, dass er dich mag. Daran ist nichts falsch, es sei denn, du möchtest es nicht, dann musst du es ihm auch sagen. Aber ich vermute ja, dass du es nicht sagen kannst, weil …«

»Ja?«

»Na ja, weil du die Küsse eigentlich gern magst, genauso wie Joan. Und ist es dann nicht ein Risiko wert?«

Nachdem wir noch eine Kleinigkeit gegessen haben, gehen wir heim. Louisa legt sich ins Bett, um auf dem Tablet noch ein paar Folgen ihrer Lieblingsserie anzuschauen.

Meine Gedanken schwirren. Ja, natürlich um die Sache mit Colin. Es lässt mich nicht los, dass er meine Bilder postet und sie einfach als seine ausgibt. Und das, obwohl er sie doch angeblich nicht gut fand.

Ich beschließe, Silvie anzurufen. Wir haben seit einer gefühlten Ewigkeit nicht mehr miteinander telefoniert. Sie kennt mich so gut wie kaum ein anderer, und ich weiß, dass ich mich ihr anvertrauen kann. Zudem hoffe ich, dass es mir mit ihrer Hilfe gelingt, das Chaos in meinem Kopf etwas zu lichten.

»Ich freu mich, dass du anrufst«, sagt sie. »Wie geht es dir denn, mein Herz? Ich mache gerade Daumentraining, damit er schnell fit wird.«

Schon allein Silvies Stimme zu hören, tut mir gut. »Schön, dass es mit dem Daumen besser wird. Bei mir ist es eigentlich ganz okay«, antworte ich, merke jedoch selbst, dass ich mich nicht wirklich überzeugend anhöre.

»Das klingt aber nicht so gut. Was war denn? Ist was passiert? Schieß los.«

Ich seufze. »Ehrlich gesagt ja. Ich hab dir doch von Joan erzählt.«

»Allerdings. Was ist mit ihm?«

»Ach, ich weiß auch nicht. Es ist so kompliziert. Zuerst haben wir uns die ganze Zeit gestritten, und dann … na ja, wir haben Frieden geschlossen, er hat mir geholfen, als ich eine Panikattacke hatte, und seitdem unternehmen wir immer mal wieder was zusammen. Er … er ist okay.«

»Wie? Nur okay?«

»Na ja, schon ein bisschen mehr.«

»Und das ist schlecht?«

»Ja, nein … Wir haben uns geküsst, das ist nicht gut.«

»Was? Ihr küsst euch? Das ist doch toll.«

»Nein, ist es nicht.«

Sie lacht. »Und warum nicht? Küsst er so schlecht?«

»Absolut nicht, im Gegenteil. Wie ich ihn bis jetzt kennengelernt habe, ist er wirklich nicht so verkehrt. Er kümmert sich um Kinder, denen es nicht gut geht, ist aufmerksam und liebevoll. Er hat sich auch das mit den Sternen angehört, obwohl er dazu eine andere Meinung hat als ich. Na ja, er redet eben romantisches Zeug und sagt auch so nette Dinge zu mir. Dass er gern mit mir zusammen ist und verrückt nach mir ist und …«

»Das klingt wirklich sehr schlimm. Du solltest dich sofort von diesem Menschen fernhalten. Er scheint ja ein ziemlicher Bösewicht zu sein.«

Jetzt muss ich tatsächlich lachen. »Du weißt doch, was ich meine. Du kennst mich, ich … ich kann das einfach nicht glauben. Daran muss was falsch sein. Und ich habe meinen Plan, die Sterne und … Es ist schön mit ihm, wirklich, doch ich will keine Gefühle entwickeln, das ist gegen meine Regel. Es ist riskant. Wer wenn nicht du weiß, wie das mit Colin ausgegangen ist, wie sehr es mir das Herz gebrochen hat und ich gelitten habe.«

Silvie seufzt. »Ach Herzchen, ich weiß, in dir ist vieles unsicher. Und ja, ich weiß auch, was du durchgemacht hast. Aber ich habe dir auch immer gesagt, dass dieser Idiot es nicht wert ist. Er ist und bleibt ein Blender. Aber dieser Joan scheint echt ein netter Typ zu sein. Gib ihm doch eine Chance – und vor allem dir.«

»Aber woher soll ich wissen, dass er nicht auch nur ein Blender ist?«, gebe ich zu bedenken. »Er sagt Dinge, die noch nie jemand zu mir gesagt hat, und das macht mir Angst. Ich kann ihm das irgendwie nicht so recht glauben. Es erschreckt mich. Ich meine, ich habe Tausende von Fehlern, und er sieht sie anscheinend nicht.«

»Elisa, du wurdest sehr schlecht behandelt, in vielerlei Hinsicht. Colin wollte immer nur, dass du für ihn die Arbeit machst, diese tollen Zeichnungen zum Beispiel. Er hat dich daran zweifeln lassen, um sich selbst besser zu fühlen, obwohl er genau wusste, wie viel dir das Zeichnen bedeutet. Und er hat dir auf echt miese Weise das Herz gebrochen. Du hast gar nicht mehr an dich geglaubt. Doch jetzt ist da jemand, der dir sagt, dass er dich toll findet. Ich weiß, du kannst das nur schwer annehmen, aber versuch es doch wenigstens und warte einfach, was passiert. Nicht immer muss alles schieflaufen, es kann auch einfach mal gut gehen. Klar, da sind viele Wunden, die heilen müssen. Aber wenn es sich mit Joan gut anfühlt, warum nicht? Vielleicht musst du dein Herz einfach mal wieder verstehen.«

»Ja, vielleicht hast du recht«, sage ich nachdenklich. »Übrigens habe ich da was erfahren über Colin und meine Zeichnungen. Er hat sie auf Instagram gepostet und behauptet dort, es sind seine.«

Ich höre, wie sie tief ein- und ausatmet. »Was? Woher weißt du das?«

»Meine Mitbewohnerin Louisa hat es herausgefunden. Sie sagt, ich muss was dagegen tun, ich soll ihm zumindest mal 'ne E-Mail schreiben, aber ich habe Angst davor.«

»Wie bitte? Das ist echt ein starkes Stück, Elisa. Es ist doch deine Arbeit, die andere jetzt als seine ansehen. Ich bin echt schockiert. Aber ich habe so was schon immer hinter ihm vermutet. Schreib diese E-

Mail und fordere ihn auf, die Bilder herauszunehmen, wenn er nicht eindeutig klarstellt, dass sie von dir sind.«

Ich schlucke. »Als ob ihn das interessiert.«

»Das ist wenigstens mal ein erster Schritt, und ich überlege mir noch was, ja? Ich werde mal Hendrik fragen, er kennt durch seine Firma einen Anwalt. Keine Ahnung, ob und vor allem was man tun kann, aber ich kläre das für dich, mein Herz.«

Nachdem wir aufgelegt haben, denke ich über vieles nach. Das mit den Zeichnungen tut weh, und dann sind da auch noch so viele andere Dinge, die mich verunsichern.

Aber ich darf Colin das nicht durchgehen lassen, und so setze ich mich an den Rechner und verfasse eine E-Mail. Als ich sie abschicke, klopft mein Herz heftig. Ich weiß, wie er sein kann, wie überheblich und kalt er mit mir geredet hat. Deswegen habe ich ja auch jede Kontaktmöglichkeit blockiert. Aber ich weiß auch, wie lieb er manchmal war, verdammt. Dieser Wirrwarr in meinem Kopf, ich will das nicht – weder in Bezug auf Colin noch auf Joan.

Joan, wo ist er?

Auch diese Frage lässt mich nicht los, denn als Louisa und ich vorhin nach Hause gekommen sind, war er nicht da. Ja, was steckt wirklich dahinter? Und diese Freundin, wie steht er wirklich zu ihr?

Ich nehme mein Handy, um auch ihm eine Nachricht zu schicken.

Hey Joan, hab gerade überlegt, was du wohl machst. Bist du unterwegs? Dachte, wir könnten vielleicht reden.

Ich warte einen Moment, dann ist er online, und die beiden Häkchen verfärben sich blau.

Hey! Was gibt es denn? Beschäftigt dich was?

Was ist das für eine Frage? Natürlich beschäftigt mich was. Ich beschließe, es ihm einfach zu schreiben.

Ja, um ehrlich zu sein. Wir haben gerade angefangen, uns gut zu verstehen, und ich will nicht, dass was zwischen uns steht. Weil wir …

Wie formuliere ich das jetzt? Am besten ganz direkt.

Weil wir uns geküsst haben.

Er schickt ein Smiley. *Und das soll jetzt zwischen uns stehen? Warum? Du überlegst zu viel. Von meiner Seite ist alles okay. Mach dir keine Gedanken. Wollen wir morgen wieder was zusammen unternehmen? Dann können wir auch reden, wenn es dich wirklich belastet.*

Das ist lieb von ihm. Eigentlich würde ich ihm ja gern auch das von Colin erzählen, aber ich tue es erst mal nicht und antworte stattdessen: *Wäre schön. Ich arbeite morgen nur bis um zwei. Kannst du da? Oder ist bei dir viel los?*

Joan: *Nein, das passt. Ich hole dich dann ab. Bin kurz nach halb drei da.*

Soll ich wirklich? Schließlich schreibe ich doch: *Ja, machen wir. Also bis morgen.*

Ich schicke die Nachricht ab, dann lege ich mich ins Bett und versuche, abzuschalten, auch wenn es mir schwerfällt. Klar, ich muss an Colin denken und auch an Joan. Ich kann es gerade nicht ändern, sosehr ich es auch möchte. Vielleicht muss ich jetzt einfach abwarten.

Das ist mein letzter Gedanke, bevor ich einschlafe.

Erst wenn du die Dunkelheit
in dir akzeptieren kannst,
wirst du auch das Licht in dir sehen.

Das ist die Frage

Der Tag beginnt erst mal damit, dass ich verschlafe und mir anschließend in der Küche die Kaffeetasse aus der Hand fällt. Warum?

Weil ich genau in dem Moment, als ich nach der Tasse greifen will, eine E-Mail bekomme. Von Colin.

Mein Puls geht schneller, und mir wird übel. Wie ich mich selbst dafür hasse, dass ich noch immer so auf ihn reagiere.

»Scherben bringen Glück«, bemerkt Louisa, als sie hereinkommt, während ich noch dastehe und auf mein Handy starre. »Was ist los?«

»Ich habe gerade eine Antwort von Colin bekommen.«

Sie nimmt mich am Ellbogen und führt mich zum Tisch. »Okay, setz du dich erst mal. Ich kehre das zusammen, und dann schauen wir uns das gemeinsam an, ja?«

»Das musst du aber nicht.« Ich versuche noch, sie zurückzuhalten, aber sie lässt sich nicht beirren, und als sie fertig ist, setzt sie sich mir gegenüber.

»Na, dann hoffen wir mal, dass Scherben wirklich Glück bringen. Also, mach jetzt auf.«

»Ich kann nicht.«

Sie sieht mich ernst an. »Doch, du kannst.«

Zögernd öffne ich dann doch die E-Mail, und mit jedem Wort, das ich lese, wird mir immer schlechter. Wie kann ein Mensch nur so gemein und so gleichgültig sein?

»Und?«

Mittlerweile zittere ich am gesamten Körper. »Er ist ein solcher Arsch, ein Idiot, ein …«

Ich halte Louisa das Handy hin, sie liest, und es dauert eine ganze Weile, bis sie reagiert. »Der hält sich wohl für besonders klug, was?«

»Ich fasse es nicht. Er schreibt mir ernsthaft, dass ich ihm noch Geld schulde für die Miete und es damit verrechnen soll, dass ich ihm die Rechte abtrete. Ist der bescheuert? Ernsthaft?«

»Gib das Handy mal her.«

Ich sehe sie fragend an.

»Gib es mir.«

»Okay.« Schließlich reiche ich es ihr, und sie tippt angestrengt etwas ein. »Aber nicht wegschicken, ja?«

»Nein, was denkst du denn? Ich entwerfe nur was.« Sie tippt weiter und gibt mir irgendwann das Handy wieder zurück. »Lies es, und wenn du es gut findest, hau es weg. Dem sollen die Ohren schlackern, diesem kleinen Pseudowicht mit seinen gebleichten Zähnen. Was denkt er eigentlich, wer er ist? Er ist ziemlich klein, oder? Vielleicht will er mit diesem Verhalten ja was kompensieren. Seinen Minderwertigkeitskomplex oder so.«

Ich muss nun doch lächeln, während ich meine Augen über den Text fliegen lasse.

Hallo Colin,

ich schulde dir gar nichts. Du hingegen hast mein Urheberrecht verletzt. Wenn du die Bilder nicht entfernst, werde ich dagegen vorgehen. Du hast zwei Tage Zeit.

Elisa

»Soll ich das wirklich so wegschicken?«, frage ich. »Ich weiß ja gar nicht, was ich tun muss. Silvie, meine Freundin aus Berlin, die jetzt in Hamburg wohnt, meinte, sie klärt da auch noch was für mich ab.«

»Ich habe jedenfalls mal Screenshots gemacht«, antwortet Louisa. »Sicher ist sicher. Und die Mail kannst du schon abschicken. Also los.«

Schließlich nicke ich und drücke auf *Senden.*

»Wie geht's dir jetzt?«, will sie wissen.

»Kacke. Ich hasse das alles.«

»Weißt du was? Jetzt nimmst du deine Zeichenmappe mit in die Arbeit«, schlägt sie vor. »Vielleicht kannst du ja in der Pause ein bisschen malen, das lenkt dich ab. Lass dich nicht unterkriegen. Der Typ ist frech, mehr nicht, ein Wicht.«

»Ach Louisa.« Ich seufze. »Ich habe gerade gar keinen Elan mehr, ich fühle mich so schrecklich. Am besten sage ich Joan ab.«

»Wollt ihr euch denn heute sehen?«

»Ja.«

Louisa hebt entschlossen den Zeigefinger. »Du sagst nicht ab, im Gegenteil, ihr macht was Schönes zusammen. Und an den Wicht denkst du nicht mehr, ja?« Sie blickt auf ihr Handy. »Mist, ich komme zu spät. Wir sehen uns heute Abend. Genieß den Nachmittag mit Joan, und wenn was ist, dann melde dich. Und zeichne irgendwas in der Pause. Vielleicht schreibe ich auch ein bisschen heimlich in der Vorlesung.«

Als ich den Supermarkt betrete, fängt Herr Gleisberg mich ab. »Na, heute schon gelächelt, Frau Lohmann?«, fragt er.

Wie auf Kommando lächle ich ihn an. Albern, ich weiß, denn mir ist gar nicht danach. Wie auch? Colins Nachricht, diese Überheblichkeit - ich fühle mich unsicher und erschöpft. Ich habe gehofft, dass ich darüber hinweg bin, irgendwie, aber es nimmt mich immer noch so sehr mit.

Gerade würde ich am liebsten Joan doch absagen, auch wenn Louisa gemeint hat, dass ich auf alle Fälle was mit ihm unternehmen soll. Was, wenn Joan auch nur ein Blender ist und ich mich wieder auf so was einlasse? Auf nette Worte, hinter denen nichts weiter steckt als pure Berechnung.

Die Arbeit lenkt mich wenigstens ein bisschen ab, und als es elf Uhr ist, mache ich eine kurze Pause. Ich beschließe, mir ein paar meiner Zeichnungen anzusehen, vielleicht komme ich dann auf andere Gedanken.

Gerade als ich am Handy den Screenshot der Zeichnung betrachte, die Colin gepostet hat, kommt Betty herein und blickt mir von hinten über die Schulter.

»Das ist ja ein cooles Bild«, sagt sie, während sie sich neben mich setzt.

»Findest du?«

»Ja, absolut. Von wem ist es?«

»Von mir«, antworte ich zögernd.

»Ehrlich? Du kannst so gut zeichnen?«

»Ja, ich … keine Ahnung.« Ich packe das Handy weg, woraufhin sie ein Stückchen näher zu mir rückt und ihre Hand auf meine legt. »Was ist denn los, Elisa?«

»Na ja, wir haben doch neulich darüber geredet, warum ich wieder hier bin.« Ich räuspere mich ein paarmal. »Der Kerl, wegen dem ich aus Berlin weggegangen bin, hat auf Instagram meine Zeichnungen für seine ausgegeben. Das hat mich echt getroffen. Meine Freundin Louisa hat es gestern entdeckt.«

Sie sieht mich mit großen Augen an. »Dagegen musst du vorgehen.«

»Ach, wie denn?«

»Mit einem Anwalt. Dieser Idiot kann nicht einfach etwas nutzen, das dir gehört!«

»Ich hab ihm schon geschrieben und ihn darauf hingewiesen, aber er war super arrogant wie immer, und ich hab mich wieder gefühlt wie damals, als ich noch bei ihm war.«

»Lass dich nur nicht unterkriegen, ja? Wenn ich mir diese Zeichnung so ansehe – du solltest was draus machen, ehrlich. Schau, du bist noch so jung. Es wäre schade, wenn du dein Talent nicht nutzen würdest. Aber erst mal kämpfst du um dein Recht.« Sie lächelt. »Tut mir leid, ich bin ab und an ziemlich energisch. Und außerdem schaue ich so gern Gerichtssendungen.«

»Kein Problem.« Ich zucke mit den Schultern. »Mal abwarten, vielleicht lenkt mich ja der Ausflug mit Joan später ab.«

»Joan?«

»Erinnerst du dich an den Jungen, der damals hier war und Zahnpasta kaufen wollte? Der mit dem Lächeln, das alles ganz schön durchschütteln kann?«

Sie überlegt kurz, dann beginnt sie zu grinsen. »Oh, ich verstehe. Er schüttelt bereits alles durcheinander, oder? Hab ich es mir doch gedacht, dass bei euch was in der Luft lag.«

Ich winke ab. »Ja, nein … ach, keine Ahnung.«

»Was ist passiert?« Sie sieht mich aufmunternd an.

»Na ja, wir haben mehr Zeit zusammen verbracht und uns auch geküsst. Er sagt so nette Dinge, ich mag das, aber es … es fällt mir einfach schwer. Ich bin aus Berlin weg, weil die Beziehung dort wirklich nicht schön war.«

»Du meinst die Beziehung mit diesem Bilderdieb?«

»Ja, genau die. Er heißt übrigens Colin. Weißt du, Betty, ich war so dumm. Ich hab ihn geliebt und alles versucht, damit es mit uns klappt. Doch er hat mich nur benutzt. Als ich das begriffen habe, hat es sehr wehgetan. Alles war so kompliziert. Aber mit Joan, da …«

»Da ist es leicht?«

Sie bringt es auf den Punkt.

»Irgendwie schon zu leicht, denke ich mir manchmal.«

»Warum müssen Gefühle denn kompliziert sein?«

Ich zucke mit den Schultern. »Ich kenne das nur so, schon seit ich denken kann.«

»Warum?«

»Mein Papa hat uns verlassen, als ich noch klein war, und ich habe darunter sehr gelitten.«

»Das glaub ich dir. Als Kind kann man das ja auch nicht verstehen.«

»Ja«, flüstere ich. »Ich habe mir oft gedacht, was ich hätte tun können, ob ich nicht lieb genug war.«

»Das ist Unsinn, dafür konntest du doch nichts. Er war erwachsen und hat eine Entscheidung getroffen.«

»Wahrscheinlich. Aber hin und wieder, wenn ich mit meiner Mama gestritten oder schlechte Noten heimgebracht habe, meinte sie: ›Kein Wunder, dass er weg ist, bei dem Stress.‹ Und das hat mich echt getroffen. Ich habe immer gegrübelt, was ich getan habe, wie ich hätte besser sein können. Dieses Gefühl, es hat nie aufgehört. Ich habe immer versucht, gut zu sein.«

Ohne dass ich es will, kommen mir die Tränen, und Betty nimmt mich einfach so in den Arm.

»Hör mir mal zu, Herzchen. Du bist gut genug und musst niemanden beeindrucken. Weißt du, es gab auch bei mir eine Zeit, in der es mir nicht gerade gut ging. Da kam ich kaum aus dem Bett.«

Ich sehe sie fragend an, und sie beginnt zu erzählen.

»Mein Mann ist gestorben, und ich war von heute auf morgen allein mit meiner kleinen Tochter. Ich dachte wirklich, dass ich nie wieder fröhlich sein kann, aber dann habe ich mich aufgerafft, bin hierhergezogen nach Nürnberg zu meiner Oma, und es wurde besser,

Schritt für Schritt. Eines habe ich dabei gelernt: Ich muss aufhören, in der Vergangenheit zu leben. Klar, dort sind unsere Wurzeln, und wir sollten versuchen, daraus zu lernen, wir dürfen aber nicht ständig darin verweilen. Und das passt bei dir jetzt auch. Deine Mama hat gelitten, doch du konntest nichts dafür. Dass sie indirekt dir die Schuld dafür gegeben hat, war natürlich falsch. Ich denke, deswegen hattest und hast du auch immer das Gefühl, dich beweisen und um die Liebe kämpfen zu müssen. Weil du immer darum gekämpft hast und glaubst, dass du sie nicht wert bist. Aber die Liebe ist einfach da, man muss nicht um sie kämpfen. Wer bei dir sein will, ist bei dir. Wer nicht, der geht, und du kannst nichts dagegen tun. Wer dich benutzt, der tut es.«

Sie lächelt. »Also lass dich ruhig ein bisschen von diesem Joan durcheinanderwirbeln. Das ist wie mit der Wäsche, sie braucht ab und an einen Waschgang. Genieße es, dass er bei dir sein will, und zweifle nicht an dir. Wenn du immer nur überlegst, was schiefgehen könnte, kannst du das, was du hast, nicht genießen. Und mal ehrlich, wäre das nicht schade? Nur weil so ein blöder Idiot und Bilderdieb dich verletzt hat.«

Wir reden noch ein paar Minuten, und ich fühle mich so befreit. Schließlich vertraue ich Betty auch an, dass das Zeichnen schon immer eine Leidenschaft von mir war. Ich erzähle ihr von dem Preis, der Ausbildung und wie alles gelaufen ist.

»Probiere es doch noch mal«, schlägt sie vor. »Mach deine Ausbildung weiter. Nimm dir das vor, was du tun wolltest. Von diesem Colin darfst du dich nicht unterkriegen lassen. Und deine Bilder sind so gut. Klar, es gab Rückschläge, aber wer erlebt die nicht? Wichtig ist, wie du damit umgehst. Auch wenn du zweifelst, solltest du es riskieren, denn du hast nichts zu verlieren«, ermutigt sie mich.

Ja, denke ich, vielleicht sollte ich tatsächlich den Versuch wagen.

Betty streicht mir sanft über den Arm. »Du wirst sehen, alle Probleme werden sich lösen. Das tun sie immer, du musst nur Geduld haben. Vor allem mit dir selbst.«

Als es endlich zwei Uhr ist, hole ich im Personalraum mein Handy aus dem Spind. Joan hat mir geschrieben, dass es dabei bleibt und er mich abholt.

Eine Antwort von Colin habe ich bislang noch nicht, doch das ist vielleicht auch gut so, ich habe die von heute Morgen ja noch nicht mal richtig verdaut. Wie gern würde ich sie aus meinen Gedanken löschen. Denn wenn ich ehrlich bin, belastet sie mich sehr. Vor allem die Art und Weise, wie er mir geschrieben hat. Dass ich ihm egal bin, war schon schwer zu verkraften, weil er mir immer wieder gesagt hatte, dass ich ihm wichtig sei. Diese Gleichgültigkeit ist schon heftig.

Ich muss an Silvies Worte denken, dass er es nicht wert ist und schon immer ein Idiot war. Und wie hat Louisa gesagt? Er ist inhaltslos wie ein leeres Notizbuch. Beide haben recht, ich habe es nur nicht gesehen.

Auch wenn ich genau weiß, dass es so ist, sind da doch immer wieder diese sehnsüchtigen Gedanken in mir, die mich daran denken lassen, dass ich ihn geliebt habe und wir ja auch schöne Momente zusammen hatten. Diese Vorstellung von uns beiden mochte ich so sehr. Aber es war alles nur Fassade. Trotzdem merke ich, dass ich irgendwie noch an diesem Gedanken hänge, daran, wie es hätte sein können.

Ich ziehe mich um, schminke mich noch leicht, und kurze Zeit später warte ich auf dem Parkplatz vor dem Supermarkt auf Joan. Auf meinem Handy habe ich eine Nachricht von Louisa, die mir viel Spaß wünscht und schreibt, dass sie an mich denkt. Und auch Silvie hat mir geschrieben, dass ich nicht den Kopf hängen lassen soll, es wird sich eine Lösung finden.

Ich bin dankbar, so liebe Menschen um mich zu haben. Und ich möchte wirklich versuchen, den Tag zu genießen und die Tatsache, dass Joan gern Zeit mit mir verbringt. Ich will auch nicht daran zweifeln, dass es so ist.

Auf einmal höre ich das tiefe Brummen eines Motors. Erst denke ich mir nichts dabei, denn die Straße ist natürlich stark befahren, auch der Parkplatz des Supermarkts ist meistens voll. Doch dann kommt das Knattern immer näher, und schließlich hält ein Motorrad vor mir. Ist das Joan?

Als der Fahrer den Helm abnimmt, habe ich Gewissheit. Er lächelt mir zu. »Bist du schon mal auf einem Motorrad gefahren? Was meinst du, hast du Lust?«

Habe ich Lust darauf, mit Joan Motorrad zu fahren? Ich muss zugeben, ich würde es gern machen, das letzte Mal ist ewig her.

»Woher hast du denn die Maschine?«, frage ich.

»Von Kale geliehen.«

»Er hat sie dir einfach so gegeben? Womit hast du ihn bestochen? Mit Essen?«

Er grinst. »Du triffst es auf den Punkt.«

»Okay, wie cool.«

»Und ich habe natürlich einen Helm für dich dabei. Moment.« Er steigt von der Maschine, klappt den Sitz auf und reicht mir einen Helm.

Zögernd nehme ich ihn entgegen. »Und wo wollen wir hinfahren?«

»Lass dich einfach überraschen. Ein bisschen frei sein. Also, bist du bereit?« Er streckt mir die Hand entgegen, und ich nicke.

»Ja, ich bin bereit.«

Frei sein, das kann ich gerade gut gebrauchen.

Als ich hinter Joan auf den Sitz steige und die Arme um seine Taille lege, spüre ich seine Muskeln, die sich unter der Montur verbergen. Ich muss daran denken, wie es war, als ich sie berührt habe, neulich nach dem Platzregen. Dieses Gefühl der Nähe und die Aufregung, weil es gleich losgeht und ich nicht weiß, wohin wir fahren, lassen mein Herz heftiger schlagen.

Nachdem Joan den Motor gestartet hat, vibrieren meine Finger an seinem Körper, und dieses Kribbeln wandert weiter bis in meinen Bauch. Es fühlt sich einfach nur gut an, mich an Joan festzuhalten und mir den Fahrtwind um die Nase wehen zu lassen.

Zu Beginn habe ich wie immer zu viele Gedanken in meinem Kopf. Wohin wir wohl fahren, ob das Ganze nicht merkwürdig ist. Ob Colin sich meldet und ob ich ihn womöglich verärgert habe. Doch als wir dann die Stadt verlassen haben und auf einer Landstraße dahinbrausen, sind die Gedanken mit einem Mal verschwunden. Ich denke nur noch daran, wie schön das Gefühl ist, auf dem Motorrad zu sitzen und die Bäume und Wiesen an mir vorbeiziehen zu sehen, was unsagbar beruhigend auf mich wirkt.

Irgendwann bremst Joan ab und biegt in einen schmalen Waldweg ein. Kurze Zeit später hält er auf einem Parkplatz an. Als ich von der Maschine absteige und Joan es mir gleichtut, bin ich sogar ein wenig traurig, denn ich muss nun seine Taille loslassen. Irgendwie haben sich meine Finger dort unglaublich wohlgefühlt.

Schnell verbanne ich den Gedanken aus meinem Kopf und sehe mich stattdessen um. Am anderen Ende der Wiese, die sich vor uns erstreckt, befindet sich eine Gaststätte mit einem kleinen Biergarten vor dem Haus. Sie gehört zu einem Kletterpark.

»Wir klettern?«, frage ich verwundert.

Joan nickt. »Ja. Ich bin mir sicher, es wird dir Spaß machen.«

Ich mag es, wie viele Gedanken er sich um mich macht. Während wir über die Wiese gehen, schweift mein Blick über die Anhöhe, die sich dahinter erstreckt. Das sieht ganz schön hoch aus.

Joan scheint meine Skepsis zu bemerken. »Das wird schon, glaub mir«, versucht er, mich zu beruhigen. »Wir schauen es uns erst mal an, ja?«

Vor einer kleinen Holzhütte am Eingang des Parks bleiben wir stehen. Die Frau, die darin sitzt, lächelt uns zu. »Hallo, wie kann ich euch beiden helfen?«

Wenigstens kennt sie ihn nicht, denke ich mir.

»Wir wollen klettern«, antwortet Joan.

»Na, dann seid ihr hier genau richtig. Zwei Stunden?«

Joan sieht mich an. »Was meinst du?«

»Ich denke, zwei Stunden passen«, antworte ich unsicher.

»Alles klar.«

Ich will nach dem Portemonnaie in meiner Tasche greifen, doch Joan schüttelt den Kopf. »Lass mal, ich lade dich ein.«

»Das musst du nicht, wirklich.«

»Ich will es aber.«

Nachdem er bezahlt hat, deutet die Frau auf einen kleinen Bereich neben dem Eingang, wo unzählige Gurte und Seile hängen. »Jenny wird euch dort drüben einweisen. Viel Spaß.«

Eine blonde junge Frau sieht uns bereits erwartungsvoll entgegen. »Hey, ich bin Jenny. Seid ihr denn schon mal geklettert?«, will sie wissen, als wir vor ihr stehen bleiben.

Joan nickt, ich dagegen schüttele den Kopf.

»Also gut, ich weise euch kurz ein.« Sie wendet sich mir zu. »Und keine Sorge, es gibt verschiedene Schwierigkeitsstufen. Am besten versuchst du es erst mal an dem Übungsparcours dort drüben. Du wirst sehen, es macht riesigen Spaß.« Sie zeigt uns noch, wie das mit den Schnallen und der Absicherung funktioniert. »Und wenn was ist oder ihr hängen bleibt, dann ruft mich einfach, ja?«

»Inwiefern hängen bleiben?«, frage ich. Schon beginnen meine Knie ein wenig zu zittern.

»Weißt du, auf dem Parcours gibt es verschiedene Hindernisse, die man überwinden muss«, erklärt sie. »Aber du kannst es auf dem Übungsparcours schon mal testen. Das ist im Prinzip dasselbe, die Hindernisse sind später auf dem richtigen Parcours dann nur ein bisschen höher.«

Sie hebt kurz die Hand, ehe sie sich anderen Besuchern zuwendet, die ein Stück von uns entfernt darauf warten, ebenfalls eingewiesen zu werden.

Während ich ihr unschlüssig hinterherschaue, spüre ich Joans Hand, die nach meiner greift. »Keine Angst, ich bin ja da«, sagt er mit sanfter Stimme. »Gehen wir?«

Ich weiß nicht, was das ist, aber ich mag, wie Joan mit mir redet, seine ganze Art. Dass er mich an die Hand nimmt, aber nicht um mich zu führen, sondern um mich zu halten.

Den Übungsparcours bringe ich ohne größere Probleme hinter mich. Jetzt versuchen wir uns an dem richtigen Kletterparcours. Ich kann gar nicht glauben, wie wenig Angst ich habe. Joan geht voraus, was mir viel

Sicherheit gibt. Wir hangeln uns von Station zu Station, reden und haben einfach Spaß. Joan erzählt, dass er schon früh begonnen hat, sich für Motorräder zu interessieren. Hin und wieder lachen wir ausgelassen über die Situationen, die sich zufällig ergeben.

Schließlich gelangen wir an eine Seilrutsche. Nun merke ich doch, dass die Angst wiederkommt und ich innerlich zu beben beginne.

»Und wir fliegen jetzt da rüber?«, frage ich leise.

»Ja. Halte einfach das Seil fest, aber nur hier.« Joan berührt meine Hände und legt sie sanft an die Schnalle. Mein Herz setzt gefühlt einen Moment lang aus. »Und dann drüben einfach abfangen.«

Werde ich das wirklich schaffen? Zweifel greifen mich, obwohl ich es gar nicht will.

Joan berührt meine Wange, seine Finger legen sich an mein Kinn. »Du schaffst das, Elisa.«

Ich atme tief durch, blicke nach vorn, und dann tue ich es einfach: Ich lasse mich fallen, und schon fliege ich. Oh Gott, was für ein unglaubliches Gefühl. Es hält zwar nicht lange an, denn bald schon komme ich auf der anderen Seite an. Doch diese paar Sekunden haben ausgereicht, dass ich in mir nichts als Glück spüre. Und das tut gerade echt gut.

»Na, alles in Ordnung bei dir?«, ruft Joan zu mir herüber.

»Und wie!«

Er lacht. »Das klingt perfekt. Achtung, jetzt komme ich. Geh lieber auf die Seite.« Schon kommt er auf mich zugeflogen.

Als er wieder festen Boden unter den Füßen hat und unsere Blicke sich treffen, kribbelt mein gesamter Körper. »Danke«, sage ich nur.

Er nickt. »Gern geschehen.«

»Das hat wirklich Spaß gemacht«, sage ich zu Joan, als wir später in dem kleinen Biergarten sitzen und beide ein Schnitzel mit Pommes vor uns stehen haben.

Hier mit Joan zu sitzen und mich an das zu erinnern, was ich gerade mit ihm erlebt habe, macht mich einfach nur glücklich. Und das, obwohl der Tag nicht gerade gut gestartet ist. Doch mit Joan fühle ich mich wirklich frei, so wie ich es auf einen der Sterne geschrieben habe.

Er zwinkert mir zu. »Danke, das nehme ich mal als ein Riesenkompliment, und von dir hat das ja echt Gewicht.«

»Das darfst du auch«, sage ich lächelnd. »Danke, echt. Gerade heute tut es besonders gut, das hätte ich nicht gedacht.«

»Gerade heute? Ist was passiert?«

»Nein, alles okay.«

Er zieht die Stirn kraus. »Los, sag schon, was bedrückt dich?«

Kurz zögere ich noch, doch dann nicke ich. »Na schön, Louisa hat da gestern was entdeckt, und zwar …«

Ich erzähle Joan die ganze Geschichte von Colin und meinen Zeichnungen bei Instagram, und als ich fertig bin, wirkt er sichtlich entsetzt.

»Das ist wirklich … Ich weiß nicht, was ich sagen soll.«

»Das wusste ich auch nicht. Schon schlimm genug, wie alles gelaufen ist. Und dann auch noch sehen zu müssen, dass er die Zeichnungen, die er ja alle schlecht gefunden hat, selbst nutzt. Ich … ich verstehe diesen Menschen nicht.«

»Das kann man auch kaum verstehen. Aber es gibt nun mal Leute, die einfach nur an sich denken, an ihren Profit, an das, was sie wollen. Es ist ihnen egal, ob sie damit anderen schaden oder sie verletzen.«

»Und weißt du, was das Schlimmste ist?«, frage ich. »Dass diese Menschen damit immer durchkommen.«

Mit einem Mal ist da wieder dieser Blick in seinen Augen. »Ja, ich weiß, das kommt einem dann so sinnlos vor. Aber ich habe gelernt, dass man nie aufgeben darf. Sonst würden wir ja keine schönen Momente erleben, so wie diesen.«

»Danke für den tollen Tag«, sage ich zu Joan, als wir am Abend zusammen die Wohnung betreten.

»Gern geschehen, wirklich. Ich fand den Tag auch schön. Nun, wie sieht es aus?«, fragt er. »Morgen muss ich früh los und hab den ganzen Tag zu tun. Aber am Donnerstag könnten wir doch wieder was zusammen unternehmen?«

Erneut liegt dieses Kribbeln in der Luft. Ich blicke auf Joans Lippen, die sich neulich so weich angefühlt haben.

»Danke, dass du dich mir anvertraut hast«, sagt er, und sein Blick wird sanft.

»Ich hoffe, es klärt sich irgendwie.«

»Das wird es ganz sicher.«

»Dabei bin ich ja selbst schuld. Ich habe ihm vertraut, keine Ahnung, was ich dachte. Mein Fehler, einer von Tausenden.«

»Sag das nicht, Elisa, du …«

»Doch, es ist so. Ich bin so voller Fehler, die du gar nicht kennst, rede zu viel, bin misstrauisch und eifersüchtig und so vieles mehr.«

»Aber ich sehe, was ich sehe«, beharrt er. »Du bist hübsch und klug und hast ein großes Herz, das du leider einem Idioten geschenkt hattest.« Er hebt die Hand und streicht zärtlich über meine Wange.

»Tu nicht so, als ob du mich siehst, Joan. Niemand sieht mich, nicht mal ich selbst.«

»Ich weiß, dass es so ist. Und wenn es einen Fehler gibt, dann ist er das. Dass du dich selbst nicht siehst.«

Ich schlucke. »Auf jeden Fall war es nett heute«, sage ich, weil ich endlich über was anderes reden möchte.

»Nett, soso.« Er lächelt. »Nett gefällt mir aber nicht.«

»Was gefällt dir dann?«

Sein Blick verschmilzt mit meinem, er beugt sich zu mir, kommt näher und näher …

»Das hier«, flüstert er.

Seine Lippen legen sich auf meine. Sofort sammelt sich wieder Hitze in meinem Bauch, und ich ziehe ihn an mich. Er küsst mich mit so viel Hingabe und Leidenschaft, als wäre ich ihm wirklich wichtig, als wären seine Worte nicht leer wie Colins, sondern wahr. Als wäre ich kostbar für ihn.

Er streichelt mich am Rücken, und ich seufze auf, als er mich noch fester an sich drückt. Meine Hände gleiten unter den Stoff seines Shirts, fahren über seine Brust.

Nun spüre ich seine Hände ebenfalls unter meinem Shirt, doch gerade als er über meinen BH streicht, klingelt sein Handy. »Verdammt«, seufzt er gegen meinen Mund. »Ich muss da rangehen.«

Er löst sich von mir, zieht das Handy aus der Hosentasche und blickt etwas bestürzt auf das Display. Dann nimmt er den Anruf entgegen. »Ja?«

Am anderen Ende der Leitung höre ich eine Stimme, die einer jungen Frau zu gehören scheint. Sie klingt aufgeregt, spricht schnell.

Joans Blick verändert sich, und ich erkenne Besorgnis darin. »Gut, ich komme«, sagt er. »Bis gleich.« Er steckt das Handy wieder ein und sieht mich an. »Ich muss noch mal weg. Tut mir echt leid, es geht nicht anders. Aber am Donnerstag, ja?«

»Kommst du denn später nicht heim?«

Er schüttelt nur den Kopf.

»Aber wohin musst du?« Ich winke ab. »Sorry, es geht mich nichts an.«

»Elisa, ich … Donnerstag, okay?«

»Okay.« Er küsst mich noch mal, ehe er sich abwendet und die Treppe nach unten eilt. Ich hingegen bleibe mit klopfendem Herzen an der Wohnungstür zurück.

Schon sind da wieder diese Zweifel. Wer war diese Frau, die ihn da angerufen hat? Warum sagt er mir nicht, was bei ihm los ist? Was ist das Geheimnis, das er vor mir verbirgt, und ist es womöglich noch schlimmer als mein eigenes? Was steckt hinter seiner Fassade?

Zweifel. Ja, es sind diese Zweifel, die das Gefühl in mir auslösen, dass ich ihm irgendwie doch nicht trauen kann.

Wie es der Zufall – oder das Schicksal – will, vibriert genau in diesem Augenblick mein Handy. Ich blicke aufs Display, es ist Colin. Sofort klopft mein Herz heftig. Nein, ich will das nicht, nicht jetzt.

Ich stecke das Handy wieder ein und betrete den Flur. »Louisa?«, rufe ich.

Zum Glück ist sie da. Sie kommt aus ihrem Zimmer, die Haare verknotet, mit Puschelhausschuhen an den Füßen. »Was ist denn los?«

»Colin hat gerade geschrieben, aber ich kann die Mail nicht allein öffnen, das schaffe ich nicht. Und das, nachdem ich so einen tollen Tag mit Joan hatte. Doch Mister Geheimnisvoll ist auch schon wieder weg.«

Louisa nimmt mich am Ellenbogen, führt mich in die Küche und drückt mich sanft auf einen Stuhl. »Jetzt beruhige dich erst mal.« Dann setzt sie sich neben mich. »Also, bist du bereit?«

Ich nicke. »Ja, bereit.«

Mit zitternden Händen öffne ich die Nachricht, und was ich lese, lässt den Druck in meinem Bauch sofort wieder anschwellen.

Das ist echt … ich bin fassungslos.

Ohne etwas zu sagen, reiche ich Louisa das Handy.

»Okay, der hat sie definitiv nicht alle«, meint sie, nachdem sie die Mail ebenfalls gelesen hat. »Du sollst hier mal keinen Affen machen? Er kennt sich mit dem Urheberrecht aus, es war angeblich alles seine Inspiration? Und er kann das beweisen? Du sollst das Angebot lieber annehmen, sonst wird er andere Maßnahmen einleiten?« Sie sieht mich an und schüttelt den Kopf. »Das passiert mir nicht oft, aber jetzt fehlen mir wirklich die Worte. So ein Arsch, echt.«

»Aber wie kann man so sein?«, flüstere ich.

»Keine Ahnung. Aber weißt du, was mir das zeigt? Manche haben einfach den absoluten Knall.«

»Was soll ich jetzt machen?«

»Wir überlegen uns was, versprochen.«

»Danke.«

»Wie war es denn heute mit Joan?«

»Noch so ein Thema.« Ich seufze. »Es war schön, doch jetzt gerade ist er wieder abgehauen, nachdem er einen Anruf bekommen hatte. Ich frage mich echt, was das soll und wohin er dauernd gehen muss. Was, wenn er auch so einer ist wie Colin? Ich meine, wie kann ich mir sicher sein, dass er nicht auch irgendein merkwürdiges Spiel spielt?«

Louisa wiegt den Kopf hin und her. »Das ist die Frage. Rede mit ihm, ich denke, mehr kannst du nicht tun.«

Wir sind wie Sterne

Als ich am Donnerstagmorgen aufwache, habe ich bereits eine Nachricht von Joan auf dem Handy. Er schreibt mir, dass er mich heute abholt und sich schon darauf freut. Ich freue mich auch, und trotzdem sind da so viele Fragen. Vor allem, was das Problem ist, das er so offensichtlich vor mir verbirgt. Diese Frage hat mich auch gestern den gesamten Tag über gequält.

Natürlich liegt mir auch Colins Mail noch wie ein Stein im Magen, und ich habe versucht, mich mit dem Projekt abzulenken, an dem ich mit Louisa arbeite. Als wir neulich mal zufällig gemeinsam einen freien Tag hatten, haben wir uns total darin verloren. Wohl zu sehr, denn irgendwann fragte Jass, was wir denn immer zusammen machen würden.

»Willst du es ihr nicht sagen?«, schlug ich vor, aber Louisa verneinte. Vielleicht auch, weil es ihr doch peinlich ist?

»Wir warten jetzt erst mal ab«, meinte sie. »Ich denke, das ist besser.«

Geheimnisse überall – ich weiß, was sie mit Menschen machen. Ich kann mich noch gut daran erinnern, wie es war, als ich erfuhr, dass Colin nicht nur mich hatte. Als ich lesen musste, dass er mit anderen Mädchen schreibt, und er dafür auch noch mir die Schuld gab. Ich weiß noch, wie weh es tat, als ich mit zehn Jahren an der Tür lauschte und meine Mama am Telefon sagte, dass sie mich manchmal am liebsten in ein Heim geben würde. Geheimnisse sind nie gut.

Trotzdem respektiere ich Louisas Entscheidung hinsichtlich Jass. Und auch Joan sage ich nicht ab, sondern warte nach der Arbeit auf ihn. Ich möchte mit ihm reden, im Laufe des Nachmittags, das habe ich mir fest vorgenommen.

Als er schließlich mit dem Motorrad vor mir anhält, freue ich mich wirklich, auch wenn ich noch immer auf der Suche nach Antworten bin.

»Und was machen wir jetzt?«, will ich wissen.

»Das wirst du gleich sehen, wir fahren in die Stadt.«

Schon nach ein paar Minuten parkt Joan das Motorrad in der Innenstadt. Wir gehen die Adlerstraße entlang und bleiben vor einem Café namens *Niu* stehen. Was er hier wohl vorhat?

»Ich dachte, wir besuchen mal ein besonderes Café. Hier kann man wirklich gut genießen, und es gibt ganz spezielles Gebäck«, erklärt er mir.

Ich lächle. »Spielst du auf den Stern an?«

»Vielleicht.«

Das Innere des Cafés wirkt sehr einladend mit den vielen kleinen Tischen, die im Raum verteilt sind, und den bunten Kuchen in der Auslage der Theke. Noch nie habe ich solche Gebäckstücke gesehen.

Ich muss sagen, Joan macht sich wirklich Gedanken um mich. Darüber, was mir wichtig sein könnte. Warum dann die Geheimnisse?

»Ist das dein Ernst?«, frage ich. »Hier ist ja alles bunt.«

Er schmunzelt. »Ein Geheimtipp. Also, was willst du? Oder nein, setz dich hin und warte, ich bestelle für dich mit. Trinkst du um diese Uhrzeit noch Kaffee?«

»Klar.«

Während Joan an die Theke geht und bestellt, setze ich mich an einen freien Tisch und lasse meinen Blick durch den Raum wandern. Es ist wirklich total schön hier.

Kaum hat Joan sich zu mir gesetzt, kommt auch schon die Bedienung und serviert uns einen Teller mit verschiedenen Kuchenstücken. Ich traue meinen Augen kaum, denn sie haben alle Farben des Regenbogens, genauso wie der Milchkaffee, den sie uns anschließend noch bringt und dessen Schaum ebenfalls kunterbunt ist.

Ich zücke mein Handy. Davon muss ich unbedingt ein Bild machen. »Das ist unglaublich toll, ich bin hin und weg«, schwärme ich.

Joans Blick ist tief. »Das freut mich.«

Wie er mich ansieht und mir dadurch dieses warme Gefühl gibt. Ungewohnt, aber gut.

»Dann werde ich mal probieren«, sage ich, »auch wenn ich danach bestimmt ein Kilo mehr wiege.«

Er zuckt mit den Schultern. »Und wenn schon.«

Der Kaffee schmeckt ganz normal, der Kuchen ist zwar ziemlich süß, aber wirklich lecker.

»Und, was sagst du?«, will Joan wissen.

Ich schlucke den Kuchenbissen, den ich gerade im Mund habe, hinunter und tupfe mir die Lippen mit der Serviette ab. »Unheimlich gut. Aber unheimlich viele Kalorien.«

»Das freut mich. Und scheiß auf die Kalorien, was soll das immer? Ich meine, warum muss man sich denn dauernd disziplinieren?«

Ich runzele die Stirn. »Wenn du das so sagst, wirkt es nicht besonders.«

»Ach, Elisa, genieße doch einfach mal, okay?«

»Na ja, das ist nicht immer so leicht. Colin war sehr darauf bedacht, wie ich aussehe.«

»Colin ist ein Idiot, zumindest hinsichtlich dessen, was ich über ihn weiß.« Er nimmt meine Hand. »Hat er denn schon geantwortet?«

»Allerdings, er hat mir mehr oder weniger gedroht. Das alles ist total bescheuert. Louisa meint, er ist so inhaltslos wie ein leeres Notizbuch.«

»Da hat sie recht.« Er lächelt, doch dann wird seine Miene ernster. »Tut mir leid, dass ich vorgestern Abend noch mal wegmusste, das kommt dir sicher auch merkwürdig und bescheuert vor.«

Ich bin froh, dass er die Situation anspricht. »Um ehrlich zu sein, schon ein wenig«, gebe ich zu.

»Das kann ich verstehen. Aber mach dir keine Gedanken darüber, okay?«

Okay? Ist das alles?

»Nun, das ist leichter gesagt als getan. Du bekommst immer geheimnisvolle Anrufe, nach denen du dann gleich verschwindest. Das ist schon seltsam. War das wieder diese Freundin?«

»Ja, sie … Ich weiß, dass du eine Erklärung verdient hast, Elisa. Aber versuche es bitte. Nur noch eine Weile.«

»Im Prinzip geht es mich ja auch nichts an.« Ich winke ab, doch er schüttelt den Kopf.

»Ich will aber, dass es dich was angeht. Nur noch nicht jetzt.«

»Warum?«

»Vertrau mir, ja?«

Vertrauen. Etwas, das mir nicht gerade leichtfällt.

Aber ich merke, dass er nicht weiter darüber reden will, denn er wechselt das Thema. »Und, was hast du gestern gemacht?«

Kurz überlege ich. Soll ich es ihm verraten? Immerhin hat er ja auch Geheimnisse vor mir. Soll ich ihm also sagen, was Louisa und ich vorhaben?

Schließlich antworte ich: »Ich arbeite da zusammen mit Louisa an etwas, aber das … das ist auch noch geheim.«

»Hat es vielleicht mit den Zeichnungen zu tun?«

Verblüfft sehe ich ihn an. »Hast du geschnüffelt?«

»Nein, aber wir leben unter einem Dach. Ab und zu bekomme ich schon mit, wie ihr die Köpfe zusammensteckt und euch freut.«

»Stimmt, du hast recht. Aber du musst dich auch noch gedulden, ja?«

Er nickt. »Klar. Aber lass dir eines sagen: Ich freue mich für dich, und es wird sicher gut. Du hast da wirklich Talent.«

»Mal sehen. Ist ja nur 'ne kleine Sache.«

Er streichelt zart meine Hand. »Wie auch immer, kleine Dinge wachsen, dann sind sie nicht mehr so klein. Und du kannst es. Auch wenn man dir was anderes eingeredet hat.«

»Ich weiß, aber ich wünschte, es wäre so einfach.«

»Das ist es, glaub an dich.«

»Glaubst du denn an dich?«

Er wiegt den Kopf hin und her. »Gute Frage. Ich versuche es zumindest.«

»Wie ist es eigentlich bei dir? Ich meine, du scheinst zufrieden zu sein.«

»Na ja, wie man es nimmt. Mehr reisen zu können, wäre schon schön, aber … es geht nicht.«

In seinem Blick verändert sich etwas, und ich frage mich, was wohl der Grund dafür ist. Ob es damit zu tun hat, weshalb er immer verschwindet?

»Wieso? Mit dem, was du kannst, bekommst du doch überall auf der Welt einen Job.«

»Ja, schon, aber oftmals sind es die Umstände, die einen abhalten. Doch das kommt wieder.«

»Welche Umstände?«

»Nun, ich habe jetzt einen Job, der mir was bedeutet, und es gibt Menschen, die mich brauchen.« Er lächelt mich an.

»Meinst du mich?«

»Vielleicht.«

»Ach, Joan.«

»Ach, Elisa.«

»Ich stelle es mir auch unglaublich schön vor, herumzureisen«, sage ich nachdenklich.

»Gibt es denn einen Ort, den du schon immer mal besuchen wolltest?«

Ich überlege einen Moment. »Amerika wäre mal schön oder auch einfach nur eine Großstadt im Ausland. Ich würde gern die Polarlichter sehen, das muss unglaublich sein. Überhaupt haben mich die Sterne schon immer fasziniert. Wenn ich so darüber nachdenke, würde es mir sogar reichen, mal unter dem Sternenhimmel zu schlafen.«

Er sieht mich an, und ich erkenne Verwunderung in seinem Blick. »Das ist doch nicht schwer.«

»Schon, aber wie du weißt, sind die Dunkelheit und ich nicht die allerbesten Freunde. Und allein … ach egal. Jedenfalls mag ich die Sterne, irgendwie geben sie mir Ruhe und Kraft. Und Hoffnung. Ja, mal unter dem Sternenhimmel zu schlafen, wäre schon ein Wunsch von mir. Und ich möchte dann auch eine Sternschnuppe sehen.«

»Du hast noch nie eine Sternschnuppe gesehen?«

Ich schüttele den Kopf. »Noch nie. Weißt du, ich stelle mir das total schön vor. Der schwarze Himmel, diese vielen goldenen Sterne, und dann ein Licht, das sich durch alles hindurchzieht.«

»Das ist wirklich ein schöner Gedanke.«

Einen Moment lang liegen unsere Blicke intensiv aufeinander.

»Ich denke, das ist der beste Zeitpunkt, um dir noch was zu zeigen«, sagt er.

»Mir?«

»Klar dir, wem sonst? Was meinst du? Lust?«

Kurze Zeit später sitzen wir wieder auf dem Motorrad. Nach einer kurzen Fahrt stoppt Joan die Maschine, und ich sehe mich um. »Das Planetarium?«, frage ich erstaunt. »Was hast du vor?«

Er zwinkert mir zu. »Nur noch etwas Geduld. Also los, komm mit.«

Nachdem er den Eintritt bezahlt hat – obwohl ich wieder protestiere –, betreten wir die Eingangshalle. Dort ist es dunkel, nur die Bilder, die dort angebracht sind und wie Sterne aussehen, sind beleuchtet. Mein Herz klopft heftig, als wir hindurchgehen und leise Musik uns begleitet. Irgendwie hat das Ganze etwas wirklich Magisches.

Auf einmal nimmt Joan mich an die Hand. »Und jetzt Augen zu.« Schon merke ich, wie ich leicht verkrampfe. Doch er lächelt nur.

»Ich soll die Augen zumachen?«

»Ja. Oder ist dir das unangenehm?«

Noch immer halten wir uns an den Händen, und in meinem Bauch kribbelt es.

»Vertrau mir, es wird gut«, sagt er mit sanfter Stimme. »Du musst keine Angst haben.«

Ja, ich möchte ihm vertrauen, also schließe ich vorsichtig die Augen. Joan führt mich nun ein paar Schritte weiter.

»So, jetzt darfst du sie aufmachen«, flüstert er.

Ich öffne langsam wieder die Augen und muss sofort tief durchatmen. Denn was ich jetzt sehe, ist einfach nur wunderschön. In dem Raum, in dem wir jetzt stehen, befinden sich zahlreiche beleuchtete Bilder. Sie zeigen Ausschnitte von menschlichen Gesichtern inmitten eines Sternenhimmels. Alles wirkt dreidimensional, was es noch lebendiger macht, zudem sind bei den einzelnen Gesichtern Texte und kleine Videos hinterlegt.

»Das ist ja unglaublich. Was ist das?«

»Eine Sonderausstellung zum Thema Sterne«, erklärt Joan. »Ich hatte davon gelesen und mich vorhin wieder daran erinnert. Nachdem du gesagt hast, wie viel die Sterne dir bedeuten, dachte ich mir, es könnte dir gefallen.« Er lächelt. »Ich wollte eigentlich ein andermal mit dir hierherkommen, aber nachdem wir nun schon darüber geredet haben, passt das doch gut.«

»Diese Menschen hier und der Sternenhimmel, was bedeutet das?«, will ich wissen.

»Das Motto dahinter ist: *Wir sind Sterne*. Siehst du, hier.« Er deutet auf eines der Schilder. »Die Fotografen haben sich auf die Suche nach Menschen gemacht, die eine besondere Beziehung zu Sternen haben. Dabei sind diese Bilder und die kleinen Geschichten entstanden. Sie sollen uns zeigen, dass wir alle das Leuchten der Sterne in uns haben, wir müssen es nur sehen.«

Ich spüre Wärme im Bauch. Was für ein schöner Gedanke. Und was für schöne Worte. Joans intensiver Blick lässt zudem meinen Puls noch schneller schlagen.

Langsam gehen wir an den Fotos entlang, ich sehe mir jedes einzelne genau an, höre und lese die dazugehörige Geschichte. Eine ältere Dame erzählt zum Beispiel, dass sie früher beim Anblick der Sterne immer an ihren geliebten Mann denken musste. Er war oft unterwegs, und beide hatten sich überlegt, welcher Stern sie wohl verbinden könnte, wenn er nicht bei ihr ist.

Eine andere Geschichte berichtet von einem Sternenkind, einem Baby, das bei seiner Geburt starb. Die Mutter ist sich sicher, dass ihr Kind nun ein Stern geworden ist, und dadurch leuchtet es ewig.

Eine junge Frau erzählt wiederum, dass sie Schlimmes erlebt hat, aber ein kleiner Stern ihr immer Hoffnung gab.

Die Geschichten sind so verschieden, und ich erkenne, dass ich nicht allein bin mit meinen Ängsten und Sorgen.

Mein Blick fällt auf ein Foto, auf dem der Schatten eines Mannes neben dem einer Frau zu sehen ist. Darunter stehen die Worte: *Ich sehe dich.* Ein Mann erzählt, dass seine Mutter nach einem schlimmen Unfall nicht mehr dieselbe ist, aber dass er das Licht in ihr noch wie einen Stern sehen kann.

»Das ist wirklich tragisch«, sage ich und kann die Tränen kaum noch zurückhalten.

Joan schluckt ein paarmal hart. Er wirkt ebenfalls betroffen, und so dauert es auch kurz, bis er antwortet. »Viele Geschichten, die wir Menschen erleben, sind unheimlich tragisch. Momente, die einen fast zerbrechen. Aber weißt du, was gut daran ist? Diese Momente gehören dazu. Denn sonst gäbe es so viele Geschichten nicht. So ist das Leben.«

»Ja, aber … ich weiß nicht. Warum kann man nicht einfach nur glücklich sein?«

Er lächelt. »Es gibt da diesen Spruch: Wenn es immer hell wäre, würden wir die Sterne doch gar nicht sehen.«

Seine Worte berühren mich. Jemand, der solche Worte findet, die so viel Wahres in sich tragen, muss selbst die Dunkelheit erfahren haben. Und wieder frage ich mich, was er wohl erlebt hat, was seine Dunkelheit ist.

Wir betrachten noch eine Weile die Bilder und lesen die dazugehörigen Geschichten, bis wir schließlich den Ausgang erreichen.

Joan hält mich am Arm zurück. »Wollen wir da mitmachen?«, fragt er und deutet auf einen Tisch, auf dem Postkarten in Sternform ausliegen. »Da steht, man kann eine Nacht unter dem Sternenhimmel gewinnen, wenn man eine Karte ausfüllt.«

Ich winke ab. »Ach was, ich habe noch nie im Leben was gewonnen.«

»Ich auch nicht.« Er grinst. »Dann sollten wir es erst recht probieren, oder?«

Wir füllen nun doch eine Karte aus und werfen sie in den Kasten, der auf dem Tisch bereitsteht. Ich bin mir sicher, dass wir sowieso nicht gewinnen, aber ich möchte Joan die Freude nicht verderben.

Schließlich fahren wir zurück nach Hause. Nachdem Joan das Motorrad geparkt hat und wir von der Maschine abgestiegen sind, nimmt er seinen Helm ab und blickt in den Himmel. »Ist echt 'ne sternenklare Nacht heute.«

Ich ziehe ebenfalls den Helm aus und sehe nach oben. Doch bald schon beginne ich zu frösteln. »Lass uns reingehen«, sage ich.

Oben angekommen bleiben wir vor der Wohnungstür stehen.

»Danke, Joan, das war echt wieder schön heute, ich …«

Er kommt auf mich zu, und mit einem Mal lehne ich mit dem Rücken gegen die Wand. In meinem Bauch flattert es, und Tausende von Gefühlen jagen durch mich hindurch. Joan so nah zu spüren, ist schön und gefährlich zugleich. Dass ich mich so sehr nach ihm sehne, macht mich auf der einen Seite wütend, andererseits will ich gerade nichts anderes, als ihn unbedingt zu küssen.

Er muss ahnen, was mich beschäftigt, denn er schiebt mich ein Stückchen von sich weg und sieht mir fest in die Augen. »Du denkst schon wieder so viel, dabei haben wir doch geredet.«

Ich schlucke. »Nein, nein, ich … ich denke nichts.«

»Doch, das tust du.« Seine Hand wandert an meine Wange. »Was ist es?«

»Ich denke, dass wir jetzt nicht schon wieder einen Fehler machen sollten«, flüstere ich.

»Was für einen Fehler?«

Mein Herz klopft so heftig, dass ich es hören kann, und bestimmt hört Joan es auch. Ich lege eine Hand an seine Brust, sein Herz pocht ebenfalls stark.

»Ich mag es mit dir, Joan, aber solange du so viele Geheimisse hast … Das ist alles nicht gut.«

»Ich verstehe dich ja, aber …«

Ich weiß nicht, wie lange wir so dastehen. Irgendwann beugt Joan sich zu mir vor, langsam, Stück für Stück, und dann legt er seine Lippen auf meine. Augenblicklich schießt wieder diese Hitze durch mich hindurch, und ich erwidere seinen Kuss. Meine Hände schlingen sich um seinen Nacken, während sein Körper mich gegen die Wand drückt. Ich keuche, weil ich mich so nach ihm sehne, spüre seine Zunge, die meine streichelt. Ich bekomme kaum Luft, atme ihn ein - und dann geht plötzlich die Wohnungstür auf.

»Oh, störe ich?«

Sofort fahren wir auseinander. Diese Stimme kenne ich nur zu gut, es ist die meiner Mutter. Hinter ihr taucht Louisa im Türrahmen auf.

Verdammt!

»Was machst du hier?«, frage ich noch völlig überfahren.

»Das könnte ich dich genauso fragen, aber na ja, ich habe ja Augen im Kopf. Ich wollte dir was mitteilen, doch du bist anscheinend beschäftigt. Hätte ich mir ja denken können.« Sie mustert erst Joan, dann mich stirnrunzelnd. »Ich weiß wirklich nicht, was ich sagen soll. Es ist nur traurig. Wie auch immer. Komm morgen bei mir vorbei, es ist wichtig. Colin hat sich gemeldet, das sollte dich schon interessieren.«

Colin? Das sind also seine anderen Maßnahmen. Was für ein Idiot.

»Was will er denn?«

»Ich habe jetzt keine Zeit mehr, ich habe lange genug auf dich gewartet.« Dann schiebt sie sich mit hoch erhobenem Kopf an uns vorbei und schreitet die Treppe hinunter, während ich noch immer total überfordert bin.

Wie sie mich angesehen hat, mit einem Blick, der mich innerlich hat erfrieren lassen. Kurz stehe ich noch wie erstarrt da, ehe ich mich umdrehe, direkt in mein Zimmer renne und die Tür hinter mir zuwerfe. Louisa ruft mir noch etwas hinterher, aber ich will nicht reden.

Schließlich sitze ich auf meinem Bett und lasse meinen Tränen freien Lauf. Jetzt wird meine Mutter denken, dass ich wieder nichts anderes im Kopf habe als Jungs. Sie hält ja ohnehin nichts von mir. Scheiße, es ist scheiße. Ich bin es – und einfach alles.

Ich weiß nicht, wie viel Zeit vergangen ist, als es an die Tür klopft. »Elisa?« Es ist Joans Stimme.

»Bitte lass mich in Ruhe«, sage ich, aber er öffnet dennoch langsam die Tür und setzt sich neben mich.

»Was ist los?« Er greift nach meiner Hand, doch ich ziehe sie weg.

»Wir müssen aufhören, Joan. Das mit uns, ich kann das einfach nicht. Das alles ist nicht gut. Du bist so lieb zu mir, aber ich hab genug Probleme und du anscheinend auch. Die Geschichte ist geschrieben, verstehst du? Das hier ist kein Buch, kein Film …«

»Das ist doch Unfug! Vergiss deine Mutter, sie scheint eine absolut blöde Kuh zu sein. Was an ihr macht dir solche Angst? Warum musst du dich da so fertigmachen? Und dieser Colin, scheiß auf ihn.«

»Bitte, ich brauche einfach Zeit für mich und … und du hast deine eigenen Probleme.«

»Elisa, ich verstehe nicht, was los ist. Lass dich doch nicht unterkriegen, nicht von diesen Menschen. Und was soll das, von wegen die Geschichte ist geschrieben? Nein, Geschichten sind nicht für alle Zeiten geschrieben. Du schreibst sie. Was auch immer es ist, sei mutig und schreib deine Geschichte neu. Du bist von niemandem abhängig.«

Ich schlucke ein paarmal hart, und schließlich drehe ich den Kopf von ihm weg. »Tut mir leid. Lass mich jetzt einfach allein.«

Nachdem Joan gegangen ist, sitze ich da und weine. Mein Handy piept, Louisa hat mir geschrieben, aber ich will jetzt nicht reden. Ich antworte, dass ich jetzt schlafen werde, und sie schreibt mir zurück, dass sie da ist, falls ich sie brauche. Ich schätze das wirklich, doch gerade weiß ich nicht, wo und wie ich anfangen soll. Ich möchte nur allein sein.

Was den Spiegel zeigt

Als ich am nächsten Morgen aufwache, bin ich noch immer ganz durcheinander. Der Streit hängt mir nach, und wenn ich daran denke, dass ich auch noch wegen Colin bei meiner Mama auftauchen soll, wird mir unsagbar schlecht.

Joan scheint schon weg zu sein, als ich die Küche betrete, aber Louisa ist da und sitzt vor einer Tasse Kaffee am Tisch.

»Hey, wie geht es dir heute?«, fragt sie. »Das war ja wirklich heftig.«

Ich zucke mit den Schultern und setze mich zu ihr. »Es geht so.«

»Deine Mama ist echt 'ne merkwürdige Person. Hätte ich das gewusst, hätte ich sie niemals in die Wohnung gelassen. Und dieser Colin, ich bin so unglaublich wütend auf ihn. Was fällt dem eigentlich ein?«

»Und ich muss heute auch noch zu ihr und mir anhören, was er will. Ich meine, was soll das?«

»Sie ist deine Mutter und ist so ein Biest. Echt, ich würde nie mehr mit ihr reden.«

»Das wäre wirklich ab und an besser.« Ich seufze tief.

»Was ist denn jetzt mit Joan?«

»Keine Ahnung. Gestern Abend war mir auf einmal alles zu viel, also hab ich ihm gesagt, dass er gehen soll. Ich kann das gerade nicht, zumal er auch irgendwelche Geheimisse hat.«

»Was? Aber es war doch sicher wieder schön mit ihm, oder?«

»Ja, sehr sogar. Erst waren wir in einem ganz tollen Café und haben bunte Kuchen in allen Farben gegessen. Dann sind wir noch ins Planetarium, da gab es eine wirklich schöne Ausstellung über Sterne und Menschen und die Geschichten, die damit zusammenhängen. Aber es geht einfach nicht mit Joan. Ich mag es nicht, dass er mir bei meinen Fragen ausweicht.«

»Das verstehe ich. Und auch, dass dich das misstrauisch macht, gerade nach allem, was war. Aber Joan ist echt in Ordnung. Du genießt die Zeit mit ihm, und er scheint dich wirklich zu mögen, da solltest du einfach mal glücklich sein. Weißt du was? Rede doch noch mal mit ihm und wirf nicht gleich alles weg.«

»Ich weiß nicht, gerade ist einfach alles doof. Und mal ehrlich, ich hab in meinem Leben bislang nicht wirklich gute Entscheidungen getroffen.«

Louisa schüttelt den Kopf. »Ach, Elisa, wo ist nur dein Selbstbewusstsein? Das ist echt null vorhanden. Hallo, du bist doch viel stärker, als du immer glaubst. Lass dich nicht unterkriegen, von keinem. Nicht von Colin und schon gar nicht von deiner Mutter, aber in erster Linie nicht von dir selbst. Denn du musst dich selbst im Spiegel anschauen können.«

Während ich mich im Bad für die Arbeit fertig mache, denke ich über Louisas Worte nach. Irgendwo hat sie schon recht, das muss ich zugeben. Und natürlich kreisen meine Gedanken auch um Joan und das, was wir zusammen erlebt haben. Obwohl alles so schön war, habe ich ihn weggestoßen. Misstrauen, immer dieses Misstrauen.

Während ich mich abtrockne, blicke ich in den Spiegel über dem Waschbecken. *Du musst dich selbst im Spiegel anschauen können.* Ja, das ist mein Problem.

Wie sehr ich Spiegel hasse. Einen kurzen Blick hineinzuwerfen, ist okay, aber mich darin genauer zu betrachten, tut immer noch weh. Denn wenn ich in den Spiegel schaue, kommen die Bilder zurück, ebenso diese Stimme, die so oft zu mir gesprochen und mir gesagt hat, dass ich nichts wert sei. Und der Spiegel zeigt mir meine Mutter, ebenso Colin, der glaubt, alles tun zu dürfen. Auch Joan scheine ich nicht genug wert zu sein, um mir zu sagen, was ihn bedrückt.

Ein Blick meiner Mutter genügt, und ich bin wieder das dumme Kind, das ich in ihren Augen immer war und auch immer sein werde. Aber ich will nicht daran denken. Ich will sie auch nicht sehen, und so beschließe ich, mich erst mal nicht bei ihr zu melden.

Schreib deine Geschichte neu

Am nächsten Tag werkeln Louisa und ich den ganzen Nachmittag lang gemeinsam in der Küche. Sie hat die anderen zum Abendessen eingeladen, vielleicht tut mir das ja gut. Gestern und auch heute habe ich die Anrufe meiner Mutter ignoriert und versucht, mich abzulenken und nicht an Joan zu denken. Er ist nicht nach Hause gekommen und hat sich auch nicht bei mir gemeldet, aber damit habe ich ja irgendwie gerechnet.

»Denkst du an Joan?«, will sie wissen.

»Auch, ja.«

»Kann ich verstehen. Hast du denn was von ihm gehört?«

»Nein.«

»Und deine Mama, warst du schon bei ihr?«

Ich schüttele den Kopf. »Ich wollte einfach nicht. Und ich konnte es auch nicht.«

Louisa sieht mich an. »Das mit Joan und dir ist doch alles Mist. Ihr könnt euch so gut leiden – und dann das. Das verstehe ich einfach nicht.«

»Ja, ich auch nicht, aber es ist wirklich besser so. Und so wichtig kann ich ihm auch nicht sein, wenn er kein Wort von sich hören lässt.«

Sie nickt. »Schon merkwürdig, dass er immer verschwindet. Ich habe ihm wegen des Essens geschrieben, aber darauf hat er auch nicht reagiert. Er wird wohl nicht kommen.«

Auf der einen Seite bin erleichtert darüber, auf der anderen auch nicht. Ja, ich war hart zu ihm, dafür dass wir so schöne Momente zusammen hatten. Das muss ich schon zugeben. Aber wie gesagt, so viel kann ich ihm auch nicht bedeuten.

Als unsere Lasagne endlich im Ofen gart, beschließen wir, uns fertig zu machen. Ich darf zuerst in die Dusche, und das warme Wasser auf meiner Haut tut mir unendlich gut.

Wie der Abend wohl werden wird?

Es ist halb sechs, als es an der Tür klingelt. Während ich weiter den Tisch decke, geht Louisa in den Flur hinaus, um zu öffnen. Es sind Kale und Jass.

»Das riecht aber gut hier«, höre ich Kale sagen, und wenig später lugt er schon zu mir ins Wohnzimmer herein. Er ist wirklich ein hübscher Kerl. Seine Haare sind perfekt gestylt, und dann noch dieses leichte Lächeln … Ich kann verstehen, dass Jass ihm total verfallen ist.

»Nicht naschen.« Jass taucht hinter ihm auf, und er verdreht die Augen.

»Wovon soll ich denn naschen? Wobei, ich wüsste da schon was.« Er zieht Jass an sich und küsst sie auf die Wange, daraufhin küsst Jass ihn zurück. Ich muss zugeben, die beiden sind wirklich perfekt füreinander.

»Hey Elisa«, begrüßt Jass mich schließlich, nachdem sie sich voneinander gelöst haben, und auch Kale winkt mir zu.

»Das sieht ja super aus«, sagt er.

»Na ja, auf jeden Fall haben wir uns Mühe gegeben.«

»Das habt ihr wirklich.« Jass nickt. »Die Servietten sind ja toll mit diesen süßen Herzchen.«

Kale legt den Arm um ihre Taille. »Aber das toppen wir beide demnächst, oder?«

Jass lacht auf, dann kommt sie zu mir her und drückt mich fest. Anscheinend habe ich schon einen kleinen Platz in ihrem Herzen gefunden. »Soll ich dir was helfen?«, fragt sie.

»Nein, nein, nicht nötig. Ich muss nur noch Dessertteller aus der Küche holen. Macht es euch ruhig schon mal gemütlich.«

Als ich den Flur entlanggehe, klingelt es erneut. Ohne lange nachzudenken, öffne ich die Tür – und da steht Joan. Damit habe ich nicht gerechnet.

In der Hand hält er einen Stoffbeutel. Was wohl darin ist?

»Hey«, sagt er. »Geht's dir gut?«

Bevor ich etwas antworten kann, kommt Kale hinzu. »Joan, gut, dass du da bist. Ich hab da was, das du dir anschauen musst.«

Joan sieht mich noch mal an, ehe er sich an mir vorbeischiebt. Dabei berühren sich unsere Körper, und ich atme tief durch. Warum in aller Welt hat er mir nicht geschrieben?

Weil du gesagt hast, er soll dich in Ruhe lassen, und das hat er akzeptiert. Was willst du also, Elisa?

Ja, aber vielleicht habe ich gedacht, es würde ihm schwererfallen. Wie dämlich von mir.

Ich will gerade weiter in die Küche gehen, als Joan wieder vor mir steht. »Elisa, hör mal, ich wollte dir schreiben, aber …«

»Joan, jetzt komm doch endlich!«, ruft Kale, der mittlerweile im Wohnzimmer sitzt.

»Schon gut«, sage ich, »geh nur zu Kale, ich …«

Nun taucht Louisa neben uns auf. »Elisa, schaust du bitte mal eben nach der Lasagne? Ich hole noch schnell Bier für Kale aus dem Keller. Willst du auch eines?«, fragt sie Joan.

Er nickt. »Ja, gern.«

Dann geht er ins Wohnzimmer zu den anderen, und ich höre, wie er Jass und Kale begrüßt. Ich schließe mich ihm nicht an, weil ich ja nach der Lasagne sehen muss. Ist aber auch egal.

Ich blicke in den Backofen, die Lasagne scheint fertig zu sein. Nun muss ich nur noch das Dressing unter den Salat mischen.

Kaum habe ich den Herd ausgeschaltet, kommt Louisa zurück. »Sorry, ich wollte dich und Joan vorhin nicht stören.«

Ich winke ab. »Schon gut, mach dir keine Gedanken.«

»Na, ihr zwei, was macht ihr denn schon wieder Geheimnisvolles?« Es ist Jass, die gerade die Küche betreten hat.

Louisa sieht sie fragend an. »Wieso? Was meinst du?«

»Na ja, ihr steckt immer die Köpfe zusammen. Ist irgendwas?«

»Nein, alles gut«, sage ich schnell.

»Okay.« Sie wirkt kurz etwas bedrückt, aber dann lächelt sie. »Lasst uns den Aperitif einschenken, ja? Ich helfe euch«, schlägt sie vor, und ich bin froh, dass sie das Thema wechselt.

»Das duftet ja echt herrlich«, stellt sie fest, während wir die Gläser mit Sekt befüllen. »Ich habe solchen Hunger. Ach übrigens, wisst ihr, was ich gehört habe?«

Louisa senkt den Kopf. »Ich schätze mal, dasselbe wie ich.«

»Was denn?«, frage ich.

»Josh zieht mit dieser Marie-Sophie zusammen.«

Louisa lässt die Sektflasche sinken. Ihrem Gesicht ist deutlich abzulesen, wie sehr sie die Sache kränkt. »Also stimmt es doch«, flüstert sie.

Jass geht auf sie zu und nimmt sie in den Arm. »Mir tut das so leid«, sagt sie. Man spürt deutlich, wie ernst sie es meint.

Ich trete ebenfalls zu den beiden und streiche Louisa über den Rücken. »Ja, mir auch.«

Sie atmet tief durch. »Schon gut, ist ja keiner gestorben, ist nur Liebeskummer. Soll er doch. Wenn er damit glücklich ist, dann soll es eben so sein.« Sie drückt Jass ein volles Sektglas in die Hand.

»Danke. Soll ich dir noch ein paar abnehmen?«

Schließlich tragen wir die Gläser zusammen ins Wohnzimmer und verteilen sie an die anderen Gäste.

»Schön, dass ihr da seid«, sagt Louisa und lächelt, doch es ist ein gezwungenes Lächeln, das ihre Augen nicht erreicht. »Auf einen schönen Abend.«

Während wir anstoßen, trifft mein Blick auf den von Joan, und ich nehme gleich noch einen weiteren Schluck aus meinem Glas. Ich will nicht, dass er mich so ansieht. Und doch wird mir warm im Bauch. Vielleicht ist es auch nur der Sekt. Ich befürchte aber eher, dass Joan Schuld daran hat. Schon wieder, immer wieder. Deswegen muss es auch sein, dass wir einander meiden.

Ich stelle das Glas auf dem Tisch ab. »Lass uns mal die Vorspeise holen«, sage ich zu Louisa.

Wir bringen die Salate und die Vorspeisenplatte ins Wohnzimmer, und als wir alle zusammensitzen, ist es sofort gemütlich. Es ist so schön, liebe Menschen um sich zu haben. In dieser Hinsicht habe ich schon ganz andere Erfahrungen gemacht. Unweigerlich beginne ich zu zittern, versuche allerdings, es mir nicht anmerken zu lassen. Als ich jedoch aufsehe, bemerke ich Joans Blick. Schnell schaue ich weg und klinke mich wieder ins Gespräch ein. Louisa erzählt von der Uni, Jass berichtet, dass Kale und sie zusammen in den Urlaub fahren wollen. Wir haben Spaß und lachen.

Als wir fertig sind, räumen wir die Vorspeise ab und servieren die Lasagne, bei der alle kräftig zulangen.

Eine halbe Stunde später sitzen wir pappsatt da. Im Kühlschrank hätten wir jetzt auch noch Kuchen, aber wir sind uns alle einig, damit noch eine Weile zu warten.

»Das war richtig gut und echt 'ne schöne Idee«, sagt Kale, während er sich den Bauch reibt. »Mehr passt gerade wirklich nicht in mich rein.«

Jass kichert. »Ich frage mich immer, wie man solche Mengen verdrücken und dabei so gut aussehen kann.«

Kale sieht verstohlen in ihre Richtung. »Na ja, ich mache viel Sport. Und außerdem, du weißt ja, wir beide …« Nun wird er sogar leicht rot, und Jass pikt ihn in die Seite, woraufhin er zusammenzuckt.

»Wirst du wohl still sein!«, ermahnt sie ihn, woraufhin alle zu lachen anfangen.

»Wie wäre es jetzt noch mit einem Film?«, schlägt Chris vor, als das Gelächter ein wenig abgeebbt ist.

»Okay, was wollen wir anschauen?«, fragt Hanna.

»Da gibt's doch diesen neuen, der soll voll gut sein«, schlägt Jass vor.

Kale rollt mit den Augen. »Das ist doch die totale Schnulze. Wie heißt diese Schauspielerin noch mal?«

»Jetzt tu nicht so, als ob du gar keine Romantik magst.« Jass verzieht das Gesicht.

»Hallo, hier geht es um mein Image.«

Wieder lacht die ganze Runde.

»Also, ich habe nichts gegen diesen Film«, bemerkt Joan. »Ich mag romantische Filme, ab und an zumindest.«

Kale seufzt. »Fall mir bloß nicht in den Rücken, Kumpel.«

Doch Joan reagiert nicht, sondern blickt zu mir.

Ich weiß nicht, ob Kale es bemerkt, jedenfalls lächelt er leicht. »Na gut, dann eben romantisch.«

Schließlich sitzen wir doch alle auf dem Sofa und schauen den Film an, der wirklich romantisch ist. Irgendwann beginnt es darin tatsächlich zu regnen. Heimlich beobachte ich Joan, denn natürlich muss ich sofort an unseren ersten Kuss denken, und mein Herz wird ganz schwer.

Ich gebe vor, in der Küche nach der Spülmaschine sehen zu müssen, und stehe auf. Draußen lehne ich mich an die Arbeitsplatte und schließe die Augen.

Beruhige dich, Elisa. Es ist alles zu viel. Alles.

Kurze Zeit später kommt Joan in die Küche. Was will er denn jetzt hier?

»Hey.« Er macht einen Schritt auf mich zu und ist mir jetzt ganz nah. Viel zu nah. Schon wieder. Warum macht er das? Er soll mich doch einfach in Ruhe lassen und stattdessen mit den anderen den Film anschauen.

»Der Regen, da musste ich an unseren Ausflug denken«, sagt er.

»Schon. Aber na ja, es ist ein Film, und das hier ist das Leben.«

Er schüttelt den Kopf. »Pass auf, Elisa, ich weiß, was du gesagt hast. Dass ich dich in Ruhe lassen soll. Aber ich bin damit nicht einverstanden.«

»Da gibt es nichts zu diskutieren.«

Er greift nach meinem Handgelenk, und ehe ich mich versehe, streicht er über die Narben auf der Innenseite meines Unterarms. »Ich verstehe dich ja, aber …«

Doch er wird unterbrochen, denn Louisa betritt die Küche. »Sorry, Leute.«

»Kein Problem.« Ich entziehe Joan meine Hand. »Ich wollte eh gerade wieder zurück zu euch.«

Der Film ist schön – und ja, es gibt natürlich ein Happy End. Wie meistens. Warum kann das Leben kein Film sein? In Augenblicken wie diesem sehne ich mich danach.

Tränen wollen sich aus meinen Augen stehlen, aber ich blinzele sie weg, ganz im Gegensatz zu Jass neben mir, die sie frei laufen lässt.

Kale nimmt sie in den Arm und küsst sie auf die Stirn. »Meine kleine Heulsuse«, sagt er liebevoll zu ihr.

Ich muss lächeln, weil ich das Bild von den beiden so schön finde. Und auch Louisa beobachtet sie etwas sehnsüchtig. Ob sie gerade an Josh denkt?

Möglichst unauffällig blicke ich zu Joan. Vorhin in der Küche, als er mir so nah war, hätte ich ihn am liebsten geküsst. Und auch jetzt möchte ich nichts anderes, als ihn bei mir zu haben.

Was er mir wohl vorhin sagen wollte?

Als der Abspann des Films beginnt, sieht Hanna auf die Uhr. »Wir packen es dann mal. Danke fürs Essen. War wirklich mal wieder schön.«

»Ja, finde ich auch«, antwortet Louisa.

Hanna und Chris verabschieden sich, kurz darauf folgen ihnen auch Jass und Kale. Louisa ist müde und Joan bereits im Bad, also biete ich mich an, den Rest aufzuräumen.

Ich bin fast fertig, als Louisa noch mal in die Küche kommt. Sie sieht mich eindringlich an. »Alles okay mit dir und Joan?«

»Nichts Neues eigentlich. Aber wie geht's dir?«

»Muss ja. Sorry, dass ich vorhin gestört habe. Habt ihr denn nicht miteinander geredet?«

»Nicht viel.« Ich seufze. »Er meinte, dass er mich versteht. Und dann wollte er noch was sagen, dazu ist er aber nicht mehr gekommen.«

»Ach, Elisa, solche Männer, die Gefühle zeigen können, sind Gold wert. Macht es euch nicht selber schwer.« Eine unübersehbare Traurigkeit überzieht nun ihr Gesicht. »Ich weiß, ich bin dumm, aber ich hasse das mit Josh. Da zieht er mit dieser Marie-Sophie zusammen und dann …« Sie winkt ab.

»Wieso, was ist denn?«

»Ich … ich wollte es niemandem sagen, aber er hat mir neulich geschrieben. Vorgestern, um genau zu sein.«

»Und was wollte er von dir?«

»Nicht viel, nur … Ach Mist, ich weiß auch nicht. Er hat nur gefragt, ob es mir gut geht und wir uns mal sehen können. Was soll das denn?«

»Aber das ist doch schon mal nett und vielleicht ein Anfang«, gebe ich zu bedenken.

»Wofür?«

»Um wieder Freunde zu sein oder so.«

»Wir waren nie nur Freunde, zumindest hat es sich nicht so angefühlt.«

»War da also doch was zwischen euch?«

Sie zögert kurz und schüttelt dann den Kopf. »Nein, das nicht, aber man fühlt doch manchmal trotzdem diese Anziehung. So wie du sie bei Joan fühlst und er sie bei dir. Schau mich an, ich habe mich so gegen meine Gefühle für Josh gewehrt. Und dann … ja, dann kam sie, und jetzt ist es zu spät. Also versuch doch, Joan 'ne Chance zu geben, sonst bist du irgendwann traurig. Und das möchte ich nicht.«

Als ich in der Küche fertig bin, gehe ich noch kurz ins Bad, dann lege ich mich ins Bett und denke nach. Louisa hat vielleicht recht. Joan ist für mich da, wir haben schöne Momente. Aber die Zweifel, sie tun mir nicht gut.

Auf einmal klopft es an die Tür, zweimal, dreimal, nur ganz leise. Ich stehe auf und öffne, doch da ist niemand. Nur ein Beutel, der leicht leuchtet, liegt auf dem Boden. Ich hebe ihn auf, setze mich damit auf mein Bett und öffne ihn vorsichtig. Mindestens ein Dutzend leuchtende Sterne befinden sich darin sowie eine Karte und ein Foto, das mich zeigt, wie ich auf der Steintribüne sitze. Es ist … ja, es ist schön. Ich sehe hübsch darauf aus, so zufrieden und gelöst. Auf die Rückseite hat Joan geschrieben: *Das bist du. So sehe ich dich. Du bist die Heldin in deinem Buch.*

Einen Moment betrachte ich das Foto noch, dann greife ich nach der Karte. *Sei mutig und schreib deine Geschichte neu* steht darauf.

Ich muss ein paarmal fest schlucken. Das ist das Schönste, das mir jemals jemand gesagt oder gegeben hat.

Einfach vergessen

Als ich am nächsten Morgen die Küche betrete, trinkt Louisa gerade ihren Kaffee. Ihr Gesicht sieht verweint aus, was mich traurig macht.

»Hey, ist alles okay bei dir?«, frage ich.

»Schon. Ich habe gerade mit Jass geschrieben. Ihr geht es gut, sie freut sich auf Hannas Geburtstagsparty heute Abend. Stell dir vor, Kale und sie planen, ihren gemeinsamen Urlaub vorzuziehen. Ich freue mich echt für die beiden.«

»Ja, sie sind ein tolles Paar, wirklich.«

Sie schluckt. »Aber dann kamen wir noch mal auf Josh zu sprechen und … Ach Mann, was ist nur los mit mir? Ich hasse es, schon in aller Frühe wegen dieses Kerls traurig zu sein. Dass ich ihn vermisse, ist einfach nur nervig. Ab und an weine ich auch, aber das wird irgendwann aufhören, zumindest hoffe ich es.«

Ich setze mich neben sie und lege meine Hand auf ihre. »Echt scheiße, die Sache mit Josh. Ich kann da so gut mit dir fühlen.«

Sie nickt. »Und ich mit dir. Ziemlicher Mist. Aber heute Abend feiern wir, ja?«

»Ja, das tun wir. Und weißt du was? Ich habe mir Gedanken gemacht, ich werde mit Joan reden. Besser als dieses Hin und Her.«

»Das ist gut.«

»Aber jetzt muss ich erst mal los zur Arbeit. Gehst du heute in die Uni?«

»Ja.« Sie seufzt. »Ich muss, eine Übung mit Anwesenheitspflicht.«

»Und ich sortiere Waren, vielleicht hilft das ja.«

Louisa schüttelt ein wenig vorwurfsvoll den Kopf. »Du solltest das echt lassen und dir lieber einen Ausbildungsplatz suchen. Denk doch noch mal darüber nach.«

Als ich etwas später im Laden stehe und Spülmittelflaschen ins Regal einsortiere, beschließe ich, mich für später mit Joan zu verabreden. Ich denke, das ist wichtig. Sein Geschenk mit den Sternen hat mich wirklich glücklich gemacht.

Louisa hatte neulich recht. Warum muss das mit Joan ein Fehler sein, warum sollte er einen haben? Was er für mich getan hat, war so unglaublich lieb und hat mich berührt. Und vielleicht bin ich ja selbst der Fehler. Ich sollte einfach mal anders denken.

Und dann die Arbeit. Ich mag Betty und bin zufrieden hier, aber ist es wirklich das, was ich auf Dauer will? Und selbst Betty hat mich ja auch schon ermutigt, eine Ausbildung anzufangen.

In der Pause hole ich mein Handy, um Joan eine Nachricht zu schicken. Doch dann sehe ich, dass meine

Mama mir geschrieben hat, und augenblicklich zieht sich alles in mir zusammen. Ich weiß, dass ich noch nicht wegen Colin bei ihr war, und würde jetzt am liebsten die Nachricht wegklicken. Trotzdem rufe ich sie auf.

Mama: *Auch wenn du mal wieder mit anderen Dingen beschäftigt bist, Elisabeth, komm bitte heute vorbei, es ist wichtig. Aber nicht vor ein Uhr, denn vorher bin ich bei meinen Fitnesskursen. Sei nicht so egoistisch.*

Egoistisch. Aha.

Ich bin wütend und traurig zugleich.

Was soll ich denn jetzt machen? Mich davor zu drücken, hilft auch nichts. Mich zu stellen, wäre dagegen wenigstens mal ein Anfang. Also tippe ich ins Nachrichtenfeld, dass ich nach der Arbeit vorbeikommen werde. Auch wenn ich dazu absolut keine Lust habe.

Schließlich stecke ich das Handy weg und mache mich auf zum Kühlregal, um dort die Milchpackungen einzusortieren. Als ich fertig bin, richte ich mich auf, strecke meinen Rücken durch und lasse dabei den Blick schweifen.

Auf einmal entdecke ich Joan. In der Schlange an der Käsetheke. Zuerst klopft mein Herz, und ich verspüre den Drang, zu ihm zu gehen, doch dann sehe ich, dass er nicht allein ist. Ein Mädchen geht auf ihn zu und hakt sich bei ihm unter. Es ist das Mädchen mit den langen blonden Haaren, das ich damals zusammen mit Josh vor unserem Haus gesehen habe.

Gut, sie ist eine Freundin, der er ab und zu hilft, das hat er mir ja gesagt.

Entspann dich, Elisa.

Doch dann entdecke ich, dass sie einen kleinen Jungen an der Hand hält. Wie angewurzelt bleibe ich stehen, kann mich nicht mehr bewegen. Irgendwie sieht der Kleine Joan total ähnlich.

Ist es das? Er und sie? Und er ist Vater?

Der Fehler. Ich wusste es. Das ist der Fehler, nach dem ich die ganze Zeit gesucht habe.

Ich muss von hier weg, er darf mich nicht sehen. Doch gerade als ich mich abwenden will, dreht er sich in meine Richtung. Schnell verstecke ich mich, gehe in die Hocke und tue so, als würde ich mich um die Milchpackungen kümmern.

Das gibt's nicht. Kann es sein, dass er und sie … Da mache ich mir so viele Gedanken, und am Ende hat er doch eine Freundin – samt Kind.

Tief geduckt verziehe ich mich in den nächsten Gang mit den Backzutaten. Wie bescheuert war ich überhaupt? In diesem Augenblick würde ich mich am liebsten wegzaubern, aber das geht nicht, ich muss wieder an die Arbeit. Wenn mein Chef dann auch noch sieht, dass ich alles andere als lächle, gibt's bestimmt noch mehr Ärger.

Ich atme ein paarmal tief durch und will anschließend den Gang in die entgegengesetzte Richtung verlassen, doch Joan und das Mädchen kommen mir entgegen. Mist. Als er mich entdeckt, starren wir uns einen Moment lang an. Ich hebe nur die Hand, dann drehe ich mich um, laufe einfach los und biege bei der nächsten Gelegenheit in einen anderen Gang ab.

Meine Gedanken fahren Achterbahn. Er hat eine Freundin und ein Kind? Das ist doch echt … Ich weiß nicht, was ich denken soll.

Aber ein negatives Highlight des Tages steht mir noch bevor: der Besuch bei meiner Mama. Er wird mir für heute den Rest geben.

Als ich klingle und sie mir die Tür öffnet, mustert sie mich wie üblich mit ihrem *Du-bist-nicht-gut-genug-*Blick, der sich auf so vieles beziehen kann: *Wie siehst du denn heute aus? Was ist mit deinen Haaren? Musst du dich immer so schlampig kleiden?* Sie findet immer irgendwas, das sie an mir kritisieren kann.

»Gut, dass du da bist«, sagt sie nur, ohne ein Wort der Begrüßung.

»Freut mich auch, dich zu sehen«, entgegne ich.

Aber sie scheint es nicht zu kapieren. »Sei nicht albern, wir haben uns doch erst gesehen.«

Was habe ich denn erwartet?

Ich sage darauf lieber nichts mehr, sondern frage: »Sind Kiki und Lara da?«

»Deine Schwestern sind noch unterwegs, aber ich soll dir Grüße ausrichten.«

Die beiden fehlen mir wirklich, und ich weiß, sie mögen mich auch. Doch Mama hat es irgendwie geschafft, dass wir uns kaum noch schreiben.

»War der Kerl dein Freund?«, fragt sie mit eisiger Miene.

Ich antworte mit einer Gegenfrage. »Und wenn schon?«

»Wie soll das noch enden? Na gut.« Wie es ihre Art ist, kommt sie nun gleich zum Wesentlichen. »Da ist ein Brief für dich gekommen, von Colin. Ich bin ehrlich gesagt schockiert. Er hat hier angerufen und erzählt, dass du ihn beschuldigst wegen irgendwelcher Bilder. Und dass er doch so oft versucht hat, dich zurückzubekommen. Aber na ja …«

Sofort fährt ein heftiger Schmerz durch mich hindurch, und ich beginne zu zittern. So ein Arsch, so ein Lügner.

»Hat er das gesagt, ja?«, frage ich. Vielleicht, so hoffe ich, habe ich mich ja auch verhört.

»In der Tat. Und er hat mich gebeten, dir den Brief zu geben.« Sie sieht mich an mit diesem Blick, der Bände spricht und mir zeigen soll, wie fürchterlich sie mich findet. »Bitte kläre das, er war so ein Netter.«

»Klar, so nett, absolut. Aber die Wahrheit ist …«

Sie hebt die Hand. »Ehrlich gesagt ist mir das total egal, ich will nicht mit so was belastet werden. Schaff es einfach aus der Welt. Aber du hast ja anscheinend schon wieder eine Ablenkung gefunden. Ganz wie dein Vater.« Sie zieht die Augenbrauen hoch, die wie immer perfekt gezupft sind. »Ich frage mich manchmal wirklich, was da bei dir nicht stimmt. Du kommst zurück und erzählst, dass du jetzt Pläne hast und dich ändern willst, aber kurze Zeit später hängst du schon wieder am nächsten Kerl.«

Ich schlucke. Wie kann sie nur immer so mit mir reden? Wie kann man so kalt sein, seinem eigenen Kind gegenüber? Mit jedem einzelnen Wort trifft sie mich und sticht mir in die Seele, das weiß sie ganz genau. Sie hat doch keine Ahnung, was mit Colin passiert ist, wie alles abgelaufen ist. Ich erwidere dennoch nichts, auch wenn der Druck in meinem Inneren mich immer mehr aufzufressen scheint.

Sie blickt auf die Uhr. »Ich muss jetzt zum Yoga und habe keine Zeit mehr«, sagt sie und drückt mir einen Umschlag in die Hand. »Also kümmere dich darum.«

Zu Hause angekommen bin ich einfach nur am Ende und fertig. Meine Mutter wird sich nie ändern. Die Art und Weise, wie sie mich ansieht und mit mir redet, was sie von mir hält, kann ich kaum mehr ertragen.

Aber noch schlimmer ist der Brief von Colin. Er schreibt, dass er das mit der Mail ja gar nicht so gemeint habe, mich liebe und doch nur eine neue Chance wolle. Zusammen könnten wir doch so viel reißen. Und die Bilder würde er so gern verwenden.

Erst diese E-Mail, und jetzt das. Was will er damit bezwecken? Und warum gerade jetzt?

Ich blicke auf meine Handgelenke, auf die Narben, die immer bleiben werden, die da sind, weil er mir so viel genommen hat. Ich habe gehofft, dass es mir egal ist, dass ich es geschafft habe, ihn loszulassen. Aber etwas von ihm zu lesen oder zu hören, trifft mich immer noch. Ich bin traurig und wütend, alles auf einmal.

Was geschehen ist, kann ich noch nicht so einfach beiseiteschieben. Ich habe diesen Menschen geliebt. Wie auch immer er mich behandelt hat, ich habe an etwas geglaubt und gehofft, dass wir eine Geschichte zusammen haben.

In diesem Augenblick bekomme ich eine E-Mail. Sie ist tatsächlich von Colin. Meine Hände zittern, als ich sie öffne.

Hast du den Brief gelesen? Meine Mail war nicht so gemeint. Vielleicht war ich etwas hart. Ich denke an dich, egal, was war. Du fehlst mir wirklich.

Eine Weile starre ich die Mail an und weiß nicht, was ich jetzt tun soll. Wie oft habe ich mir solche Worte von ihm gewünscht.

Doch ich will nicht darüber nachdenken, was war. Ich habe das Gefühl zu fallen und will einfach nur weg von diesen Gedanken, die mich quälen, mit denen ich mich selbst so sehr quäle. Was kann ich nur tun, damit es mir wirklich gelingt, Colin und alles, was geschehen ist, loszulassen?

Joan. Bei ihm hatte ich wirklich mal wieder Gefühle.

Ich blicke zu dem Glas mit den Sternen, das er mir repariert hat. Was ist das mit ihm? Er ist auch nicht ehrlich zu mir. Natürlich habe ich mich bei ihm frei und gut gefühlt, aber das ist doch bescheuert. Alles.

Ich gehe hinüber zum Schreibtisch und lasse die Sterne durch meine Finger gleiten.

Loslassen.

Keine Angst haben.

Mich gut genug fühlen.

Ohne Reue genießen.

Über mich hinauswachsen.

Mich frei fühlen.

Ja, ich habe mich mit Joan frei gefühlt, ich konnte genießen, und irgendwie hatte ich das Gefühl zu wachsen, aber dann auch wieder nicht. Ob ich die Momente jemals wirklich vergolden kann, oder war diese Idee der totale Unsinn? Denn mal ehrlich, ändert es etwas an dem, was geschehen ist? Ist der Moment dann weg, ebenso die Angst, als meine Mama mich als Kind eingesperrt hat und ich allein in der Dunkelheit geweint habe? Fühle ich mich freier, weil ich Motorrad fahre? Genieße ich das Leben mehr, nur weil ich Kuchen esse? Was ändert das?

Es ändert nichts, verdammt noch mal gar nichts. Voller Wut hole ich die Sterne aus dem Glas und werfe sie in den Raum, feuere sie mit voller Wucht ins Nichts. Von wegen alles hat seinen Sinn. Nichts, was ich hier tue, macht Sinn.

Als es an die Tür klopft, werde ich aus meinen Gedanken gerissen. Es ist Louisa. »Wollen wir dann in einer Stunde los?«, ruft sie. »Du weißt doch, Hannas Geburtstagsparty.«

Daran habe ich jetzt wirklich nicht mehr gedacht. Wie auch, mein Kopf ist ausgefüllt mit allen möglichen Erinnerungen. Ich blicke zum Fenster, draußen wird es bereits dunkel. Am liebsten würde ich meine Erinnerungen wegsperren, irgendwohin in die Dunkelheit.

»Elisa?« Wieder höre ich Louisas Stimme.

Nun summt auch noch erneut mein Handy. Eine weitere E-Mail von Colin.

Ich ändere mich, versprochen. Komm nach Berlin, ich beweise es dir.

Mein Puls geht jetzt noch schneller. Ich darf keinen Gedanken mehr an Colin verschwenden, an seine leeren Worte, und doch schwanke ich innerlich.

Was ist das nur in meinem Leben? Ich will das alles nicht mehr. Da stehe ich, lese Colins Mails und denke an Joan, habe Gefühle für ihn, aber er ist ein Lügner. Und ich schaffe es nicht, Colin endgültig zu vergessen, obwohl ich nur zu gut weiß, wie er ist. Ich bin ein Wrack, abhängig, ständig zerrissen.

Die Tür öffnet sich langsam, und Louisa steckt den Kopf herein. »Hey, alles okay? Hast du mich nicht gehört? Willst du dich nicht fertig machen?«

Schnell lege ich das Handy zurück auf den Schreibtisch. Ich muss wirklich schlimm aussehen, denn Louisas Blick spricht Bände.

Sie kommt zu mir her. »Elisa? Oh mein Gott, was ist denn passiert?«

»Joan«, ich schlucke, »ich hab ihn mit einer anderen gesehen samt Kind. Und Colin hat meiner Mutter einen Brief geschickt, in dem steht, dass er mich zurückwill.«

»Was? Aber das mit Colin lässt dich doch kalt, oder?«

»Nein, leider eben nicht, ich … Scheiße, ich will das alles vergessen. Joan und Colin und alles. Nur vergessen …«

Vergessen, ja, genau das ist es. Und deswegen werde ich heute feiern.

»Sollen wir hierbleiben?«, fragt Louisa, aber ich schüttele den Kopf und wische mir die Tränen weg.

»Nein, bestimmt tut mir Ablenkung ganz gut.«

Sie hebt eine Augenbraue. »Sicher? Ich weiß nicht …«

»Doch. Weißt du was? Scheiß auf Colin und Joan und auf all diese Gedanken. Ich will sie nicht mehr haben, und dafür werde ich jetzt sorgen.«

Er ist da

Als wir im Club ankommen, gratuliere ich zuerst Hanna, ehe ich direkt die Bar ansteuere. Ich will einfach vergessen, diesen Tag, alles, was passiert ist. Die Erinnerungen, meine Mutter, wie schrecklich sie war, Colins Nachrichten.

Und Joan. Wobei die Tatsache, dass er natürlich auch hier ist, es nicht einfacher macht. Doch der Cocktail, den ich mir bestellt habe, tut genau das, was er soll. Er lenkt mich ab, lässt mich vergessen, und nach dem dritten Glas wird mir sowieso alles mehr und mehr egal. Die Runde wird größer, da auch Freunde von Hanna da sind, die ich nicht kenne, ebenso welche von Chris. Ich will Spaß haben, an nichts denken, und so versuche ich, Joan so weit wie möglich zu ignorieren.

»Ist alles okay bei dir?«, fragt Louisa mich irgendwann.

»Klar, alles total super.« Ich deute auf die Tanzfläche. »Was meinst du, tanzen wir ein bisschen?«

Ich merke, dass sie mir nicht glaubt, trotzdem nickt sie, und wir betreten die Tanzfläche.

»Mach aber etwas langsam, ja?«

»Klar, langsam.« Natürlich merke ich den Alkohol. Ich habe heute zu wenig gegessen, aber in diesem Augenblick ist mir das egal.

Ich lasse mich von der Musik leiten, tanze und genieße die Leichtigkeit, die mich umgibt und die ich auch in mir spüre. Louisa betrachtet mich zwar immer wieder skeptisch, doch als sich dann auch noch Chris, Hanna und die anderen zu uns gesellen, beschäftigt sie sich nicht mehr so viel mit mir. Was auch gut ist.

Lediglich Joan scheint mich regelmäßig zu beobachten. Er steht am Rand der Tanzfläche, und wenn unsere Blicke sich zufällig treffen, sehe ich immer schnell weg.

»Soll ich mal mit ihm reden?«, fragt Louisa, aber ich schüttele den Kopf.

»Ne, mir egal. Ich will mich jetzt nicht mit ihm befassen. Alles, was ich gerade möchte, ist trinken, feiern und Spaß haben. Soll er doch mit dieser anderen seine Zeit verbringen, ich lasse mich auf nichts mehr ein. Nie wieder.«

Louisa mustert mich mit ernster Miene. Langsam nervt mich das. Ich will mich doch nur ablenken, nicht mehr nachdenken.

Als sie gerade mit Jass tanzt, die inzwischen mit Kale ebenfalls zu uns gestoßen ist, nutze ich die Gelegenheit, um mich wegzustehlen. Mein Ziel ist erneut die Bar.

Louisa scheint aber doch bemerkt zu haben, was ich vorhabe, denn sie hält mich am Arm fest. »Willst du echt noch was? Hast du nicht schon genug?«, fragt sie stirnrunzelnd.

»Unsinn, alles gut, ich bin fit.« Ich winke ab. »Wir feiern doch heute.«

Dann lasse ich sie einfach stehen und mache mich auf den Weg zur Bar. Ich fühle mich doch noch gut und habe keine Lust auf irgendwelche Predigten. Wirklich. Hab ich ihr etwa den Tequila verboten, als sie wegen Josh so traurig war? Nein.

Kaum habe ich mir noch einen Cocktail bestellt, stellen sich zwei Typen neben mich. Beide kommen mir bekannt vor, und mit einem Mal dämmert es mir. Der eine ist Louisas Kommilitone, von dem ich die Mappe holen sollte. Wie hieß er noch mal? Nils, oder? Der andere ist sein Halbbruder, der mit dem Modeljob, von dem die Fotos an der Wand hingen. An seinen Namen erinnere ich mich nicht mehr.

Nun hat Nils mich ebenfalls entdeckt. Kurz wirkt er irritiert, er versucht wohl ebenfalls, mein Gesicht zuzuordnen. Aber dann lächelt er. »Hey, du bist doch Elisa? Ich erinnere mich an dich. Und an deinen Abgang.« Er lächelt.

»Sorry, das war nicht so mein Tag.«

Er deutet zu seiner Begleitung. »Das hier ist mein Halbbruder Vince. Er hatte heute auch 'nen miesen Tag, deswegen muss ich ihn ablenken. Aber jetzt, wo ich dich getroffen habe, frage ich mich, ob er nicht doch allein zurechtkommt.«

Ich lächle zurück. »Na ja, ein paar Minuten schafft er es vielleicht schon allein, oder?«

Flirte ich da etwa? Ich kann nicht glauben, was ich da tue, wie viel Mut ich aufbringe – auch wenn mir bewusst ist, dass es kein echter Mut ist. Denn ich weiß, was ich immer wieder getan habe, um dieses Loch im Herzen zu stopfen. So wie damals, als ich erfuhr, dass Colin mit einer anderen geschlafen hatte: Ich bin losgezogen und noch tiefer gefallen.

»Ich denke, Vince kriegt das hin.« Er grinst, und sein Blick wandert zu meinem Dekolleté. »Weißt du denn noch, wie ich heiße?«

»Na klar, Nils«, antworte ich wie aus der Pistole geschossen.

»So ist es.« Nils' dunkle Augen funkeln mich an. »Schade, dass du damals so schnell gegangen bist, ich hätte gern noch ein bisschen Zeit mit dir verbracht.«

Ich habe es gewusst, er ist einer dieser Typen, die auf schnelle Nummern aus sind. Ich hatte ja damals schon dieses merkwürdige Gefühl im Bauch. Und gerade ist es auch wieder da, aber ich ignoriere es.

»Jetzt bin ich ja hier«, antworte ich keck. »Wollen wir 'ne Runde tanzen?«

»Hey Vince«, ruft er seinem Halbbruder zu, »ich tanze 'ne Runde mit Elisa.«

Vince sieht erst mich an, dann Nils, und in seinen Augen liegt etwas, das ich nicht verstehe. Er nimmt einen Schluck von seinem Bier. »Viel Spaß, Elisa«, sagt er, doch seine Worte klingen irgendwie nicht danach, als würde er mir wirklich Spaß wünschen.

Ich denke aber nicht weiter darüber nach, denn jetzt nimmt Nils meine Hand und zieht mich mit sich zur

Tanzfläche. Die Musik ist gut, und es dauert nicht lange, bis Nils näher kommt und seine Hand an meine Taille legt. Ich habe das Gefühl, dass er mich will. Wenn ich betrunken bin, mag ich dieses Gefühl, denn dann bin ich eine andere. Lachend bewege ich mich gegen seinen Körper, woraufhin er mich umarmt und noch enger an sich zieht. Ich schließe die Augen und bin ganz woanders.

Irgendwann öffne ich sie doch wieder – und sehe Joan. Schnell drehe ich den Kopf zur Seite.

»Du bist ganz schön gut drauf«, schiebt sich Nils' Stimme in meine Gedanken. »Das mag ich, komm mal mit.« Ehe ich mich versehe, zieht er mich von der Tanzfläche, drückt mich in einer etwas abseits gelegenen Ecke gegen die Wand und ist mir auf einmal ganz nah. Ich spüre seinen Atem an meinem Ohr.

»Ich suche unkomplizierten Spaß«, raunt er mir zu. »Bist du dafür zu haben? Jetzt?«

Jetzt?

Ich weiß absolut nicht, was ich antworten soll. »Unkompliziert ist immer gut«, sage ich nur, weil ich das Gefühl habe, dass es so einfacher ist. Keine Ahnung, was das wieder in mir ist, was da kaputt ist. Warum ich so etwas jetzt wieder tue.

»Das klingt gut.« Er zieht mich noch enger zu sich heran.

Das ist nicht richtig, Elisa, so bist du nicht!, ruft meine innere Stimme der Vernunft.

Doch eine andere flüstert: *Ach egal, lass dich heute Nacht verführen, so kannst du wenigstens vergessen.*

Sein Mund ist jetzt nur noch wenige Zentimeter von meinem entfernt. In mir kribbelt es, aber es ist ein merkwürdiges Kribbeln.

»Was meinst du, gehen wir?«, flüstert er, und seine Lippen streichen mein Ohr.

Ich will etwas erwidern, doch mit einem Mal geht alles ganz schnell. Nils wird auf die Seite gedrückt, jemand packt mich am Arm. Als ich aufsehe, blicke ich in Joans Augen.

»Hey!«, ruft Nils. »Was soll der Mist?«

»Das hier ist mein Mädchen, klar?«

Ist Joan komplett verrückt geworden, oder was?

»Dein Mädchen? Spinnst du?«, fahre ich ihn an. »Lass mich sofort los!«

Joan sieht mich mit ernster Miene an. »Ganz ehrlich, ich weiß nicht, warum du den Scheiß hier gerade machst, aber ich weiß, dass du es morgen bereuen wirst. Kapierst du das? Und jetzt komm mit!«

»Du weißt gar nichts!« Ich versuche, mich aus Joans Griff zu befreien. »Und ich bereue auch nichts. Nur weil wir zwei- oder dreimal was miteinander hatten, hast du noch lange nicht das Recht, dich hier so aufzuführen. Kapierst *du* das?«

»Was willst du eigentlich erreichen, Elisa? Dass ich gehe? Nein, das werde ich nicht tun. Und das Recht, mich so aufzuführen, habe ich vielleicht auch nicht. Aber ich mag dich. Keine Ahnung, was du hast, aber ich lasse dich bestimmt nicht mit irgendeinem notgeilen Typ ins Verderben rennen, verstanden? Und jetzt gehen wir.«

Der hat sie doch nicht alle.

»Keine Ahnung, was ich habe? Dann denk mal scharf nach. Heute im Supermarkt, du und deine Freundin und euer Kind.«

Seine Augen werden groß. »Du warst da?«

»Ja, ich war da, ich arbeite zufällig dort. Und du warst ja auch da, mitsamt deiner Familie. Mit der Frau, zu der du immer verschwindest. Ich bin vielleicht blöd, aber so blöd dann auch wieder nicht.«

»So ein Mist, du weißt nichts, verdammt. Du kommst jetzt mit.«

Ich will mich wehren, doch es gelingt mir nicht, denn mit einem Mal hebt er mich hoch und legt mich über seine Schultern.

»Joan, bist du bescheuert? Lass mich sofort runter!«

Aber er hört nicht auf mich, im Gegenteil, er trägt mich weiter durch den Club. Warum tut denn niemand was? Das muss doch mal jemandem auffallen.

Und tatsächlich, zum Glück stellt sich ihm kurz darauf ein Mitarbeiter von der Security in den Weg. »Was ist hier los?«, fragt dieser mit strengem Blick.

»Er will mich entführen«, keife ich.

Peinlicher geht es ja wohl nicht mehr.

Joan schüttelt den Kopf. »Sie ist total betrunken. Ich bringe sie heim, wir wohnen zusammen.«

»Das tun wir nicht! Du schläfst nur im Wohnzimmer, und auch da bist du nicht mehr so oft. Weil du ja bei diesem Mädchen bist. Also lass den Scheiß!«

Auf einmal stehen Louisa und Jass neben uns. »Joan, was ist hier los?«, will Louisa wissen.

»Ich bringe Elisa heim.«

»Er spinnt total. Lass mich endlich runter!« Ich strample jetzt so sehr, dass Joan nichts anderes übrig bleibt, als mich wieder auf meine Beine zu stellen.

Er streckt mir seine Hand entgegen. »Gib mir deine Garderobenkarte. Ich hole deine Jacke, dann fahren wir.«

»Du kannst hier gar nichts bestimmen, hörst du? Wie schon gesagt, nur weil wir uns zwei- oder dreimal geküsst haben, ist da nichts, kapiert?« Ich merke selbst, wie gemein ich mich gerade ihm gegenüber verhalte. Ja, er soll sehen, wie ich wirklich bin.

Louisa und Jass starren mich mit offenem Mund an, vor allem Jass, die ja von alldem gar nichts weiß. Und Joan wirkt sichtlich getroffen von den Worten, die ich ihm nun schon zum zweiten Mal um die Ohren geschlagen habe.

Dennoch kommt er nun auf mich zu und versucht, mich sanft am Arm zu fassen. »Und wie ich dir schon gesagt habe, ich lasse dich nicht ins Verderben rennen. Du kannst dich aufregen und mich beleidigen, so viel du willst, aber ich nehme dich trotzdem mit.« Er tritt noch ein Stückchen näher. »Weil ich weiß, dass du so nicht bist.«

Auf einmal schießen Tränen in meine Augen. Ich will sie zurückhalten, aber es geht nicht. »Doch, so bin ich. Keine Ahnung, ich …«

Aber Joan ignoriert mich und hält mir seine Hand hin. »Die Karte!«

»Was ist denn los?«, fragt Jass.

Jetzt bin ich wirklich überfordert. »Alles ist nur scheiße. Meine Mutter und Colin und Joan …«

»Pass auf, Liebes«, Louisa legt den Arm um mich, »lass dich jetzt von Joan heimfahren. Ist echt besser, ja?«

Ich weiß, sie hat recht, also krame ich in meiner Tasche nach der Garderobenmarke und gebe sie Joan. Nachdem ich mich von Jass und Louisa verabschiedet habe, folge ich ihm an die Garderobe, wo ich mit verschränkten Armen und total durcheinander neben ihm stehen bleibe.

Es dauert nicht lange, bis er die Jacken bekommen hat und mir meine reicht. Ich schlüpfe hinein, dann wende ich mich ohne ein Wort ab und eile nach draußen.

Was soll das alles hier? Mein Herz ist so schwer. Ich schäme mich, bin wütend, will nur noch weg.

»Elisa!«, ruft Joan mir hinterher, aber ich denke nicht daran, anzuhalten. Doch er holt mich problemlos ein. So sicher bin ich auch nicht mehr auf den Beinen. »Elisa, verdammt.« Er stellt sich vor mich hin und fasst mich an den Schultern.

»Was bildest du dir ein?«, fahre ich ihn an. In mir bahnt sich nun so vieles seinen Weg nach draußen. »Du hast kein Recht, dich einzumischen. Du Betrüger hast selbst eine am Start, und dann kommst du und spielst dich als Retter auf. Hau einfach ab. Ich habe so was von die Nase voll von dir. Und auch von meiner Mutter und diesem Arsch Colin. Was ihr alle mit meinem Herz macht, ich kann das nicht mehr ertragen, ich …«

Ich bebe nun am gesamten Körper, und all der Schmerz kommt in mir hoch. Dass ich versucht habe, mein Leben in den Griff zu bekommen, dass ich es scheinbar nie schaffe, weil ich zerrissen bin und mein Herz nicht verstehe. Dass nichts klappt, nicht das mit diesen dummen Sternen, überhaupt nichts.

»Elisa, es ist gut.« Joan will mich in den Arm nehmen, aber ich schubse ihn energisch weg.

»Fass mich nicht an!«

Doch er lässt sich nicht abhalten. »Ich bin da, okay? Und mit diesem Mädchen ist überhaupt nichts. Verstehst du das? Nichts.«

»Wo ist dann der Fehler? Was willst du von mir? Wie ich das alles hasse. Und mich, ich hasse mich!« Wütend trommle ich mit den Fäusten gegen seine Brust. Kurz lässt er es geschehen, aber dann greift er nach meinen Händen, zieht mich an sich, und ich atme seinen Duft ein, der mich ein wenig beruhigt.

Schließlich stehe ich einfach da und weine. Ja, ich weine, aber nicht allein wie sonst immer, denn Joan ist da.

Ich will nur eines

Kurze Zeit später sitzen wir in Joans Auto und fahren durch die Nacht. Ich bin erschöpft und müde und einfach nur im Eimer. Alles war zu viel, deswegen hat sich vorhin auch die ganze Wut, die sich in mir aufgestaut hatte, Luft verschafft.

Als er an einer roten Ampel anhalten muss, nimmt Joan meine Hand. »Passt perfekt in meine«, sagt er.

»Was meinst du?«

»Deine Hand.«

Augenblicklich sind da wieder diese warmen, zarten Gefühle in meinem Bauch. Wie kann er nur so liebe Dinge sagen? Erst recht jetzt, wo ich doch so gemein zu ihm war.

Als Joan irgendwann das Auto anhält und ich erkenne, wo wir sind, schlucke ich. Es ist total schön, die Stadt liegt uns zu Füßen, über uns funkeln die Sterne.

Er sieht zu mir und lächelt. »Komm, wir setzen uns aufs Auto, und dann reden wir, okay?«

»Aufs Auto?«

»Ja. Komm mit.« Er steigt aus und holt zwei Wolldecken aus dem Kofferraum. Dann öffnet er mir die Beifahrertür.

»Warum hast du denn Decken dabei?«, frage ich.

»Für den Notfall.«

»Und das hier ist ein sogenannter Notfall?«

Er schließt kurz die Augen, atmet tief ein und aus. »Elisa, ich weiß, was du jetzt wieder denkst. Aber ich mache das nicht mit jeder, hörst du? Ich hatte das schon für uns überlegt, deswegen habe ich auch die Decken dabei. Diesen Ort hier wollte ich dir neulich schon zeigen. Also kommst du?«

Ich zögere noch kurz, dann steige ich doch aus. »Da komm ich aber nicht hoch«, protestiere ich, »schon gar nicht in diesem Zustand.«

Joan grinst. Er steigt auf die Motorhaube und reicht mir seine Hand, ich lasse mich zu ihm hochziehen, und mit einem Mal sind wir uns wieder so nah.

»Komm her«, sagt er und legt die Decken um uns herum.

Schließlich sitzen wir da und blicken in den Himmel.

»Die vielen Sterne, das ist so schön«, seufze ich.

»Ich dachte, es könnte dir gefallen.«

»So viel Hoffnung hatte ich in die Sterne, aber das war einfach nur bescheuert.«

Er wendet den Kopf zu mir. »Was war denn los heute?«

»Ach, viel zu viel. Das mit dir, Colin, meiner Mama …«

»Du warst bei ihr?«

»Ja, ich sollte doch zu ihr kommen. Sie war so furchtbar, sie hasst mich.«

Joan zieht mich in seine Arme und streichelt mich.

»Und Colin hat ihr einen Brief für mich geschickt«, erzähle ich weiter.

Ich merke, wie Joans Körper sich anspannt. »Okay, was wollte er?« Seine Stimme ist leise. Ich blicke zu ihm und erkenne die Verärgerung in seinen Augen.

»Er schreibt, dass er mich noch will und dass es ihm leidtut, auch das mit den E-Mails und alles. Und dass ich zu ihm kommen soll, nach Berlin.« Ich schüttele den Kopf und schlucke die Tränen hinunter, die in mir aufkommen wollen. »Ich weiß, es ist dumm, aber kurz habe ich wirklich überlegt, ob ich mir nicht doch anhören soll, was er mir zu sagen hat.«

Joan räuspert sich, antwortet aber nichts.

»Ich hätte den Brief nie lesen dürfen«, sage ich. »Ich dachte, ich bin Colin los, aber es hat mich beschäftigt und so vieles in mir hervorgeholt. Weißt du, er wusste irgendwie immer, was er sagen muss. Im einen Moment hat er mich geküsst, im nächsten weggeschubst. Erst sagte er mir, dass alles gut ist, und gleich darauf, wie schrecklich ich doch bin und was für ein furchtbar negativer Mensch. Und heute Abend im Club wollte ich einfach alles vergessen, all diese Gefühle, die wieder hochgekommen waren. Auch wegen dir und … diesem Mädchen. Das war Mist von mir. Irgendwie neige ich dazu, in bestimmten Situationen durchzudrehen, das verstehe ich ja selbst nicht. Ich bin so schrecklich, das war ich schon immer. Wer weiß, ob ich mich jemals ändern werde. Ja, ich war eifersüchtig wegen dir und wollte dich damit ärgern. Ich kann es verstehen, wenn du mich jetzt nicht mehr sehen willst.«

»Nein, das bist du nicht. Du bist nicht schrecklich, dir hat bisher nur niemand Sicherheit gegeben. Das ist es. Und weißt du was? Ich bin noch da.« Er legt eine Hand an meine Wange. »Jemand, der dich mag, sieht dich auch in der tiefsten Dunkelheit. Du musst dich nicht dafür entschuldigen, wer du bist. Denn genau das ist der Fehler. Dass du nicht siehst, dass du liebenswert und schön bist. Du musst dich einfach selbst lieben, Elisa, sonst wirst du nie aufhören zu suchen. Verstehst du, was ich meine? Und was ich dir auch noch sagen möchte: Dieses Mädchen, mit dem du mich gesehen hast, sie ist wirklich nur eine Freundin. Ich weiß, ich hätte es dir erklären sollen, aber das war nicht so leicht.« Von einer Sekunde auf die nächste verändert sich Joans Blick. »Mein Papa ist früh gestorben, dann war ich allein mit meiner Mama und meinem Bruder.«

Sein Bruder, ich erinnere mich. Er hatte auch Panikattacken, das hat Joan ja mal erwähnt.

»Das tut mir leid«, sage ich.

»Ja, mir auch.«

»Ist dein Bruder älter oder jünger als du?«

»Er war jünger als ich.«

War? Habe ich richtig verstanden?

»*War*? Wie meinst du das?«

»Er ist tot.« Ich spüre den Schmerz und die Traurigkeit in seiner Stimme.

»Was ist passiert?«, frage ich leise.

Einen Moment lang ist es still. »Er hat sich das Leben genommen.«

Bei diesen Worten fährt es mir durch Mark und Bein, und ich bin nicht in der Lage, irgendwas zu sagen.

Er schluckt. »Weißt du, Selina, das Mädchen, sie war seine Freundin. Und der Kleine, er … er heißt ebenfalls Charly. Er ist sein Sohn.«

Damit habe ich nicht gerechnet.

»Mein Bruder wusste überhaupt nicht, dass er Papa wird«, erzählt er weiter. »Selina hat erst nach seinem Tod von der Schwangerschaft erfahren, nur drei Tage später.«

Ich sehe ihn an. »Das ist so schrecklich. Und deswegen kümmerst du dich jetzt um die beiden?«

»Ja, das bin ich meinem Bruder schuldig. Und deswegen kann Selina sich immer bei melden, zu jeder Tages- und Nachtzeit. In den letzten Wochen war es einfach etwas anstrengend. Sie ist da an so einen Typ geraten, der ihr ziemlich viel Geld abgeknöpft hat. Deswegen war sie auch damals am Abend bei mir, unten vor dem Haus. Der Kerl hat sie ziemlich ausgenutzt. Ich wollte es dir erzählen, aber …«

»Es tut mir so leid, ehrlich«, sage ich noch einmal. Ich bekomme die Worte beinahe nicht über die Lippen, weil ich damit so überfordert bin. Und weil es mir wirklich leidtut.

Das ist also Joans Geheimnis.

Ich kuschle mich an ihn, und er hält mich einfach nur fest.

»Und du hast wirklich noch nie eine Sternschnuppe gesehen?«

»Das ist ein Themenwechsel«, entgegne ich, und er lacht. »Nein, noch nie.«

»Mal angenommen, du würdest eine sehen. Was würdest du dir dann wünschen?«

Ich schlucke. Seine Lippen sind so nah.

»Jetzt gerade nur eines.«

»Ja? Was?«

Mein Herz klopft heftig. »Ich weiß auch nicht, vieles. Aber gerade möchte ich nur, dass es mit uns wieder gut ist.«

Ehe ich noch irgendwas sagen kann, neigt er schon den Kopf, kommt näher, näher, und schließlich legen sich unsere Lippen aufeinander. Es ist schön, ihn zu küssen. Diesmal ist es noch vertrauter, inniger. Bei Joan fühle ich mich geborgen, so geborgen wie schon lange nicht mehr.

Ich weiß nicht, ob ich es tun darf oder soll, aber in diesem Augenblick fühlt es sich einfach nur richtig an.

Irgendwann wird es doch kühl unter unserer Decke, und wir beschließen, nach Hause zu fahren. So oft es nur möglich ist, greift Joan während der Fahrt nach meiner Hand, das ist alles, was ich gerade will und brauche.

Als wir vor dem Haus parken, summt sein Handy. Er zieht es aus der Tasche, sieht aufs Display, und mit einem Mal verändert sich etwas in seinem Blick. Wieder ist da diese Traurigkeit, die ich schon ein paarmal bei ihm beobachtet habe.

»Ich muss da ran, Elisa, sorry.«

Wir steigen beide aus, und während ich schon mal die Haustür aufschließe, entfernt er sich ein paar Schritte. Ich bekomme nur mit, wie er immer wieder »ja« sagt, und er scheint ziemlich aufgeregt zu sein, denn er geht pausenlos auf und ab.

»Das Beste wird sein, wenn ich komme. Ich bin gleich da.« Dann legt er auf und kommt zu mir her. Sein Blick wirkt traurig und irgendwie auch genervt.

»Was ist los?«, frage ich. »Was Schlimmes?«

»Tut mir leid, ich muss noch mal los. Chaos.«

»Kann ich dir irgendwie helfen?«

Aber er schüttelt den Kopf. »Mach dir keine Gedanken. Alles ist gut, sie braucht nur meine Hilfe.«

»Kann ich nicht doch irgendwas für dich tun, dich begleiten oder so?«

»Nein, schon okay, ich möchte nicht meine Probleme zu deinen machen. Wir sehen uns dann später, ja?«

In diesem Augenblick klingelt sein Handy schon wieder. Joan hält es noch immer in der Hand, und ich erhasche einen Blick aufs Display und auf den Namen *Agnes*.

Was ist nur los? Was steckt hinter alldem?

»Gut, ich … dann bis bald«, sage ich nur noch, dann trete ich ins Haus und werfe die Tür mit einem Ruck hinter mir zu.

Für alle Zeiten festhalten

Nachdem Joan weggefahren ist, sitze ich in meinem Zimmer auf dem Bett und denke nach. Was ist das wohl, das ihn belastet? Ich weiß sehr gut, wie das ist, wenn man sich allein fühlt und diejenigen, die sich Gedanken um einen machen, wegstößt. Aber ich weiß auch, dass ich gerade nichts tun kann.

Louisa schreibt mir und fragt, ob es mir gut geht. Wie peinlich das vorhin im Club war – ich will gar nicht dran denken.

Ich schicke ihr ein Emoticon mit einem Affen, der sich die Augen zuhält, und antworte: *Es ist alles gut, ich bin daheim. Es tut mir so leid, ich schäme mich total. Morgen erzähle ich dir, was los war.*

Sie schickt mir ein Herz-Emoticon zurück. *Macht nichts, kein Grund, dich zu schämen. Hauptsache, du bist gut daheim angekommen.*

Ich wünsche ihr noch viel Spaß, dann lege ich das Handy weg, aber nur, um es gleich wieder in die Hand zu nehmen. Mich lässt das mit Joan nicht los, und ich schreibe ihm, dass er gern mit mir reden kann, wenn er möchte, und dass ich versuche, wach zu bleiben, bis er heimkommt.

Eine Weile starre ich das Handy noch an, dann lege ich es endgültig beiseite. Dieser Tag heute war einfach zu aufreibend.

Irgendwann muss ich doch eingeschlafen sein. Ich werde wach, als jemand mein Zimmer betritt. Langsam drehe ich mich um, Joan steht vor meinem Bett.

»Hey«, flüstere ich, in der Hoffnung, dass ich vom Schlafen nicht allzu schrecklichen Mundgeruch habe.

»Hey.« Er streicht über meine Wange. Seine Finger sind kalt. »Tut mir leid, dass ich vorhin so schnell wegmusste. Meinst du, ich kann mich hier vor deinem Bett auf den Boden legen?«

»Warum solltest du dich auf den Boden legen? Leg dich doch zu mir.«

Zweifelnd sieht er mich an. »Ist das wirklich in Ordnung?«

»Würde ich es sonst vorschlagen?«

Er steht auf, und ich sehe zu, wie er sich das Shirt vom Körper streift. Im fahlen Licht wirkt sein Oberkörper noch muskulöser als sonst, und ich spüre gleich wieder ein Kribbeln im Bauch. Er legt das Shirt über die Lehne meines Schreibtischstuhls, dann öffnet er seinen Gürtel und steigt aus der Jeans.

Nun kommt er näher, die Matratze senkt sich, und schließlich liegt er neben mir im Bett. Augenblicklich fühle ich die Wärme, die von ihm ausgeht, und verspüre eine unfassbare Sehnsucht, ihn zu berühren. Als ich die Decke hochhebe, rückt er noch ein Stückchen näher zu mir heran.

»Alles okay?«, frage ich leise.

»Jetzt schon.«

Er wendet den Kopf zu mir. Sein Atem streichelt mein Gesicht, seine Lippen sind so nah, dass ich sie beinahe schon auf meinen fühle. Nur einen winzig kleinen Millimeter müsste ich vorrücken, und schon würden sie sich berühren. Vorsichtig strecke ich die Hand nach Joan aus und berühre ihn am Bauch, ehe ich sie voller Sehnsucht weiter über seinen Oberkörper gleiten lasse, der sich heiß anfühlt und einfach nur gut.

Ganz zaghaft finden sich schließlich unsere Lippen. Ich spüre Joans Herzschlag gegen meine Hand pochen und lasse sie einen Moment dort liegen. Währenddessen streicht seine Hand von meiner Taille aus weiter nach oben.

»Und jetzt?«, flüstere ich.

Er lächelt. »Jetzt halte ich dich fest, und wir schlafen.«

Ich würde ihn gern noch so vieles fragen, aber dann kuschle ich mich einfach an ihn und schlafe bald ein.

Mitten in der Nacht schrecke ich auf, weil mich die Angst greift. Mein Gesicht ist von Tränen überzogen, und ich bekomme kaum Luft. Im Traum hat Colin mich gepackt, geküsst, doch wieder weggeschoben – und auf einmal war da Joan. Erst weiß ich nicht, wo ich bin, dann aber begreife ich, dass ich nicht allein bin. Joan ist hier.

»Hey, ich bin bei dir, du hast nur schlecht geträumt.« Er hält mich ganz fest und streichelt mich.

»Ich habe wirklich schlimm geträumt«, flüstere ich.

»Aber jetzt ist alles gut.« Er streicht mir über die Wangen, wischt die Tränen weg. »Träumst du oft schlecht?«

»Ja, dann erlebe ich alles, was passiert ist, noch mal. Gerade hat es sich auch wieder so echt angefühlt. Da war Colin, und alles war durcheinander. Du warst aber auch da.«

»Ich? Sicherlich, um dich zu retten.« Er lächelt und küsst meine Nase.

»Joan?«

»Ja?«

»Ich möchte auch für dich da sein. Was war denn vorhin?«, frage ich zaghaft. »Wohin musstest du wirklich? Auf dem Display stand nicht Selina, sondern der Name Agnes.«

Er atmet tief durch. »Okay, ich will ehrlich sein. Zu meiner Mama, es ging ihr nicht gut.«

Seine Mama. Damit habe ich nicht gerechnet.

»Ist sie krank?«

»Hin und wieder, aber mach dir keine Sorgen, okay? Schlaf einfach weiter.« Er zieht mich noch ein wenig enger an sich.

»Ich kann jetzt aber nicht mehr schlafen.«

Er grinst. »Oje, was können wir da tun? Warte, mir fällt was ein. Mach einfach mal die Augen zu.«

»Und dann?«

»Vertrau mir und mach sie einfach zu, ja?«

Ich schließe die Augen und spüre keine Sekunde später sanft seine Lippen auf meinen. Es ist ein zarter

Kuss, beinahe nur ein Hauch, wie der Flügelschlag eines Schmetterlings und dennoch so intensiv und tosend wie ein Sturm.

Joan beginnt, meine Arme zu streicheln, meine Schultern, schließlich meinen gesamten Oberkörper. Und ich lasse es zu. Wie gut sich das anfühlt, aber doch auch merkwürdig.

»Ich bin so froh, bei dir zu sein«, raunt er mir zu. »Dich zu streicheln, im Arm zu halten, zu küssen.« Er lässt seine Finger über meine Handgelenke wandern, und ich zucke zusammen. »Ich hab die Narben doch schon gesehen, Elisa, du brauchst dich nicht zu schämen.«

Ich nicke. »Das fällt mir nicht so leicht.«

»Glaub ich dir. Aber ich meine es ernst.« Wieder lässt er seine Fingerspitzen zart darübergleiten. »Was ist passiert?«

In mir zieht sich alles zusammen. Ich kann ihm das nicht sagen.

»Joan, ich, also … Wenn ich es dir verrate, wirst du mich für einen schrecklichen Menschen halten.«

»Das werde ich nicht, ganz sicher.«

»Okay, gut.« Ich räuspere mich ein paarmal, ehe ich zu erzählen beginne. »Weißt du, wenn Colin mich so mies behandelt hat, dann habe ich mich so sehr gehasst und verabscheut, dass ich mich selbst geschnitten habe. Immer und immer wieder.«

Joan schluckt, sagt aber nichts.

»Ich hatte das nicht geplant, aber ein Schnitt ging zu tief, ich habe so stark geblutet. Silvie, eine Freundin, kam dann hinzu, sie hat mir sehr viel geholfen und mich dann bei sich aufgenommen. Ich habe Colin geliebt, zumindest dachte ich das. Und ich habe immer versucht, es ihm recht zu machen, irgendwie. Mal lief es gut, dann auch wieder nicht. Am Anfang waren es nur Kleinigkeiten, aber mit der Zeit wurde es immer schlimmer. Er hat gelogen, viel mit anderen Mädchen geschrieben und sich auch mit ihnen getroffen. Als ich ihn fragte, ob das sein muss, meinte er, ich würde es nicht verstehen. Ich soll nicht immer so eifersüchtig sein und ihm Dinge unterstellen, denn damit würde ich ihm den Verstand rauben. Bitte versteh mich nicht falsch, ich wollte ihn nicht kontrollieren, nur das Gefühl haben, dass ich ihm trauen kann. Doch das wurde immer weniger. Es gab Momente, da wollte er mich, aber dann schob er mich wieder weg. Es war wie ein ständiger Kampf, mein Herz war so verzweifelt. Wir hatten oft Streit, auch wegen Kleinigkeiten, dann wurde er unglaublich wütend. Da waren diese kleinen, spitzen Bemerkungen, wenn ich zum Beispiel in seinen Augen nicht passend gekleidet war oder mein Make-up zu aufreizend war. Wenn wir uns unterhielten, hat er mich ständig verbessert und gesagt, ich würde mich falsch ausdrücken. Habe ich seiner Meinung nach zu laut gelacht, war da sofort dieser Blick in seinen Augen, und ich wusste, dass ich mich wieder schlecht verhalten habe. Am Anfang habe ich das noch nicht so wild gesehen, aber irgendwann fühlte ich mich in seiner Nähe immer kleiner.«

Ich halte kurz inne, um mich zu sammeln. »Dabei wollte ich gerade das. Es war wie ein Spiel. Je mehr er mich kritisiert und mir gesagt hat, was ich nicht gut mache, desto mehr wollte ich ihm zeigen, dass ich mich ändern kann. Wir haben schon miteinander geschlafen, trotzdem hat er mir immer wieder seine Nähe verweigert, aus irgendwelchen Gründen. Wenn ich nachgefragt habe, was er macht oder warum er sich nicht bei mir meldet, behauptete er sofort, ich würde ihm was unterstellen. Und irgendwann hat er mich gewürgt. Ich wollte nur bei ihm sein, doch er wollte mich nicht, dann hat er mich geschubst und …«

Nun habe ich bereits ziemliche Mühe, die Tränen zu unterdrücken. »Ich habe versucht, mich anzupassen, gut für ihn zu sein. Aber nichts, was ich tat, war gut genug. Und ich wurde immer verzweifelter. Dann, an diesem einen Abend, sollte ich ein Bild aufhängen. Natürlich hatte er wieder was an mir auszusetzen, ich hatte es angeblich an einem falschen Ort aufgehängt. Dabei weiß ich genau, dass es der Platz war, den er mir zuvor gezeigt hatte. Ich dachte, ich verliere den Verstand. Er hat mich geschüttelt und mich angeschrien, dass er mich nicht mehr sehen könne, ich sei irre und zu bescheuert, um ein Bild richtig aufzuhängen. Schließlich ist er gegangen, und ich stand in der Wohnung vor dem Spiegel. Ich war so am Ende, wollte nur noch verschwinden. Und dann habe ich den Spiegel zerstört, ich habe einen Stuhl dagegengeworfen, und alles war kaputt. Tausend Scherben. Eine davon habe ich in die Hand genommen und mich damit aufgeschnitten. Erst nur leicht, dann stärker, ich war so verzweifelt und … Aber ich hatte ihm doch nichts getan, ich wollte nur, dass er mich sieht.«

Die Tränen laufen mir jetzt doch über die Wangen. Schon wieder. Schnell wische ich sie weg. »Ich wollte doch nur, dass er mich sieht«, flüstere ich noch einmal, während der Schmerz mich mit voller Wucht trifft.

Joan streckt die Hand aus und streicht mir zärtlich über das Gesicht. »Ich sehe dich, Elisa, und auch so viele andere Menschen sehen, wie unglaublich und wunderbar du bist.«

Erneut zieht er mich an sich und hält mich fest, doch mit einem Mal ist das Kribbeln zwischen uns ein anderes geworden. Ich möchte nicht mehr, dass wir uns nur halten, ich will ihn küssen – und noch viel mehr.

Meine Hände fahren am Rand seiner Shorts entlang und dann von unten nach oben über seine muskulöse Brust. Währenddessen tasten nun auch seine Hände unter mein Shirt und über meine Seiten. Ich atme heftig, spüre die Hitze, die von seinem Körper ausgeht.

Seufzend schließe ich die Augen und lasse mich fallen. Ich halte mich an seinen Schultern fest, kralle mich in seine Haare, während er mit den Händen weiter meinen Körper erkundet und meine Haut in Brand setzt. Er streift mir das Shirt über den Kopf und küsst mich, ehe seine Lippen abwärts bis zu meinen Brustwarzen gleiten. Als er sie mit dem Mund umschließt und sie sanft mit der Zunge neckt, stöhne ich auf.

»Ich will dich spüren, Joan«, sage ich leise. Schon fühle ich ein drängendes Ziehen in meinem Unterleib, und so beginne ich, den Stoff seiner Shorts nach unten zu schieben. Er hilft mir dabei, sie ihm auszuziehen. Mein Herz rast, und alles in mir sehnt sich danach, ihm noch näher zu sein. Als ich seine Härte umfasse und ihn streichle, zieht er scharf den Atem ein. Alles in mir will ihn.

Schließlich dreht er sich auf mich, und ich spüre seinen Körper auf meinem, begegne seinen Augen, die im dämmrigen Licht schwarz aussehen.

»Bleib liegen«, flüstert er, bevor er sich über meinen Körper nach unten küsst. Hitze flutet mich, als ich seine Lippen an der Innenseite meiner Oberschenkel spüre.

Irgendwann suchen sich Joans sanfte Küsse wieder ihren Weg nach oben, bis sie meinen Hals erreichen. Mein Kopf summt, mein Herz flattert, in meinem Bauch kribbelt es, und mein Schoß zieht sich voller Verlangen zusammen. Ich sehne mich so sehr nach ihm - und doch ist da auch Angst. Seit Colin habe ich mit keinem Mann mehr geschlafen.

Joan schiebt sich über mich. Sein Gewicht auf mir zu spüren ist ... gut. Ich muss daran denken, wie es mit Colin war, wie er mich immer gepackt hat. Anfangs war es schon auch gut, aber manchmal habe ich mich schlecht gefühlt. Doch das hier mit Joan ist ganz anders.

Er küsst meinen Nacken, mein Ohr, und ich ziehe ihn an mich. Meine Hände wandern über seine Haut, während er mich weiter küsst, erst mein Schlüsselbein, dann meine Brüste. Ich seufze, als er darüberstreicht und mit seinen Lippen abermals sanft daran zieht. Ein Schauer wandert durch mich hindurch. Ich will ihn so sehr. Mein ganzer Körper fühlt sich zu ihm hingezogen, wie ein Magnet.

Er küsst mich weiter, gleitet tiefer, zum Rand meines Slips. Sein Finger streicht sanft über den Stoff. Die Hitze, die ich jetzt spüre, ist noch heftiger, und ich weiß nicht, was passiert, wenn das so weitergeht.

Langsam, Stück für Stück, zieht er mir den Slip von den Beinen. Ein unglaubliches Gefühl zieht durch mich hindurch, warm und heiß und kribbelnd.

»Alles okay?«, flüstert er.

»Ja, mehr als okay.«

Seine Augen sind mit meinen verwoben, als sein Finger nun über meine empfindliche Stelle streicht. Diese Berührung ist anders, sanft und doch mit ein wenig Druck, nicht grob oder mechanisch. Ein Gefühl, das mich so glücklich macht.

Mehr als das.

Es fühlt sich einfach nur gut an, und als er jetzt wieder seine Lippen über meinen Bauch tiefer wandern lässt und schließlich erneut die Innenseiten meiner Oberschenkel küsst, kann ich es kaum erwarten, ihn noch mehr zu spüren.

Und Joan gibt mir, wonach ich mich sehne. Als sein Mund auf meine Mitte trifft, keuche ich auf. Ich kralle mich in das Laken, mein Herz rast, so sehr entfacht er die Hitze in meinem Unterleib. Er bringt mich zum Brennen, ein Gefühl, das ich so nicht kenne. Ich schließe die Augen und höre mein Herz, das er gerade mit jedem weiteren tiefen Kuss zur Höchstleistung treibt. Dieses Gefühl lässt alles in meinem Inneren zersplittern.

Nun küsst Joan sich wieder zu mir nach oben, und ich ziehe ihn noch enger an mich. »Du machst mich wahnsinnig«, keucht er gegen meine Lippen, als ich seine Erregung ertaste. Ich will und kann jetzt nicht länger warten.

Joan scheint es ähnlich zu gehen, denn er richtet sich ein wenig auf, greift nach seiner Hose und zieht ein Kondom heraus. Nachdem er es sich übergestreift hat, legt er sich zwischen meine Beine und sieht mich an. Sein Blick ist fragend, doch ich will ihn so sehr, jetzt und hier. Als Antwort küsse ich ihn, eindringlich und voller Verlangen. Dabei schiebt er sich langsam in mich und beginnt, sich vorsichtig in mir zu bewegen.

Ich schlinge die Beine um seine Hüften, woraufhin er sich immer heftiger gegen mein Becken drängt. Er berührt Stellen in mir, von denen ich nicht geglaubt habe, sie jemals spüren zu können. Es ist ein Geben und Nehmen.

Mit jeder weiteren Bewegung und jedem Kuss wird die Hitze in mir stärker. Ich fühle nur noch, alles andere vergesse ich. Als er weiter in mich stößt, presst er seine Lippen auf meine. Wir sind uns so nah, als wären wir nur ein einziger Mensch, ineinander verschmolzen, als sollte es immer so sein. Dass es so intensiv sein kann, habe ich nicht für möglich gehalten. Ich halte mich an ihm fest, an seiner Haut, in seinen Haaren, alles dreht sich immer schneller, bis ich irgendwann ganz woanders bin.

Ein letztes Mal keucht Joan gegen meinen Mund, dann sacken wir beide zusammen und liegen einfach nur da. Wir halten und streicheln uns, und der Moment ist so schön, dass ich ihn am liebsten für alle Zeiten festhalten würde.

Man schließt im Kopf ab

»Hey«, flüstert Joan gegen meinen Mund, und als ich die Augen öffne, ist er bereits angezogen.

»Wie spät ist es?«

»Halb neun.« Er drückt mir einen Kuss auf die Lippen. »Ich würde gern noch bei dir bleiben, aber ich muss was erledigen, wegen meiner neuen Wohnung.«

»Jetzt?«

»Ja. Aber wir sehen uns später, okay?«

»Ist vielleicht auch besser so«, überlege ich. »Nicht dass Louisa noch mitkriegt, dass du aus meinen Zimmer kommst.«

Er grinst. »Na ja, wenn sie nicht taub ist, hat sie sowieso was mitbekommen.«

»Meinst du?« Ich spüre, wie meine Wangen warm werden.

»Kann gut sein. Ich hab übrigens die Sterne eingesammelt und wieder ins Glas gelegt.«

Die Sterne, stimmt, ich habe gar nicht mehr daran gedacht, wie wütend ich war. »Danke, ich … mich hat das nur noch genervt. Das mit den Sternen ist der totale Quatsch.«

»Das finde ich nicht«, entgegnet er. »Du solltest es nur besser angehen.«

»Ach ja? Wie denn?«

»Indem du dir nicht zwanghaft zum Ziel setzt, die Momente zu vergolden und damit etwas rückgängig zu machen, sondern indem du die schönen Momente einfach sammelst und aus den dunklen lernst. Und da bist du doch schon auf dem besten Weg.« Er lächelt. »Also, bis nachher.«

Er kommt noch einmal zu mir her und drückt mir einen letzten Kuss auf den Mund, dann verlässt er den Raum.

Was war das für eine Nacht. Ob Louisa wirklich was mitbekommen hat?

Und hat Joan mit dem, was er über die Sterne gesagt hat, vielleicht doch nicht ganz unrecht?

»Guten Morgen.«

Als ich etwas später die Küche betrete, sitzt Louisa am Tisch, vor sich eine Tasse Kaffee, und grinst mich an. »Ich habe eben schon Joan einen guten Morgen gewünscht. Jedenfalls scheint mir, als hättet ihr Spaß gehabt.«

Jetzt werde ich sicher knallrot. Um meine Verlegenheit zu verbergen, mache ich mich an der Kaffeemaschine zu schaffen.

»Dann habt ihr euch also vertragen?«, hakt sie nach.

»Ja, irgendwie schon.«

»Das freut mich, ehrlich.«

»Tut mir leid, ich war gestern einfach fertig.«

»Als ob ich das nicht auch von mir selbst kenne.« Louisa lächelt. »Was war denn jetzt mit Joan? Hat sich alles geklärt?«

»Ja, das Mädchen ist die Freundin seines Bruders, und es ist dessen Kind. Joan hilft ihr, wenn sie Probleme hat.«

»Und wo ist dann der Bruder?«

Ich atme tief durch. »Er … du darfst das niemandem weitersagen, okay? Er ist … er hat sich umgebracht.«

Ihre Augen weiten sich. »Echt? Das ist wirklich schlimm.«

»Auf jeden Fall. Joan hat ziemlich daran zu knabbern. Und seine Mama ist wohl auch krank, aber ich weiß noch nicht alles.«

»Und Colin? Du hast gesagt, er will dich wieder zurück.«

»Ja.« Ich schlucke.

»Elisa!« Sie hebt den Zeigefinger. »Du denkst doch nicht etwa darüber nach?«

»Nein, ich weiß doch, wie es war. Und … ich mag Joan. Es ist nur merkwürdig.«

»Du denkst doch darüber nach, verdammt. Er hat deine Bilder als seine ausgegeben, genügt das nicht? Also schreib ihm, dass die Sache ernst ist.«

Als ich wieder in meinem Zimmer bin, setze ich mich an den Computer und verfasse eine E-Mail an Colin. Ich schreibe ihm, dass ich ihn nicht sehen will und das mit den Bildern geklärt haben möchte. Nachdem ich auf *Senden* geklickt habe, lege ich mich aufs Bett.

Keine fünf Minuten später bekomme ich eine Nachricht.

Colin: *Schreiben wir über WhatsApp? Geht einfacher.*

Im Anhang schickt er mir seine Handynummer, anscheinend hat er eine neue. Erst zögere ich, aber dann speichere ich sie ein. Sein Profilbild ist noch das Gleiche. Er lächelt darauf, so wie immer.

Schon kommt wieder eine Nachricht von ihm: *Was machst du gerade?*

Ich: *Ich schreibe mit dir.*

Er schickt mir ein Smiley. *Wie war dein Tag gestern?*

Ich: *Ganz okay. Und deiner?*

Verdammter Smalltalk. Ich sollte mich nicht darauf einlassen.

Colin, es geht um die Bilder!

Colin: *Weißt du, ich mag sie sehr, und ich hab es vermisst, mit dir zu schreiben.*

Ich weiß, es ist bescheuert, dennoch kribbelt es in meinem Bauch.

Ich: *Du magst meine Bilder?*

Colin: *Ja, deswegen wollte ich sie ja nutzen. Aber es geht mir nicht nur darum, sondern auch um dich.*

Tatsächlich? Es geht ihm auch um mich?

Und dann tue ich das, was ich nicht tun sollte: Ich frage ihn, warum.

»Leute, ich habe so tolle Neuigkeiten. Wir fahren alle zu diesem Festival nach Berlin!«

Es ist Freitag. Joan und ich sitzen zusammen mit Kale und Jass im *Café Alex*, als Louisa hereinstürmt und uns bunt bedruckte Eintrittskarten unter die Nase hält. Sie hat uns hierherbestellt, weil sie angeblich eine große Überraschung für uns hat.

»Ich habe die Karten durch meine Studienkollegin bekommen. Ihr wisst schon, sie arbeitet doch bei diesem Radiosender. Was sagt ihr, ist das nicht der Hammer? Wir müssen nur ein paar Storys für den Sender drehen, das ist alles. Ich hab auch schon günstige Hotels rausgesucht.«

Völlig perplex sehen wir einander an. Jass ist die Erste, die ihre Sprache wiederfindet. »Ist das dein Ernst? Du echt Karten für das Break Beatz Festival in Berlin organisiert?«

»Oh ja, das habe ich.«

»Das ist total super, da wollte ich schon immer mal hin.« Jass beugt sich zu Kale und strahlt ihn an. »Da sind wir dabei, oder?«

»Nun, ich kann ja schlecht Nein sagen, wenn ich so lieb gebeten werde. Wann ist das denn?«

»Nächstes Wochenende schon«, antwortet Louisa aufgeregt. »Und, was sagt ihr? Geht das bei euch? Elisa?«

In ihrem Blick erkenne ich viele Fragen. Sie weiß, was in Berlin vorgefallen ist. Deswegen will ich auch nicht dahin. Dort ist Colin, mit dem ich wieder ab und zu schreibe. Er sagt mir viel Nettes. Ich weiß zwar, dass es falsch ist, weil ich Joan habe. Aber irgendwie möchte ich die Sache mit Colin klären.

Ich sehe zu Joan, er lächelt mir zu. *Was du da machst, ist nicht gut,* sagt mir meine innere Stimme. Das ist aber nicht so leicht, ich muss es klären. Und Berlin, das wäre doch die Gelegenheit.

Ja, das ist es. Ich wollte eigentlich nicht mehr nach Berlin, aber jetzt ergibt sich eine Möglichkeit, um Colin zumindest mal zu fragen.

Und so blicke ich in die Runde. »Ja, warum nicht? Dann fahren wir nach Berlin.«

»Eine Agentur? Du willst unser Manuskript an eine Agentur schicken?« Ich sitze mit Louisa in unserer Küche beim Nachmittagskaffee und verschlucke mich jetzt beinahe an meinem Schokocroissant.

Sie lächelt. »Ich denke, es hat gute Chancen. Vielleicht sagt die Agentur ja, dass sie das Buch vermitteln will, was doch richtig genial wäre, oder?«

»Meinst du wirklich?«

»Klar, und ich meine auch, dass du endlich eine Bewerbung abschicken solltest. Ich hab dir doch erzählt, dass diese eine Werbeagentur einen Azubi sucht. Hast du dir den Link, den ich dir geschickt habe, schon angeschaut?«

Ich nicke. »Ja, das sieht schon echt gut aus. Aber warum sollten die ausgerechnet mich nehmen?«

»Elisa! Was ist das für eine Einstellung? Du denkst darüber nicht nach, denn die Frage stellt sich gar nicht.«

»Redet ihr über die Bewerbung?« Joan hat die Küche betreten und drückt mir einen sanften Kuss auf die Lippen. Vor Louisa können wir es wagen, sie ist die Einzige, die weiß, dass bei Joan und mir gerade etwas

Zartes entsteht. Und auch wenn ich mich erst etwas geschämt habe, vor Louisa Zärtlichkeiten auszutauschen, ist es doch auch schön.

»Ich finde, Elisa sollte sich bei dieser Agentur bewerben, aber sie glaubt, dass sie eh nicht genommen wird«, berichtet Louisa, während ich noch immer in dem Gefühl des Kusses gefangen bin. Wie selbstverständlich Joan mich küsst, einfach so.

Er streicht mir über die Wange. »Du musst dich doch eher fragen, warum sie dich nicht nehmen sollten.«

»Na ja, das ist nicht so einfach. Ich mag es zu zeichnen, eine tolle Begründung. Irgendwie wirkt das alles zu leicht.«

»Weil es leicht ist«, wendet Louisa ein. »Aber ich muss jetzt leider los. Ihr beiden, macht nichts zusammen, was ich nicht auch tun würde.« Sie grinst und wackelt dabei gespielt streng mit dem Zeigefinger.

Nachdem sie gegangen ist, nimmt Joan meine Hand und führt mich ins Wohnzimmer. Dort legt er sich mit mir aufs Sofa und hält mich fest. Ich fühle mich wohl, so unglaublich wohl. Aber ist das nicht auch zu einfach?

Mit einem Mal bekomme ich ein schlechtes Gewissen. Ich habe in den letzten Tagen immer mal wieder mit Colin geschrieben und ihm auch von unserem Ausflug nach Berlin erzählt. Er hat vorgeschlagen, dass wir uns treffen. Aber was wird Joan davon halten?

Soll ich es ihm erzählen? Ich möchte ihn nicht anlügen.

»Joan, ich … ich muss dir was sagen.«

»Ja?«

Ich weiß nicht, wie ich das jetzt ausdrücken soll, aber ich versuche es. »Es ist wegen Berlin und Colin. Ich wollte ihn dort treffen, über die Sache mit den Bildern reden.«

Er sieht mich fragend an. »Warum?«

»Weil ich denke, dass es gut wäre. Ich muss das einfach klären.«

»Aber wieso musst du ihn dafür sehen?«

»Na ja, von Angesicht zu Angesicht lässt es sich vielleicht besser besprechen.«

Er zieht die Stirn kraus. »Das tut dir nicht gut, Elisa, also mach das nicht.«

»Warum? Ich schaffe das schon.«

»Colin war absolut nicht gut zu dir. Weshalb also solltest du ihn sehen wollen? Nach allem, was war und was du mir über ihn erzählt hast.«

»Ich will eben abschließen«, beharre ich.

»Man schließt im Kopf ab, nicht dadurch, dass man jemanden noch mal sieht. Und du musst dir nichts beweisen.«

Ich brauche Rat, dringend, also wähle ich Silvies Nummer. Als sie rangeht, bin ich erleichtert und erzähle ihr gleich alles.

»Du darfst Colin nicht sehen, du weißt das«, sagt sie, als ich geendet habe.

Ich seufze. »Natürlich weiß ich das, aber auf der anderen Seite würde ich ihn schon gern sehen. Zumindest mit ihm reden, über die Situation, wie sie war.«

»Elisa, da ist ein Junge, der dich mag, und du denkst an Colin, der nie was für dich übrig hatte. Der dir jetzt nur wieder zeigen will, dass er dich in der Hand hat. Du bist schon so weit gekommen, geh jetzt nicht wieder rückwärts. Du leidest doch noch immer unter dem, was er mit dir gemacht hat, dass er deinen Selbstwert zerstört hat. Wenn du das nicht erkennst, wird es immer so weitergehen.«

»Ich bin … ich krieg das hin, ich meine, er …«

»Joan ist ein guter Mensch und du auch. Ich bitte dich darum. Hab Respekt vor dir selbst.«

Jede Veränderung beginnt bei dir selbst.
Wenn du das verstehst, beginnt etwas Neues.
Manchmal fallen uns Veränderungen zwar schwer,
aber das gehört dazu.
Denn jede Seite im Buch deines Lebens
macht deine Geschichte komplett.

Diese Zweifel

Berlin lebt und bebt, und wir sind mittendrin – mitsamt unserem Gepäck. Wir sind mit zwei Autos gefahren: mit Joan und mit Kale. Die Fahrt war lustig, wir haben viel gelacht, dennoch bedrückt es mich auch, wieder hier zu sein.

»Wir alle zusammen auf einem Ausflug, das ist so cool«, ruft Jass und hakt sich bei Kale unter, der sie amüsiert ansieht. Egal, wie kühl und unnahbar er oft wirkt, man merkt, dass er Jass wirklich liebt.

Zufällig fange ich einen Blick von Joan ein, er lächelt mir zu, und ich lächle zurück.

»Da ist unser Hotel«, sagt Louisa, nachdem wir vom Parkhaus ein kurzes Stück zu Fuß gegangen sind. Ein *Motel One,* nicht weit entfernt von dem Gelände, auf dem das Festival stattfindet.

An der Rezeption bleiben wir erst mal alle stehen. Louisa ergreift das Wort. »Hallo, wir haben reserviert auf den Namen Körner.«

Die Frau hinter dem Tresen tippt etwas in ihren Computer ein. »Vier Zimmer - drei Doppel- und ein Einzelzimmer.«

Louisa nickt. »So ist es.«

Schließlich checken wir ein und verteilen die Zimmer. Nur Joans Zimmer liegt auf dem gleichen Flur wie das von Louisa und mir, während die anderen eine Etage höher untergebracht sind.

Nachdem ich meine Sachen ausgepackt habe, trete ich ans Fenster und blicke hinunter auf die Straße, wo sich bereits eine Menge Festivalbesucher in bunten und kreativen Outfits tummeln.

Viele Gedanken kreisen in meinem Kopf, unter anderem die Tatsache, dass Colin hier in der Stadt lebt. Ich weiß, es ist bescheuert, aber irgendwie kommt der Drang, ihn zu sehen, immer wieder. Weil ich wissen will, ob ich noch was für ihn empfinde. Und weil ich irgendwie das Gefühl habe, noch etwas mit ihm klären zu müssen.

Die Sterne, die Momente - ich denke an so vieles. Ich möchte die Menschen um mich herum auch nicht enttäuschen. Und Colin, vielleicht habe ich ihm ja wirklich unrecht getan?

In diesem Augenblick kommt Louisa aus dem Bad und unterbricht mein Gedankenkarussell. »Bereit? Dann lass uns gehen.«

Ich hätte nie gedacht, dass ich mich auf dem Festival so wohlfühlen würde. Wir tanzen zur Musik, machen eine Menge Fotos und Videos, essen, trinken, reden und haben Spaß. Ich merke gar nicht, wie rasch die Zeit vergeht.

Ich tanze mit Joan, wir albern herum, und ich denke mir nichts dabei. Zum ersten Mal seit langer, langer

Zeit sind meine Gedanken einfach ausgeschaltet. Zumindest für eine Weile, denn irgendwann ziehe ich mich zurück, um mir was an der Bar zu holen, während die anderen noch weitertanzen.

Ich nutze die Gelegenheit und hole mein Handy hervor. Darauf ist eine Nachricht von Colin. Schon wieder. Was nun?

Wann sehen wir uns? Klappt es? Wie wäre es morgen? Komm schon, Elisa.

In mir zieht sich alles zusammen. Kann ich das wirklich machen?

Ich weiß, ich muss es tun, denn ich will einiges klären. Schließlich antworte ich ihm, dass wir uns morgen auf dem Festivalgelände treffen könnten, am besten ein wenig abseits. Vielleicht so gegen fünfzehn Uhr?

Kaum habe ich die Nachricht abgeschickt, als ich Joans Stimme höre. »Hey.«

Ich zucke zusammen und packe das Handy schnell weg. »Hey. Hast du mich gesucht?«

»Ja, ich dachte, ich hole mir auch was zu trinken.« Er kneift die Augen zusammen. »Ist bei dir alles gut?«

»Klar, alles wunderbar.«

Doch er mustert mich noch immer. Ob er mich durchschaut? Ich weiß es nicht, zumindest sagt er nichts weiter, und ich nehme mir vor, ihm möglichst keinen Anlass mehr für irgendwelche Vermutungen zu geben.

Schließlich gehen wir zurück zu den anderen. Wir feiern, tanzen, aber irgendwas zwischen Joan und mir ist auf einmal anders geworden. Ich spüre es genau – oder bilde ich es mir nur ein?

Um zwei Uhr in der Nacht ist das Musikprogramm zu Ende, und wir beschließen, noch auf einen Absacker in die Bar direkt neben dem Hotel zu gehen. Erst fühle ich mich noch richtig aufgedreht vom Feiern und Tanzen, doch als ich dann mit den anderen dasitze und allmählich zur Ruhe komme, spüre ich doch auch, dass es schon mitten in der Nacht ist. Und das Bier, das ich getrunken habe, tut sein Übriges.

Irgendwann streckt Louisa sich und gähnt ausgiebig. »Ich glaube, ich mache mich jetzt mal auf ins Bett«, sagt sie.

Auch Kale, Jass und die anderen brechen auf, nur Joan und ich bleiben sitzen. Es ist wie eine stumme Übereinkunft zwischen uns beiden. Denn wir wissen, dass wir dann noch etwas mehr Zeit zusammen haben.

Doch irgendwie ist die Stimmung zwischen uns noch immer merkwürdig, und es dauert nicht lange, bis Joan ebenfalls aufsteht. »Ich werde dann auch mal schlafen gehen. Es war ein langer Tag.«

Während wir mit dem Aufzug nach oben fahren, spricht keiner von uns ein Wort. Vor Joans Zimmertür bleiben wir stehen.

»Wollen wir in dein Zimmer?«, frage ich leise.

»Das würde ich gern, aber …« Er senkt den Blick. Irgendwas hat er auf dem Herzen, das habe ich schon die ganze Zeit gespürt. Nun nimmt er meine Hand.

»Wir wissen noch nicht, was das mit uns wird, das ist mir klar. Aber Tatsache ist, ich mag dich, Elisa. Wir mögen uns. Auch wenn es ein Hin und Her war. Du hast Dinge erlebt, die nicht schön waren, hast Unmengen von Zweifeln in dir. Ich verstehe das alles, glaub mir.«

Ich nicke. Worauf will er denn hinaus?

»Magst du das mit uns?«, fragt er jetzt. »Wenn wir Zeit zusammen verbringen?«

»Ja klar, warum denn nicht?«

»Okay, dann verstehe ich eines nicht.« Er sieht mich an. »Wieso willst du dich dann mit Colin treffen?«

In dem Moment, als er die Frage ausspricht, spüre ich einen heftigen Druck im Bauch. »Ich …« Was soll ich jetzt sagen? »Keine Ahnung, es hat sich so ergeben, wir … Woher weißt du das überhaupt? Hast du mir nachspioniert?«

Er schüttelt den Kopf. »Ich habe es nur gelesen, okay? Als ich zu dir an die Bar gekommen bin. Elisa, ich frage dich noch mal: Warum?«

»Ich … Es ist, wie ich dir gesagt habe, ich will abschließen und das klären.«

»Was soll es denn da zu klären geben? Er war schlecht zu dir, gemein. Und du willst ihn noch immer sehen? Du verstehst es nicht. Denk mal an die Sterne. Was passiert ist, ist Vergangenheit. Du sollst die schlechten Momente loslassen, genau das ist es, was zählt. Erst dann kannst du das genießen, was vor deinen Augen ist, das du aber nicht siehst. Ich hab dir gesagt, wie viel du mir bedeutest, doch ich weiß absolut nicht, was in deinem Kopf vor sich geht. Und deswegen …«

»Es gibt noch ein paar Sachen zu klären«, verteidige ich mich. »Das ist wichtig und …«

»Du hast mir mal erzählt, dass er immer wieder versucht hat, dich weichzukriegen. Aber jetzt musst du loslassen, ein für alle Mal. Wenn du das nicht kannst, geht alles kaputt, auch das, was mit uns beiden vielleicht noch werden kann. Du musst entscheiden, was du willst, wie die Geschichte weitergeht.«

Ich merke, wie ich mich am ganzen Körper verkrampfe. »Wir haben doch gesagt, wir schauen erst mal ganz locker, und du übertreibst gleich. Es ist doch wichtig, mit Colin zu reden, alles zu klären, um die Vergangenheit loszulassen. Wie soll ich sonst mit ihm abschließen, mit dem, was war?«

»Man schließt im Kopf ab, das hab ich dir ja schon gesagt. Aber das hast du wohl noch nicht getan. Vielleicht sollten wir es einfach sein lassen. Wenn du dich mit ihm triffst, ist das nicht gut für dich und auch nicht für mich. Weil ich mir Sorgen mache und es nicht mit ansehen kann.«

Ein paar Sekunden lang schaue ich ihn nur an, dann schüttele ich den Kopf. »Du hast kein Recht, mir Vorschriften zu machen, Joan.«

Ohne eine Reaktion von ihm abzuwarten, wende ich mich einfach ab und gehe.

Jetzt bin ich frei

»Guten Morgen.«

Als ich am nächsten Morgen die Augen öffne, blicke ich direkt in Louisas Gesicht. Ich habe schlecht geschlafen in dieser Nacht und viel nachgedacht. Über das, was Joan gestern noch gesagt hat, über die ganze Situation und warum ich mich mit Colin treffen möchte.

Es ist Unsinn, das weiß ich sehr wohl, trotzdem treibt es mich dorthin. Warum? Was will ich mir damit beweisen? Dass ich über ihn hinweg bin - oder hoffe ich insgeheim, dass er mich doch noch will? Und warum war ich so gemein zu Joan?

»Alles okay?«, will sie wissen.

Ich zucke zusammen. »Ja«, antworte ich nur. Ich möchte ihr nichts erzählen, vor allem nicht, dass ich mich mit Colin treffen werde, denn dann würde sie mich garantiert für bescheuert halten.

»Ist bei dir und Joan alles wieder gut?«, hakt sie nach.

Jetzt hat sie meine Aufmerksamkeit. »Wie meinst du das?«

»Ich weiß auch nicht. Gestern wirkte es so, als wäre da eine Spannung zwischen euch.«

Ich schlucke. »Ich denke, das mit uns ist vorbei. Was auch immer es war. Oder es geht nicht weiter.«

»Warum?«

»Keine Ahnung, es geht alles zu schnell, und ich kann das einfach nicht.«

»Steckt denn noch was anderes dahinter?«

Ich muss gestehen, sie kennt mich bereits ziemlich gut. »Nein, alles gut, wirklich«, bekräftige ich und versuche, dabei möglichst glaubhaft zu klingen.

Plötzlich verändert sich ihr Blick, und schon im nächsten Moment feuert sie ein Kissen nach mir.

»Hey, was soll das?«, rufe ich.

»Lüg nicht, Elisa! Du willst diesen Idioten Colin treffen. Warum?«

»Hat Joan das gleich mal an die große Glocke gehängt?«

Louisas Augen bohren sich nun beinahe in mich hinein. »Nein, das hat er nicht.«

Aber wie kommt sie dann darauf?

»Mal ehrlich, ich bin doch nicht von gestern«, erklärt sie. »Außerdem lag dein Handy mal da, als du duschen warst, und da habe ich gesehen, dass er dir schreibt. Angeblich vermisst er dich und liebt dich noch immer. Du glaubst das ernsthaft? Du lässt dich von so was ködern? Sei nicht so dumm, Elisa. Sei dir selbst was wert.«

»Was willst du mir damit sagen?«

»Ich will dir eines sagen: Joan ist ein guter Kerl, dir ging es gut, du blühst gerade auf. Aber wenn du jetzt das alles aufs Spiel setzt, weil du glaubst, irgendwem was beweisen zu müssen, machst du einen verdammt großen Fehler.«

Innerlich zucke ich zusammen, versuche jedoch, mir nichts anmerken zu lassen. »Ich will niemandem etwas beweisen.«

»Ja? Warum triffst du dich dann mit ihm? Glaubst du, er mag dich wirklich und hat sich am Ende geändert? Glaubst du so was? Dann bist du echt bescheuert. Joan mag dich wirklich, und er hält was von dir. Dieser Colin hingegen nicht. Und du scheinst ehrlich gesagt auch nicht allzu viel von dir selbst zu halten, wenn du das nötig hast.«

Ihre Worte treffen mich, und ich werde nun doch ein wenig ungehalten. »Was ist denn nur los? Warum schauen alle auf mein Handy?«

Sie zuckt mit den Schultern. »Vielleicht, weil wir uns Gedanken um dich machen.«

»Das müsst ihr aber nicht. Alles ist wunderbar, okay? Ich mach das schon.«

Ohne ein weiteres Wort rausche ich an ihr vorbei ins Bad, um mich fertig zu machen. Sie wissen ja alle gar nichts.

Vor dem Spiegel bleibe ich stehen und betrachte mich. Ja, ich sehe mich, aber irgendwie auch nicht. Ich will nur hören, was er mir sagt.

Ist es nur das, fragt die Stimme in meinem Kopf, *oder hoffst du vielleicht doch auf irgendwas?*

Nein. Es ist doch wichtig, mit Colin zu reden, alles zu klären. Wie soll ich sonst mit ihm abschließen, mit dem, was war?

Man schließt im Kopf ab. Ich höre Joans Worte in meinen Gedanken, doch ich dränge sie beiseite. Wie ich das mache, muss er schon mir selbst überlassen.

Eigentlich sollte es locker und leicht sein, aber man merkt die Spannung – nicht nur zwischen Louisa und mir, sondern auch zwischen Joan und mir. Auch wenn wir uns alle bemühen, ist es dennoch merkwürdig. Ich weiß nicht, ob Jass es merkt, denn sie ist zu sehr mit Kale beschäftigt.

Irgendwie macht sich nun immer mehr Erleichterung in mir breit, dass ich mich um drei Uhr mit Colin treffe. In gewisser Weise freue ich mich sogar ein wenig darauf, auch wenn es natürlich bescheuert ist. Ja, ich weiß, was war, ich habe Berlin deswegen verlassen. Ich wollte neu anfangen, und das habe ich auch getan. Um abzuschließen, ist es aber doch wichtig, ihn noch mal zu sehen, oder? Um es zu verstehen.

Ich rede es mir schön, das merke ich gerade. Und ich verärgere mit meinem Verhalten meine Freunde, Louisa und Joan. Dabei möchte ich das doch gar nicht. Das mit Joan und mir ist frisch und schön. Warum tue ich das mit Colin dann überhaupt? Will ich wirklich nur irgendwas beweisen?

Ich sehe zu Joan, der genau in diesem Moment in seine Tasche greift und sein Handy herauszieht. Er blickt auf das Display, und sofort weiß ich, dass etwas anders ist. Sein Blick ist derselbe wie neulich nachts vorm Haus, als er diesen Anruf bekam.

Er sagt, ich soll keine Geheimnisse haben? Dabei hat er doch selbst gefühlt Hunderte. Was ist das, mit dem *er* nicht abgeschlossen hat?

Mit zusammengekniffenen Augen sehe ich ihm nach, wie er sich von uns entfernt und in der Menge verschwindet. Ich blicke auf die Uhr, es ist Viertel vor drei. Zeit für mein Treffen mit Colin. »Ich bin auch gleich wieder da«, sage ich zu den anderen, dann mache ich mich auf den Weg zu dem Treffpunkt, den ich mit Colin vereinbart habe.

Etwas abseits in einer ruhigeren Ecke des Festivalgeländes entdecke ich Joan. Er telefoniert noch immer.

»Das ist schlimm. Kann ich mit ihr reden? Vielleicht hilft das ja«, höre ich ihn sagen. Nach einer kurzen Pause spricht er weiter. »Hey, ich hab gehört, du bist traurig … Nein, aber ich komme bald wieder zu dir, versprochen, nur noch zweimal schlafen. Also mach dir keine Sorgen, ja?« Jetzt hebt er den Kopf, und sein Blick schweift in meine Richtung. Als er mich entdeckt, winkt er ab. »Bitte mach dir keine Sorgen«, sagt er noch mal. Nun beginnt er auch noch, mit seiner freien Hand hektisch herumzufuchteln. Soll das etwa heißen, dass ich gehen soll?

Auf einmal höre ich hinter mir eine Stimme, die mir durch Mark und Bein geht.

»Hallo, Elisa.«

Wie in Zeitlupe drehe ich mich um – und dann sehe ich ihn. Mein Herz bleibt für einen kurzen Moment stehen, ein heftiger Stich fährt durch mich hindurch, und ich beginne, innerlich zu zittern.

Colin.

Er sieht noch genauso aus wie damals, so wie ich ihn kenne und geliebt habe. Verdammt.

Er kommt auf mich zu, und in mir regt sich sofort leichte Wärme. Es ist merkwürdig, ihn zu sehen, nach allem, was war, wie wir uns getrennt haben, was er mir gesagt hat und wie egal ich ihm war. Doch er benimmt sich, als wäre niemals etwas geschehen. Mein Herz klopft heftig.

Keine Ahnung, wie ich jetzt reagieren soll, also blicke ich über meine Schulter zu Joan, aber er ist nach wie vor in sein Telefongespräch vertieft.

Instinktiv weiche ich einen Schritt zurück. »Du wolltest mit mir reden«, sage ich.

Colin nickt. »Dringend. Was meinst du, darf ich dich auf einen Drink einladen? Dann können wir hier ein bisschen sprechen.«

Er lächelt mich an. Dieses Lächeln hat mich schon bei unserer ersten Begegnung schwach gemacht, damals, als er mich gleich einfach so geküsst hat. Es hat mir Hoffnung und Schmetterlinge in den Bauch gezaubert. Schmetterlinge, die dann irgendwann tief fielen und zu schweren Steinen wurden.

Das Lächeln in seinem Gesicht ist wie festgemeißelt. Und dann seine Lippen. Wie süß sie am Anfang waren, was für unglaubliche Dinge er mir gesagt hat. *Du bedeutest mir so viel, Elisa. Mach dir keine Gedanken, alles ist gut. Ich liebe dich.*

Aber wie bitter haben seine Lippen dann irgendwann geschmeckt. Und auf einmal sind da auch diese Worte in meinem Kopf. Seine Worte. *Du hast mir nie was bedeutet. Schau dich mal an, du bist zu dick und raffst überhaupt nichts.* Worte, die mich verletzt haben.

Er sieht mich an, intensiv. Ich kenne diesen Blick. Wie oft hat er mich damit herumbekommen.

»Ich freue mich echt, dich zu sehen«, sagt er nun. »Weißt du, ich muss dir was Wichtiges sagen.« Seine blauen Augen liegen noch immer auf mir. Dieser Blick nimmt mich gefangen, so wie früher schon.

»Okay, also schön, lass uns was trinken.«

Auf einmal greift mich jemand am Arm. Ich drehe mich um, es ist Joan. »Gehen wir wieder zu den anderen?« Er deutet mit dem Kopf auf Colin. »Wer ist das?«

Dabei weiß er doch genau, wer Colin ist.

»Nur ein Freund.« Ruckartig befreie ich mich aus Joans Griff. »Tut mir leid. Sag den anderen, ich komme später.«

»Ist das dein Ernst?«

»Ich bin ja gleich wieder da.«

»Gehen wir?«, fragt Colin dazwischen.

Ich nicke, und dann lasse ich Joan einfach stehen. Auch wenn mir kurz das Herz sticht, ich kann in diesem Moment einfach nicht anders.

»Willst du eine Cola oder was anderes?«, fragt Colin, nachdem wir einen Platz an einem der Stehtische gefunden haben.

»Ich nehme ein Bier«, entgegne ich.

Er mustert mich intensiv, doch ich halte seinem Blick stand. Ich weiß, er hasst es, wenn ich Bier trinke, aber ich mag es nun mal.

Jetzt verdreht er die Augen, nur ganz leicht, aber ich bemerke es trotzdem. »Okay, wenn du das gern hättest. Bier also.«

Er bestellt zwei Bier, drückt mir eine der beiden Flaschen in die Hand und prostet mir zu.

Kurz herrscht Schweigen zwischen uns, ehe er wieder das Wort ergreift. »Danke, dass wir uns treffen können, mir war das wirklich wichtig.«

»Ja? Tatsächlich?«

»Natürlich, Elisa, was denkst du denn? Du hast dich nicht mehr bei mir gemeldet, nachdem du weg warst, nach diesem ganzen Mist. Ja, ich muss zugeben, so hätte es nicht enden sollen.«

»Na ja, es lag an dir, du hast mit einer anderen geschlafen.«

»Das war nur einmal, und ich hab es dir auch erklärt.«

»Das hast du allerdings.«

Er hebt die Hand. »Komm, das ist doch längst vergangen. Und ich habe mich geändert, ehrlich. Wir haben uns da beide in was reingesteigert. Im Prinzip gehören wir doch zusammen. Wir können so viel gemeinsam erreichen.« Seine Augen funkeln mich an. »Weißt du, ich liebe dich noch immer.«

Seine Worte treffen mich.

»Wenn du wüsstest, wie sehr ich das alles bedauere«, fügt er hinzu. »Und …«

Das Klingeln meines Handys unterbricht ihn. Ich ziehe es aus der Tasche, es ist Joan. Einen Moment lang betrachte ich seinen Namen auf dem Display.

»Ist das dein Freund?«, will Colin wissen. »Der merkwürdige Typ von vorhin?«

»Er ist nicht merkwürdig. Ich muss da eben rangehen, okay?«

»Klar, ich warte.«

Ich entferne mich ein paar Schritte von Colin, ehe ich das Gespräch annehme. »Ja?«

»Wo bist du?«, fragt Joan nur.

»Bei den bunten Buden. Warum?«

Es tutet, Joan hat aufgelegt. Als ich mich umsehe, kommt er schon auf mich zu.

»Elisa, ich … ich weiß, ich sollte gehen, aber ich kann das nicht mit ansehen.«

»Was willst du, Joan?«, zische ich.

»Dass du ihn stehen lässt und mit mir mitkommst.«

»Wir reden nur.«

»Ach, Elisa, erzähl mir keinen Scheiß.«

»Keinen Scheiß? Dann sag du mir, wer vorhin am Telefon war.«

Er fährt sich mit der Hand über das Gesicht. »Der Mensch, wegen dem ich jetzt hier stehe und dich anbettle, nicht mitzugehen. Weil ich nicht noch mal wegsehen kann und will.«

Fragend sehe ich ihn an. »Du sprichst in Rätseln. Was meinst du?«

»Meine Mutter, sie ist in einem Heim, weil sie nicht von einem Mann loskam, der schlecht zu ihr war.« Seine Hand wandert an meine Wange. »Tu das nicht«, flüstert er. »Lass ihn nicht wieder in dein Leben.«

»Ich muss aber hingehen.«

Er zögert kurz, dann zieht er seine Hand weg und weicht einen Schritt zurück. »Also schön, ich kann eh nichts machen. Dann geh. Aber ich sage dir eines, Elisa: Wenn du nicht lernst, dich selbst zu schätzen und dich zu sehen, macht es keinen Sinn. Dann kann ich dir hundertmal sagen, dass ich dich sehe, dass du besonders bist, deine Geschichte schreiben und die Heldin in deinem Leben sein sollst. Und dass ich dich liebe. Alles wird nichts bringen.«

Er wendet sich ab und geht. Während ich ihm noch nachschaue, bis er außer Sichtweite ist, kreisen seine Worte in meinem Kopf, und ich realisiere erst jetzt im Detail, was er gesagt hat.

Er liebt mich?

Oder habe ich mich verhört?

»Was meinst du, gehen wir von hier weg?«, schiebt sich Colins Stimme in meine Gedanken. »Zu viele schlechte Vibes.«

Ich drehe mich zu ihm um. »Wohin denn?«

»In unsere ehemalige Wohnung. Ich habe dort auch was für dich.«

Es ist ein merkwürdiges Gefühl, wieder die Wohnung zu betreten, die ich vor Monaten verlassen habe. Während Colin die Tür aufschließt, geht mein Puls schnell. Hier ist so viel passiert. Ich denke an meinen ersten Tag hier, die erste Übernachtung, auf die ich mich so gefreut hatte. Colin hing dann aber nur am Handy, und als ich mich an ihn kuscheln wollte, schubste er mich weg. Es sollte nicht das einzige Mal bleiben.

»Willst du was trinken?«, fragt er.

»Nein, danke.«

Schließlich folge ich ihm ins Wohnzimmer und setze mich in einem gewissen Abstand neben ihn aufs Sofa. Auf dem Tisch liegt eine Mappe, die mir nur zu bekannt vorkommt. Tatsächlich. Das ist meine Mappe mit den Zeichnungen, die Colin damals nicht mehr rausrücken wollte.

Sein Blick ruht auf mir. »So lange nichts von dir zu hören, war schon heftig. Es tut mir leid, was passiert ist, ehrlich. Das meine ich ernst.«

Ich sehe mich im Raum um. Mit einem Mal ist so vieles real. Zum Beispiel das Bild an der Wand, von dem er mal behauptet hat, ich hätte es an einem falschen Ort aufgehängt, obwohl er es angeblich hier haben wollte. Er wusste genau, dass das nicht stimmte. Dennoch habe ich an mir gezweifelt. Automatisch wandern meine Augen zu den Narben auf meinem Unterarm. Ich hatte so viele Zweifel, an mir, an allem.

»Ich war so glücklich mit dir«, sagt er nun. »Und ich liebe dich immer noch.« Er rückt näher an mich heran, so nah, dass sein Duft mir in die Nase kriecht. Dieser Duft, der mich verrückt gemacht hat. Und doch denke ich plötzlich an Joan.

Er hat gesagt, dass ich meine Geschichte schreiben und die Heldin in meinem Leben sein soll.

Wenn du nicht lernst, dich selbst zu schätzen und dich zu sehen, macht es keinen Sinn.

Ich denke an den Ausflug, an den Regen, an all die Momente.

Und er hat gesagt, dass er mich liebt.

»Liebe«, flüstere ich. Dann sehe ich Colin an. »Warum sagst du das jetzt?«, will ich wissen.

Er lächelt nur und streicht mit der Hand über meine Wange.

Diese Berührung, er darf das nicht einfach.

»Im Ernst, Colin, warum?« Ich schiebe seine Hand weg. »Mal ehrlich, du hast gesagt, ich kann froh sein, dich zu haben. Und als ich damals hier gestanden und dich unter Tränen gefragt habe, ob du mich nicht vermissen wirst, sagtest du Nein.«

Sein Gesichtsausdruck wird ernst. »Du weißt, dass das nicht stimmt, das hast du mir immer nur unterstellt. Ich musste dir das jetzt einfach sagen, weil … Ich habe auch an mir gearbeitet, verstehst du? Früher habe ich mich oft zu leicht von dir aus der Ruhe bringen lassen.«

»Von mir?«

Warum tue ich mir das an? Ich bin doch echt bescheuert.

»Elisa, mal ehrlich, du übertreibst immer sehr gern. Als du mir diese Mail wegen den Bildern geschrieben hast, war ich auch wütend. Aber wenn wir wieder zusammen sind, dann können wir so viel erreichen. Auch mit deinen Bildern, das kann wirklich eine große Sache werden.«

Er zieht mich an sich. Dieser Duft, sein Blick. Wie er mich damit immer zum Schmelzen gebracht hat.

Aber jetzt …

Ja, ich muss die Dinge klar sehen. Und vor allem muss ich mich selbst sehen und nicht mehr in der Vergangenheit hängen. Es geht Colin einzig und allein um die Bilder, nicht um mich. Und er sieht nur sich selbst. Inhaltslos.

Ich winde mich aus seiner Umarmung, hole stattdessen mein Handy aus der Tasche und sehe, dass Joan mich angerufen hat, zweimal bereits.

»Ist das schon wieder der Kerl vom Festival?«, fragt Colin. Aus seiner Stimme klingt wieder dieses Misstrauen, das ich noch allzu gut kenne.

»Ja, und ich muss jetzt gehen.«

Ich will aufstehen, doch er greift nach meiner Hand. »Elisa, bitte lass uns weiterreden. Das mit uns ist mir ernst.«

»Warum?«

»Immer diese Fragen. Du reagierst jetzt wieder über, dabei ist es so wichtig, dass du verstehst, weil das echt gut laufen kann.«

Wie oft habe ich so etwas von ihm gehört.

Ich rücke zur Seite und bringe auf diese Weise wieder mehr Abstand zwischen uns. »Ich habe so was von gelitten, dich so sehr gewollt, dir oft alles verziehen, aber du hast mich immer weiter belogen. Ich wollte immer anders sein, für dich, dabei bin ich gut so, wie ich bin. Das ist mir jetzt klargeworden. Dich brauche ich nicht. Und die Bilder, die löschst du sofort, sonst verklage ich dich. Das Einzige, wofür ich dir danke, ist, dass ich durch dich jetzt weiß, was ich nicht mehr will.«

Ja, genau das ist es. Und nun habe ich es verstanden. Das mit den Sternen, was ich mir eingeredet habe. Joan hat recht, ich muss loslassen. Was vergangen ist, ist vergangen. Es ist meine Geschichte, ich bin die Heldin. Alles, was war, hat mich dazu gemacht. Jeder Moment hat mich geprägt und ist ein Teil von mir, den ich behalte und nicht verbessern muss. Ich muss nur damit leben.

Hastig erhebe ich mich, greife noch geistesgegenwärtig nach meiner Mappe und renne zur Wohnungstür. Colin folgt mir natürlich.

»Elisa, du bleibst jetzt hier!«, schreit er mir hinterher. »Was denkst du, wer du bist? Deine Bilder, ich scheiß drauf!«

Doch diesmal bleibe ich stark. »Ich weiß, wer ich bin. Ein toller Mensch, den du nicht verdient hast. Ich gehe jetzt und komme nie wieder. Niemals, hörst du?«

Während ich die Tür öffne, packt er mich am Ellenbogen und zieht an mir. Aber ich lasse mich nicht wegziehen, sondern schüttele ihn ab. »Lass mich los!«

»Dann geh, geh doch! Wer will schon jemanden wie dich?«

Diese Worte habe ich so oft gehört, aber mit einem Mal tun sie nicht mehr weh. Nein, das ist keine Liebe, keine Zuneigung, das ist reines egoistisches Handeln. Es ging und geht Colin nur darum, Macht über mich zu haben, über mein Herz. Zu lange war ich gefangen in dieser Suche nach Liebe. Doch es war eine falsche Liebe.

Ohne mich noch einmal umzublicken, stürme ich die Treppen nach unten und reiße erleichtert die Haustür auf. Draußen auf der Straße bleibe ich erst mal stehen, presse die Mappe an meine Brust und schließe für einen kurzen Moment die Augen.

Auf einmal muss ich wieder an die Sterne denken. *Loslassen* steht auf einem von ihnen. Ja, ich habe all die schlechten Momente losgelassen. Jetzt bin ich frei für neue, schöne. Niemals habe ich mich besser gefühlt als in diesem Augenblick.

Und dann laufe ich einfach los.

Genau hier will ich sein

Schwer atmend klopfe ich an die Tür von Joans Hotelzimmer. Mein Puls rast, erst recht, als Joan mir öffnet. Ich möchte ihm so gern sagen, wie leid es mir tut, aber ich bringe kein Wort heraus. Das muss ich auch nicht, er weiß auch so Bescheid.

Er tritt auf mich zu und nimmt mich in den Arm. »Ich habe mir solche Sorgen gemacht«, flüstert er.

Jetzt lasse ich meinen Tränen freien Lauf, ich kann sie nicht länger zurückhalten. »Es tut mir so leid, ich …«

Er sagt nichts, sondern hält mich eine ganze Weile einfach nur fest. Seine Nähe und die Wärme, die er ausstrahlt, tun mir unendlich gut.

Irgendwann löse ich mich ein wenig von ihm und sehe ihm in die Augen. »Danke, dass du da bist. Ich habe schreckliche Dinge zu dir gesagt und …«

Doch er schüttelt den Kopf. »Nein, *ich* bin froh, dass *du* wieder hier bist. Komm rein.« Er nimmt meine Hand und führt mich mit sich ins Zimmer.

»Es ist vorbei, Joan. Alles. Ich habe losgelassen. Und ich habe verstanden, was du mir sagen wolltest. Weißt du, woran ich das gemerkt habe?«

»Woran denn?«

»Als ich bei ihm war, habe ich nur an dich gedacht. Daran, wie schön es mit uns ist und dass ich das, was war, nicht mehr in den Fokus stellen sollte. Weil es mich immer wieder nur herunterzieht. Und dass unsere Geschichte bisher toll war.«

Mit einem Lächeln zieht er mich erneut an sich und legt seine Lippen auf meine, erst ganz sanft und zärtlich, dann voller Leidenschaft. Nun weiß ich endgültig, dass es richtig ist, bei ihm zu sein. Weil es sich gut anfühlt und weil ich ihn will. Weil er mich heilt, meine Tränen trocknet und meiner Seele guttut. Ich muss mich vor ihm nicht schämen, vielmehr nimmt er mich so, wie ich bin. Bei ihm darf ich einfach ich sein.

»Ich sehe jetzt alles ganz klar«, hauche ich gegen seinen Mund.

Wir küssen, berühren und streicheln uns. Seine Hände wandern unter mein Shirt, ziehen es mir über den Kopf, ehe seine Finger meine Haut berühren, über meine Seiten streichen und gefühlt jedes Fleckchen meines Körpers beleben.

Meine Hände gleiten ebenfalls unter sein Shirt, und ich will nichts anderes, als ihn endlich davon zu befreien, um seine Haut an meiner zu fühlen. Nachdem ich es ihm ausgezogen habe, treffen sich unsere Blicke, und ich lächle ihm zu. Es fühlt sich so leicht an, schwerelos und vertraut.

Irgendwann hebt er mich hoch, trägt mich zum Bett und legt mich vorsichtig darauf ab. Schon spüre ich seinen Körper auf mir, eine schwere und dennoch süße Leichtigkeit.

Wir küssen uns weiter, meine Beine schlingen sich um seine Hüften, und sein Becken drängt gegen meines. Es ist wunderschön, noch sehnsüchtiger und vor allem vertrauter als beim ersten Mal. Aufgeregt und erhitzt keuche ich gegen seinen Mund.

Seine Hände wandern über meine Brust. Dabei sieht er mich an, so intensiv, als hätte er noch nie etwas Schöneres gesehen. Er streichelt meine Hände, lässt seine Finger über die Narben wandern.

Kurz zucke ich zusammen, aber er lächelt. »Du bist wunderschön und perfekt, hörst du?«

Ich nicke nur.

Seine Lippen liebkosen meinen Hals, wandern weiter über meine Brüste, den Bauch entlang bis zu meiner Taille. Er öffnet meinen Gürtel und zieht mir Stück für Stück die Hose von den Beinen. Nur noch in Slip und BH liege ich da.

Nun senkt er seine Lippen erneut auf meinen Bauch, küsst ihn, bis er den Rand meines Slips erreicht. Ich seufze tief, genieße die Berührungen, die mich beinahe verrückt machen, die so zärtlich und innig sind.

Sanft zieht er mir den Slip von den Beinen, und seine Finger streichen über meine empfindliche Stelle, immer wieder auf und ab. Es fühlt sich quälend gut an. Ich lege den Kopf nach hinten, schließe die Augen und genieße es einfach nur, versinke in dem Gefühl, das alles andere um mich herum ausblendet.

Noch nie hat mich jemand so berührt, wie Joan es tut. Alles fühlt sich einfach gut an, und ich spüre diese Sicherheit, dass er mich wirklich will. Mich ganz allein. Um meiner selbst willen. Und genau hier will ich sein.

Kein Moment könnte schöner sein

Joans Handy reißt uns aus dem Schlaf.

»Wer kann das sein?«, murmle ich.

Statt einer Antwort schiebt er mich leicht von sich, richtet sich auf und setzt sich an die Bettkante. Dann erst nimmt er das Gespräch entgegen.

Erst hört er nur zu, und als er endlich etwas sagt, klingt seine Stimme bedrückt. »Ja, gut, ich mache mich gleich auf den Weg. … Nein, ist schon okay. Aber ich brauche vier Stunden, ja?«

Nachdem er aufgelegt hat, dreht er den Kopf zu mir. »Ich muss heimfahren, jetzt gleich. Sagst du es bitte den anderen?«

»Wie? Du willst jetzt noch zurück nach Nürnberg?«

»Ich muss. Es tut mir so leid.«

»Warum?«

»Meine Mama, es geht ihr nicht gut. Ach Mist, Elisa, es geht ihr schlechter, als ich dir sagen konnte. Sie ist der Mensch, wegen dem ich nicht mehr wegsehen wollte. Ich mache mir wirklich Sorgen um sie. Deswegen muss es sein.«

Er legt seinen Koffer aufs Bett und fängt an, seine Sachen hineinzuräumen.

»Ich weiß zwar nicht, was der Grund ist, was mit deiner Mama los ist, aber ich komme mit«, sage ich entschlossen. »Ich lasse dich jetzt nicht allein fahren.«

»Ehrlich?«

»Klar. Du bist für mich da und ich für dich.«

»Das musst du aber nicht, du kannst gern noch hier …«

Ich verschließe seinen Mund mit einem Kuss. »Keine Widerrede, ich hole meine Sachen.«

Joan lächelt ganz leicht. »Ist gut, dann beeil dich bitte.«

Zurück in meinem Zimmer suche ich hektisch mein Gepäck zusammen. Währenddessen höre ich nebenan das Wasser rauschen, Louisa steht wohl unter der Dusche.

Kurze Zeit später kommt sie mit einem Handtuchturban auf dem Kopf aus dem Bad und blickt entgeistert zwischen mir und meinem Koffer hin und her. »Da bist du ja wieder. Weißt du eigentlich, was für Sorgen ich mir gemacht habe? Bist du bescheuert, dich mit diesem Idioten zu treffen? Und …«

Ich hebe die Hand. »Louisa, du hast völlig recht, mit allem, und ich bin dir auch dankbar, du bist so eine tolle Freundin. Ja, ich war bescheuert, mehr als das. Doch nun ist es endgültig aus mit Colin, ich habe mich mit Joan versöhnt. Aber … aber er hat Probleme, irgendwas ist mit seiner Mama. Ich erzähle dir dann alles, jetzt muss ich allerdings mit ihm nach Nürnberg fahren, okay?«

»Jetzt?«

»Ja, es ist wirklich wichtig.«

Sie nickt. »Ist gebongt. Aber du meldest dich sofort, wenn ihr daheim seid, ja?«

»Geht klar.« Ich drücke ihr noch einen Kuss auf die Wange, dann nehme ich meinen Koffer und meine Handtasche und verlasse das Zimmer.

Joan wartet schon im Parkhaus auf mich. Während er mein Gepäck im Kofferraum verstaut, setze ich mich auf den Beifahrersitz. Nachdem wir losgefahren sind, herrscht eine ganze Weile Schweigen zwischen uns. Joan ist angespannt und macht sich Sorgen, das ist ganz deutlich zu spüren.

Irgendwann lege ich die Hand auf seine Schulter, und er sieht kurz zu mir herüber. »Wenn du willst, dann sag mir, was los ist, okay?«

Er atmet schwer, seine Brust hebt und senkt sich ganz deutlich, und ich merke, wie er mit sich ringt, doch er antwortet nicht.

Ich streiche ihm sanft über den Oberarm. »Du kannst mir vertrauen, so wie ich dir vertraue.«

»Ich weiß, ich habe nur Angst, dass du mich dann mit anderen Augen siehst.«

»Warum sollte ich das tun?«

»Weil das, was geschehen ist, schlimm ist. Das mit meiner Familie, alles.«

Ich schüttele den Kopf. »Aber ich sehe dich, Joan. Du bist ein toller Mensch, und nichts, was passiert ist, wird meine Meinung über dich ändern.«

Er schluckt, sagt aber nichts mehr. Und ich bohre auch nicht weiter. Wenn er sich mir öffnet, muss das aus eigenem Antrieb passieren. Bei mir war es umgekehrt ja auch nicht anders.

Ich streichle noch mal über seinen Arm. Ja, es macht keinen Sinn, weiter in ihn zu dringen, ich kann jetzt nur für ihn da sein.

Irgendwann überkommt mich die Müdigkeit, und mir fallen die Augen zu.

Ich wache erst wieder auf, als das Auto anhält. Benommen sehe ich mich um. Wir stehen vor einem großen Gebäude, über dessen Eingang ein beleuchtetes Schild mit der Aufschrift *Pflegeheim St. Agnes* hängt.

Agnes? Stand der Name nicht auch auf Joans Handy, als er diese Anrufe bekam?

»Möchtest du hier auf mich warten?«, fragt er. »Oder soll ich dich lieber nach Hause fahren? Ich weiß noch nicht, wie lange es dauert.«

»Ich komme mit, wenn ich darf«, antworte ich, ohne lange zu überlegen.

Keine Ahnung, warum wir hier sind und was mit seiner Mama los ist. Aber ich weiß, dass es gerade besser ist, ihn nicht danach zu fragen. Dass er mich überhaupt hierher mitgenommen hat, ist schon ein Vertrauensbeweis, ein erster kleiner Schritt. Und deswegen werde ich warten, bis er bereit ist, mir mehr zu sagen.

Wir betreten das Haus und bleiben vor dem Empfangstresen stehen. Mir ist kalt, was sicherlich von der

Müdigkeit kommt, und ich ziehe meine Jacke enger um meinen Körper zusammen.

Die schon etwas ältere Dame hinter der Rezeption trägt eine Brille und hat warme braune Augen. Als sie Joan erkennt, lächelt sie. »Bist du wirklich noch hergefahren? Ach Junge, das hättest du nicht tun müssen.«

»Doch, das war mir wichtig. Wie geht es ihr?«

»Es geht. Sagen wir es so, sie hatte schon bessere Tage.« Sie blickt zu mir und dann wieder zu Joan. »Aber du kannst gern zu ihr, auch wenn wir im Wohnbereich Nachtruhe haben.«

Ich merke, wie es in Joan arbeitet. Wahrscheinlich überlegt er gerade, ob er mich jetzt wirklich mitnehmen soll. »Ich warte hier«, sage ich daher vorsorglich, woraufhin er gleich erleichtert wirkt. »Kann ich mir irgendwo einen Kaffee holen?«, frage ich die Frau. »Vielleicht werde ich dann wieder etwas wacher.«

»Wir haben eine kleine, aber feine Cafeteria, gleich hier nebenan.« Sie deutet auf ein Schild, auf dem eine Kaffeetasse, ein Löffel und eine Gabel abgebildet sind. »Leider ist sie nur tagsüber geöffnet. Aber wenn Sie möchten, können Sie trotzdem dort warten, und ich bringe Ihnen einen Kaffee aus unserer Personalküche.«

»Das wäre sehr nett, danke schön.«

Joan nickt mir zu. »Gut, ich hole dich dann nachher dort ab.« Schließlich wendet er sich ab und verschwindet in einem der Gänge, die vom Foyer abgehen.

Nachdenklich sehe ich ihm nach. Noch immer weiß ich nicht, was los ist.

Während ich dasitze und meinen Kaffee trinke, blättere ich in einer Zeitschrift, die auf einem der Tische auslag, kann mich allerdings nicht wirklich darauf konzentrieren. Ich bin müde, doch daran denke ich nicht. Jedes Mal, wenn ich ein Geräusch höre, sehe ich auf, in der Hoffnung, dass Joan zurückkommt. Aber meistens ist es nur die Frau vom Empfang, manchmal auch eine Schwester.

Irgendwann nehme ich mein Handy aus der Tasche und rufe meine Nachrichten ab. Eine ist von Louisa. Sie möchte wissen, ob wir gut angekommen sind, und ich schreibe ihr zurück, dass alles gut ist und sie sich keine Sorgen zu machen braucht.

Seufzend nehme ich mir eine andere Zeitschrift und blättere sie ebenfalls durch.

Ich kann gar nicht sagen, wie viel Zeit vergangen ist, als ich Joans Stimme höre. »Hey«, sagt er leise. Er sieht müde aus, erschöpft. »Danke, dass du gewartet hast.«

»Alles gut. Wie geht es dir?«

Er zieht den Stuhl mir gegenüber heraus, setzt sich jedoch nicht. »Ich weiß, du hast viele Fragen, aber ich bin müde und …«

»Dann lass uns gehen.« Ich stehe auf und lege die Zeitschrift zurück auf ihren Platz. »Reden können wir später auch noch, okay?«

»Danke«, flüstert er.

Als wir mit dem Auto nach Hause fahren, zeigt sich am Horizont bereits das erste Licht des neuen Tages. Auch ich merke jetzt mehr denn je die Müdigkeit – nicht nur, weil ich die ganze Nacht wach war. So viel ist in den letzten Tagen auf mich eingeprasselt.

Ich gehe ins Bad, wasche mich und schminke mich ab, und als ich in mein Zimmer komme, liegt Joan bereits im Bett und hat die Augen geschlossen. Vorsichtig, um ihn nicht zu wecken, lege ich mich zu ihm. Doch auf einmal öffnet er die Augen und sieht mich an.

»Hey«, sage ich nur.

Dann nehme ich ihn in die Arme und halte ihn fest, so wie er mich gehalten hat. Er beginnt zu zittern, und ich spüre, dass er kurz davor ist, in Tränen auszubrechen. Ich sehe ihn, zerbrechlich, so wie er mich gesehen hat. Dieser Mann, der die ganze Zeit so stark war, braucht jetzt mich. Zum ersten Mal erkenne ich, dass es völlig in Ordnung ist, auch mal zu zerbrechen, wenn jemand da ist, der dich reparieren will.

Nach und nach beruhigt Joan sich wieder. Sein Atem geht gleichmäßig, sein Kopf liegt noch immer an meiner Brust. Es tut mir gut, ihm so nah zu sein.

»Meine Mama lebt in dem Heim, das hast du ja schon mitbekommen«, sagt er irgendwann mit brüchiger Stimme.

Ich streiche ihm übers Haar und drücke ihn fest an mich.

»Ich bin mit achtzehn ausgezogen, wollte einfach selbstständig sein. Mein Bruder Charly war ja jünger als ich und ist bei meiner Mama geblieben. Es war nicht so leicht, aber es war okay. Erst habe ich mich mit ihr gefreut, als sie sich irgendwann neu verliebt hat. Nach dem frühen Tod meines Papas habe ich ihr alles Glück der Welt gewünscht. Charly war auch froh darüber, aber …« Kurz ist er still, ehe er weiterspricht. »Aber dieser Mann, er war so was von brutal, hat sie oft geschlagen und misshandelt. Am Anfang versuchte sie noch, es zu verbergen, doch mit der Zeit wurde es immer offensichtlicher. Sie hat ihn immer geschützt, sagte, sie sei gestürzt oder habe sich irgendwo angeschlagen, weil sie in letzter Zeit so schusselig geworden sei. Charly hat das alles mitbekommen und war genauso hilflos wie ich. Aber dann kam der Moment, als es nicht mehr anders ging und sie sich uns anvertrauen musste.«

Er schluckt. »Ich hab immer zu ihr gesagt, sie muss ihn verlassen, und sie hatte das auch vor – bis er ihr dann wieder eingeredet hat, dass es ein Versehen war, dass er sie liebt und sich ändern wird. Wenn ich ihn zur Rede stellte, war sie sauer auf mich, weil ich mich eingemischt hätte. Charly und ich konnten nichts tun, niemand konnte irgendwas tun. Mein Bruder ist dann zu mir gezogen, aber er war verändert, hatte Angst und Panik. Schließlich blieb mir nichts anderes übrig, als wegzusehen, denn sie war komplett von diesem Mann abhängig oder ihm hörig, was auch immer, es war einfach schrecklich. Und dann …«

Er atmet jetzt schwer, und ich spüre sein Herz an meiner Brust heftig pochen. »Eines Abends hatten sie einen fürchterlichen Streit. Er war eifersüchtig, weil sie sich mit ein paar Kolleginnen treffen wollte und sich in seinen Augen zu hübsch gemacht hatte. Als sie mich dann anrief, um es mir zu erzählen, weinte sie, und ich dachte, das ist ja wieder mal typisch. Also habe ich ihr gesagt, dass ich keine Zeit habe. Ich wollte nicht wieder ankommen und dann von ihr weggeschubst werden. In der Nacht hat er sie dann so schlimm geschlagen und einfach liegen gelassen, die ganze Nacht. Ein Schlag auf den Kopf hat wohl eine Blutung im Gehirn ausgelöst und diese wiederum einen Schlaganfall. Charly hat sie am nächsten Morgen gefunden. Sie hatte ihm wohl geschrieben, aber er hatte es zu spät gelesen. Niemand von uns hat ihr geholfen. Er nicht, ich nicht. Danach war sie fünf Wochen lang im Krankenhaus, die Ärzte taten, was sie konnten. Trotzdem ist sie jetzt linksseitig gelähmt, kann nicht allein essen, sich anziehen oder waschen, und um sie zu verstehen, muss man genau hinhören. Manchmal klappt es mit dem Sprechen sogar überhaupt nicht.«

Mich fröstelt, und ich habe erdenkliche Mühe, die Fassung zu wahren. Wie unheimlich diese Geschichte ist. Ich kann verstehen, was Joan und sein Bruder Charly durchgemacht haben. Es ist so schlimm, hilflos zu sein und zusehen zu müssen, wie ein Mensch, den man liebt, kaputtgeht.

»Und das alles, weil ich weggesehen habe«, fügt er hinzu. »Wenn ich dagewesen wäre, dann wäre jetzt alles anders.«

»Nein, Joan, das darfst du nicht sagen.«

»Weißt du, ich habe mir unendlich viele Vorwürfe gemacht und mich so schuldig gefühlt. Ich dachte immer, ich hätte ihr doch mehr helfen müssen. Charly ist daran zerbrochen, dass er sie so gefunden hat, und deshalb hat er sich umgebracht. Ich habe es nicht kommen sehen, dabei hätte ich es erkennen müssen.«

Ich streichle ihm sanft übers Gesicht. »Es war nicht deine Schuld und auch nicht die deines Bruders. Ihr konntet nicht mehr tun.«

»Vielleicht. Aber es tut so weh, zusehen zu müssen. Sie war auch der Grund, warum ich aus Spanien zurückgekommen bin. Ich bin der Einzige, der sie einigermaßen beruhigen kann, wenn sie wieder eine sehr schlechte Phase durchlebt. Manchmal quälen sie schreckliche Träume, selbst nach dieser langen Zeit. Sie will dann mit niemandem reden, fragt nach Charly und versteht es nicht, warum er nicht zu ihr kommt. Dann will sie nicht essen, sondern weint und schreit nur. So war es auch gestern Abend und heute Nacht. Deswegen musste ich nach Hause fahren. Ich wollte es dir sagen, aber ich … ich habe mich so schlecht gefühlt.« Ich merke, wie sehr er mit sich kämpft.

»Was ist mit dem Mann passiert?«, frage ich leise.

»Er wurde nie dafür belangt, sie konnte ihn ja nicht anzeigen, denn sie hatte keinerlei Beweise. Irgendwann war Gras über die Sache gewachsen. Aber er ist drei Jahre später bei der Arbeit von einer Leiter gestürzt und an einer schweren Kopfverletzung gestorben.«

Ich kann mir gut vorstellen, wie schlimm das alles für Joan gewesen sein muss. »Mir tut das so leid«, flüstere ich.

Er atmet tief durch. »So, jetzt weißt du alles. Jetzt kennst du das Dunkle in mir.«

Ein paar Augenblicke lang sehe ich ihn stumm an, dann nehme ich sein Gesicht in meine Hände. »Du bist gut, so wie du bist, Joan, hörst du? Du konntest nichts tun, bist ganz und gar nicht dunkel und hast so unglaubliche Dinge für mich gemacht, einfach so. Ehrlich gesagt bist du für mich dieses helle Licht. Und ich … ich liebe dich auch.«

Ein Lächeln huscht über sein Gesicht. »Du liebst mich?«

»Ja.«

Er küsst mich auf die Stirn, und ich spüre seine Hände an meiner Taille. Es ist ein so schönes Gefühl, sich gegenseitig festzuhalten. Wir beide sind wahrlich nicht perfekt, haben schlimme Dinge erlebt, aber wir haben uns gefunden.

»Ich liebe dich, Elisa. Mehr, als du dir denken kannst«, sagt er. »Aber wir beide sind ganz schön kaputt, oder?«

Ich schüttele den Kopf. »Da ist nichts, was wir zusammen nicht reparieren könnten.«

Lachend zieht er mich noch enger an sich, wir liegen weiter da und halten uns. Nichts, kein Moment könnte schöner sein, und genau das zählt.

Fast wie in einem Buch

Louisa ist die Erste, der ich natürlich alles erzähle, nachdem sie wieder aus Berlin zurück ist. Um ein bisschen Tapetenwechsel zu haben, brunchen wir in einem hübschen, gemütlichen Café an der Pegnitz.

»Es ist schlimm, was mit seiner Mama passiert ist«, meint sie, als ich mit meinem Bericht fertig bin. »Ich bin wirklich froh, dass Colin endgültig Geschichte ist und du und Joan euch gefunden habt.«

»Ja, ich bin auch froh, sehr sogar. Und das Beste ist, ich fühle mich so viel besser.«

»Dann seid ihr jetzt also zusammen?«

»Ja.«

Ein wenig verschämt streicht sie sich die Haare aus der Stirn. »Ich freue mich total für euch, wirklich, aber …« Mit einem Mal kämpft sie mit den Tränen.

»Was ist los?«, frage ich.

Sie seufzt. »Ach, weißt du, um mich herum verändert sich alles, aber bei mir bleibt es irgendwie immer gleich. Ich bin allein und werde es wohl auch bleiben. Was ist mit meiner Geschichte?«

Ich fühle wirklich mit ihr. »Du wirst sehen, deine Geschichte liegt noch vor dir. Und mal ehrlich, es passiert doch was. Hallo, ich meine, wir haben ein Buch zusammen gemacht, das ist doch was richtig Tolles.«

»Schon, aber du weißt ja, was mir schwer im Magen liegt – oder vielmehr, wer.«

»Josh?«

»Klar, wer sonst? Irgendwie fehlt er mir. Ja, ich vermisse diesen Idioten tatsächlich, auch wenn er so arschig war. Aber ich werde ihn loslassen. Und der erste Schritt wird sein, dass ich bei Isas Typveränderungsprojekt mitmache. Mal sehen, was dann noch geschieht. Man sagt doch: neue Frisur, neues Leben.«

»Das klingt gut. Bestimmt wird alles so kommen, wie es soll. Und wer weiß, ob sich nicht auch noch mehr für dich verändert. Es wird passieren, da bin ich mir ganz sicher.«

»Die Agentur will uns!«, ruft Louisa ein paar Tage später aufgeregt ins Telefon. Ich bin gerade auf dem Weg nach Hause, als sie mich anruft.

Eine unglaubliche Wärme zieht durch meinen Körper. »Die Agentur nimmt unser Manuskript? Ehrlich?«

»Ja, ich habe gerade die E-Mail bekommen. Jetzt wird es ernst, sie suchen einen Verlag.«

»Du veräppelst mich nicht, oder?«, vergewissere ich mich.

Sie lacht. »Warum sollte ich das machen? Ich sage dir was. Wir feiern das und sagen es bei der Gelegenheit endlich den anderen.«

»Findest du wirklich, dass wir es ihnen schon erzählen sollten?« Nun werde ich doch etwas nervös. Was, wenn die Agentur keinen Verlag findet?

»Na klar. Sich zusammen zu freuen, ist doch viel schöner.«

Schließlich lasse ich mich doch überreden. »Also gut, dann machen wir das. Ich bin gleich daheim. Soll ich was mitbringen?«

»Musst du nicht. Ich schreibe einfach, dass alle gegen sechs bei uns sein sollen.«

Nachdem wir aufgelegt haben, gehe ich weiter und rufe nebenbei Joans Nummer auf. Das kann echt nicht sein, eine Agentur findet unsere Arbeit gut.

Als er endlich rangeht, bin ich noch immer total aufgeregt.

»Hey. Na, alles klar?«, fragt er.

»Ja, klarer als klar. Stell dir vor, Louisa hat sich gerade gemeldet. Diese Agentur, bei der wir das Manuskript eingereicht haben, sie will einen Verlag finden. Sie sagen, es hat Potenzial.« Ich schließe kurz die Augen, um mich zu sammeln.

»Das ist echt der Wahnsinn, Elisa. Ich freue mich so für euch. Glückwunsch.«

»Danke. Pass auf, Louisa möchte es später den anderen sagen. Ich bin zwar total nervös, aber sie hat ja recht, warum nicht? Was sagst du dazu?«

»Ich denke, das ist eine gute Idee. Wann?«

»Um sechs. Kommst du dann?«

»Was ist das für eine Frage? Ich werde da sein.«

»Okay, was ist das große Geheimnis?«, fragt Kale, als wir alle um sechs Uhr bei uns daheim versammelt sind. Joan steht neben mir, und ich bin so froh, dass er da ist.

Louisa sieht mich an. »Soll ich anfangen?« Ich nicke. »Okay. Also, wie ihr wisst, haben Elisa und ich uns ab und an mal zurückgezogen, und das hatte einen Grund.« Sie stupst mich mit dem Ellenbogen an. »Willst du es ihnen sagen?«

Ich bin aufgeregt, was eigentlich total unnötig ist, doch es ist nun mal so. Also räuspere ich mich und fange an zu erzählen. »Na gut, Louisa und ich, wir haben ein Buch geschrieben. Louisa hat die Texte gemacht, ich die Zeichnungen. Weil wir nicht wussten, was überhaupt daraus wird, haben wir erst mal niemandem was verraten. Schließlich haben wir einen Teil des Manuskripts bei einer Agentur eingereicht. Na ja, zugegeben, es war eher Louisa.«

Als ich kurz innehalte, übernimmt Louisa wieder. »Und stellt euch vor, die Agentur hat es angenommen und versucht nun, es an einen Verlag zu vermitteln. Wir wollten euch das einfach erzählen, weil wir uns so riesig freuen und es selbst noch nicht glauben können.«

»Ehrlich, ein Buch? Das ist ja toll.« Jass' Augen leuchten. »Das habt ihr also die ganze Zeit gemacht? Aber warum habt ihr es uns nicht einfach gesagt?«

»Na ja, wir hatten irgendwie Bedenken.«

»Wieso?«

Bevor Louisa mit der Wahrheit herausrücken kann, gebe ich ihr ein Zeichen. »Wie gesagt, wir wussten ja nicht, ob überhaupt was daraus wird«, sage ich an ihrer Stelle. »Und irgendwie dachten wir auch, dass ihr es vielleicht albern oder dumm findet.«

»Was soll denn daran albern sein?«, fragt Jass in die Runde. »Das ist total klasse, oder?«

Während alle Zustimmung signalisieren, wandert mein Blick zu Joan, und mein Herz klopft. Er sieht mich an mit diesem Blick, den ich so liebe, der mir zeigt, wie stolz er auf mich ist.

»Kann man denn schon was davon sehen?«, will Hanna wissen.

»Ja, Moment.« Louisa holt den Laptop, klappt ihn auf, und alle versammeln sich darum.

»Das hast du gemalt?«, fragt Kale mich, und ich nicke verlegen.

»Wow«, sagt Jass, »was für eine schöne Idee. Und wie geht es jetzt weiter?«

»Die Agentur versucht, einen Verlag zu finden. Die nehmen ein Manuskript eben nur, wenn sie eine Möglichkeit sehen, es auch verkaufen zu können«, erklärt Louisa.

»Das ist der Hammer, wirklich. Wir drücken euch ganz fest die Daumen.«

Danach stoßen wir alle an. Es ist ein schöner Moment, und ich bin unheimlich dankbar, für so vieles. Als ich zum ersten Mal diese Wohnung betreten habe, hätte ich niemals gedacht, wie sehr sich alles in meinem Leben verändern würde.

Nun nimmt Joan meine Hand, und ich denke nicht mehr darüber nach. Es ist normal, so soll es sein.

Natürlich bleibt es nicht unbemerkt. »Na endlich.« Kale grinst. »Das war ja nicht mehr auszuhalten. Ihr seid jetzt also ein Paar?«

Joan lacht. »Ja, so kann man es sagen.«

Und schließlich lassen wir erneut unsere Gläser aneinanderklirren.

»Ich bin so stolz auf dich, ich habe direkt Tränen in den Augen« sagt Silvie, als ich sie später am Abend am Telefon habe. »Und auch das mit Joan, ich freu mich so sehr für dich.«

»Was meinst du, wie es mir erst geht? Ich muss mich immer noch regelmäßig selbst zwicken, damit ich weiß, dass es wirklich wahr ist und kein Traum. Danke übrigens, dass du mir geholfen hast mit dem Anwalt. Und richte das bitte auch Hendrik aus, okay?«

»Das mache ich gern, aber du kannst es ihm sogar bald persönlich sagen.«

»Warum?«

Sie kichert. »Er hat mich gefragt, ob ich ihn heiraten will, und ich habe Ja gesagt.«

»Was? Ich kann es nicht glauben!«

»Es stimmt aber. Und das wird gefeiert, mein Herz.«

Ich trete ans Fenster und sehe hinauf in den Sternenhimmel. »Was für eine Geschichte, oder? Und danke auch, dass du für mich da warst in all der Zeit, in der es mir so schlecht ging.«

»Dafür musst du mir nicht danken. Wir haben uns getroffen, weil es so sein sollte, und jetzt bist du glücklich.«

»Ja, das bin ich.«

»Siehst du. Hab ich dir nicht immer gesagt, dein Prinz wartet noch da oben bei den Sternen?«

»Stimmt. Jetzt ist er gekommen.«

»Zudem bist du gewachsen und klingst wieder fröhlich. Du glaubst nicht, wie erleichtert ich darüber bin.«

»Und du bist der Engel, der mich beschützt hat. Das ist fast wie in einem Buch, oder?«

Silvie lacht. »Weißt du was? Wäre das hier dein Buch, dann wäre es ein perfektes Ende für ein Kapitel.«

Da bin ich ganz ihrer Meinung.

Nie mehr verschwinden

Wenn man sich selbst verändert, verändern sich mit einem Mal auch gefühlt unzählige Dinge um einen herum. Nicht nur, dass die Agentur tatsächlich versucht, unser Manuskript an einen Verlag zu verkaufen, ich habe auch eine Zusage von der Werbeagentur bekommen und werde eine Ausbildung im Bereich Kommunikationsdesign beginnen. Betty war zwar traurig und Herr Gleisberg ebenfalls, aber sie haben mir alles Glück der Welt gewünscht.

Mittlerweile habe ich Joans Mama kennengelernt, eine unglaublich tolle Frau. Obwohl sie so viel durchgemacht hat und es ihr noch heute manchmal wirklich schlecht geht, strahlt sie so viel Freude aus.

Und ich war mutig. Ich bin zu meiner Mama gegangen und habe ihr gesagt, dass ich ihr Verhalten nicht länger akzeptieren werde. Dass sie mich lieben kann oder eben nicht. Es war schwer, aber ich weiß, es war richtig, um zu wachsen. Am Ende hat sie sogar ein wenig gelächelt. Vielleicht nähern wir uns ja doch noch irgendwann an. Freuen würde es mich jedenfalls.

Joan und ich haben eine Nachricht erhalten, die uns sehr überrascht hat. Als wir damals im Planetarium waren, haben wir doch gemeinsam eine Karte ausgefüllt, mit der man eine Nacht unter freiem Himmel gewinnen konnte. In der Nacht der Sternschnuppen. Nie hätte ich gedacht, gewinnen zu können, aber tatsächlich waren Joan und ich eines von fünfzehn Paaren, die gezogen wurden. Die Nacht war unglaublich, und auch wenn ich keine Sternschnuppe gesehen habe, war es schön, zusammen mit Joan unter dem Sternenhimmel zu schlafen. Es ist eine Geschichte, die beginnt, zum ersten Mal spüre ich es. Zwar weiß ich nicht, wie sie ausgeht, doch ich habe mir trotzdem gewünscht, dass die Geschichte mit Joan und mir niemals endet.

Ich stehe vor dem Spiegel und betrachte mich. Das Mädchen, das ich sehe, ist ein anderes als das, welches noch vor einigen Monaten in den Spiegel geblickt hat. Jetzt bin ich nicht mehr das Mädchen, das verschwinden will, ich kann mich sehen.

Ich kann mich noch gut daran erinnern, wie ich mich gefragt habe, was der Sinn dahinter ist, warum ich das alles erleben musste. So viele Dinge, die mich zerbrochen haben. Nun habe ich es verstanden. Alles hat seinen Sinn. Es ist wirklich so, wie Joan mir damals gesagt hat. Denn hätte ich das alles nicht erlebt, hätte ich am Ende nicht Joan getroffen, der aus seinen Erlebnissen gelernt hat, dadurch mich gesehen und mir dabei geholfen hat, dass ich mich endlich auch selbst sehe. Ja, alles im Leben hat seinen Sinn, genauso die Ängste und Zweifel, denn sie zeigen uns, dass wir dagegen ankämpfen können.

Auch Colin wollte mir einreden, dass ich schwach bin, und diese Zweifel in mir verankern. Dadurch habe ich jedoch auch gewonnen - an Stärke. Es wird immer Situationen oder Menschen geben, die uns enttäuschen. Auf der anderen Seite gibt es aber dann auch Menschen, die da sind und uns vieles geben, die uns zeigen, dass wir genau an diesen Momenten wachsen können und stärker werden als jemals zuvor. Das ist der Sinn, der uns trägt und der auch mich getragen hat. Genauso wie Joan.

Ja, ich bin schusselig, blass, nicht perfekt, aber ich stehe dazu. Diese Schwächen gehören zu mir. Jeder hat etwas, das er gern an sich ändern würde, doch das liegt nicht in unserer Macht. Wir können uns nur so akzeptieren und sehen, wie wir sind, auch wenn das nicht immer leicht ist. Aber es ist so: Nur wenn wir uns selbst lieben, erkennen wir, wie wertvoll wir sind. Und nur dann finden wir Menschen, die uns ebenfalls als wertvoll erachten. Das ist es doch, was am Ende zählt.

Mein Blick fällt zu dem Notizbuch auf meinem Schreibtisch. Ich habe die Sterne dort nicht eingeklebt, sondern sie nur verwahrt. Denn ich habe eines verstanden: Vergangenes, ob gut oder schlecht, ist vergangen. Auch in der Zukunft werden Momente kommen, die weniger schön sind. Aber wichtig sind die guten Momente, und ich kann es kaum erwarten, noch viel mehr schöne Momente mit Joan zu sammeln. Um unsere Geschichte zu schreiben.

Alles im Leben gehört dazu - nicht nur die guten Momente, sondern auch die schlechten, denn diese formen uns. Wir müssen sie nicht ausblenden oder in bessere, perfekte Momente umwandeln. Das Leben passiert einfach, so wie alles um uns herum einfach geschieht.

Wir sind vielfältig, so wie der Himmel vielfältig ist und die Sterne, die ich so liebe. Aber auch dort oben ist es so: Einige Sterne leuchten heller, andere sind dunkler, manche verblassen gar. Und so ist das Leben auch. Ab und an müssen wir durch tiefe Täler gehen, um uns zu finden. Wir haben alle Fehler, doch das ist gut so, denn alles an und in uns, jeder Moment, ob gut oder schlecht, schreibt unsere Geschichte.

Wenn ich mich jetzt so anschaue, kann ich dem Mädchen im Spiegel eines sagen: Ich mag dich, Elisa, mit all deinen Fehlern, deinen Narben, den kleinen Wunden und den Entscheidungen, die du getroffen hast. Die schlechten Momente haben mich nicht gebrochen, sondern ich bin an ihnen gewachsen. Denn das Licht ist immer stärker als die Dunkelheit. Und wenn wir uns durch die Dunkelheit gekämpft haben, dann werden wir auch leuchten, und nichts wird uns mehr hinunterziehen.

»Bist du fertig?« Joan klopft an die Tür, und ich wende mich vom Spiegel ab.

»Ja, das bin ich. Aber du könntest mir noch das Kleid zumachen.« Ich kann mich gar nicht mehr daran erinnern, wann ich zum letzten Mal ein Kleid getragen habe. Immer habe ich mich in Hosen versteckt, weil ich dachte, dass meine Figur nicht hübsch genug für ein

Kleid ist. Doch dank Joan traue ich mich nun endlich, auch mal mehr von mir zu zeigen.

Joan stellt sich hinter mich und zieht den Reißverschluss des Kleides nach oben. Dann haucht er mir einen Kuss auf die Schulter. »Siehst du, war doch gar nicht so schwer.«

»Was meinst du?«

»Na, du hast mich gerade um Hilfe gebeten. Ich wusste, dass du das eines Tages tun wirst.«

Stimmt, das habe ich. Und es war überhaupt nichts dabei, ich musste nicht mal lange nachdenken.

Er lächelt meinem Spiegelbild zu. »Du bist wunderschön, Elisa.«

»Danke«, antworte ich nur.

Verwundert sieht er mich an. »Du sagst nichts dagegen?«

»Weißt du, ich kann so vieles in diesem Spiegel sehen«, flüstere ich.

»Ach ja? Was denn?«

»Die Zukunft, das Leben …«

Sein Blick liegt zärtlich auf mir. »Und weißt du, was ich sehe?«

»Was denn?«

»Einfach nur uns beide, und das ist absolut genug.«

Er hat recht, das ist mehr als genug.

ENDE – UND DOCH ERST DER ANFANG …

Ein persönliches Nachwort

Das Thema Selbstzweifel hat mich schon immer sehr beschäftigt, weil auch ich hin und wieder darunter leide. Da steht man vor dem Spiegel und fragt sich: Was sehe ich da? Wie bin ich hierhergekommen? Ist das alles richtig? Schaffe ich es, bin ich gut genug?

Tausende von Fragen. Sie hören gefühlt nicht auf.

Oftmals verweilen wir zu lange in den schlechten Momenten, anstatt die guten zu sehen. Wir begreifen auch erst irgendwann später, warum uns gewisse Dinge widerfahren sind.

Irgendwann habe ich verstanden, dass mein größtes Problem darin besteht, dass ich lernen muss, mir einfach mal selbst genug zu sein. Damit kämpfe ich schon seit Jahren. Vielleicht kennt der eine oder die andere von euch diese Zweifel, nicht gut genug zu sein, sich so allein und leer zu fühlen. Statt mich auf meine Stärken zu konzentrieren, darauf, was mich glücklich macht und ausfüllt, habe ich mich ständig in dieser Schwäche verloren. Ich konnte genau erkennen und analysieren, was mit mir los war, aber das Problem zu beheben – na ja, das hat dann nicht so recht funktioniert.

Nun schreibe ich diese Zeilen an euch da draußen und möchte euch eines sagen: Wenn ihr euch im Spiegel betrachtet und zurückblickt, dann wünsche ich euch, dass ihr jede Entscheidung in eurem Leben liebt und alle Momente schätzt, die guten und die schlechten. Sie alle haben euch zu den Menschen gemacht, die ihr seid. Sie haben euch fühlen lassen und euch etwas gelehrt, euch Hoffnung geschenkt oder die Liebe erleben lassen, euch gezeigt, was gut und was schlecht war. Und genau das ist es, was ihr letzten Endes im Spiegel sehen könnt. Euch selbst.

Und wenn ihr all das liebt, wenn ihr euch annehmt mit all euren Fehlern, Zweifeln, Wünschen und Träumen, dann könnt ihr auch geliebt werden. Manches steckt natürlich tief in uns, aber alles ist lösbar. Im Leben kommt man immer wieder an Wendepunkte. Aber auch sie gehören dazu.

Fühlt euch geliebt. Schreibt eure Geschichte immer wieder neu und lebt sie in vollen Zügen. Betrachtet alles genau, und wenn es dunkel ist, entscheidet euch bewusst für das Licht, das ihr in euch tragt. Denn diese Entscheidung verändert vielleicht erst mal nicht die Welt, aber es verändert den Blick darauf, wie ihr sie seht.

Dieses Buch widme ich euch allen.

Das Pärchen auf dem Buchcover

Elizabeth Sagan und James Trevino

Elizabeth Sagan, 24 Jahre alt, kreiert seit vier Jahren auf ihrem Instagram-Account *@elizabeth_sagan* Buchkunst, indem sie sich zusammen mit Büchern fotografiert. Ihr größtes Anliegen ist es, ihre Liebe zum Lesen an andere weiterzugeben.

James Trevino ist 25 Jahre alt und »Bookstagrammer«. In seiner Freizeit schreibt er gern, schaut Animes und versucht, seine zehn Katzen durchzubringen. Auf seinem Instagram-Account *@james_trevino* und seinem Youtube-Kanal lebt er seine Leidenschaft für Bücher aus.

Die Fotografin des Coverfotos

Nathalie Majewski

Nathalie Majewski, 32 Jahre alt, ist Familienfotografin und eine glückliche Zweifach-Mama. Das Fotografieren ist ihre Leidenschaft, sie liebt es, Momente für die Ewigkeit einzufangen, sodass man sich noch nach Jahren daran erfreuen kann. Namama Fotografie steht für die großen Momente im Leben: verliebt, verlobt, verheiratet - Familie - Schwangerschaft - Familienzuwachs usw.

Mehr über Nathalie auf: namama-fotografie.com

Als ob du mich liebst

Der erste Band der »Als ob«-Reihe

Tu so, als ob du mich liebst – so lautet der Deal.
Nichts leichter als das, denkt er. Denn sein Herz hat er noch nie verloren. Bis jetzt.

Einfach frei sein, ein normales Leben führen und die Liebe erfahren, mit allem, was das Herz höherschlagen lässt: aufregende Küsse, Händchenhalten, Zärtlichkeiten. Genau das wünscht sich Jasmin Blum.
Und sie will das alles mit ihm erleben. Mit Kale Haber, der so verrucht, unnahbar und sexy ist und schon so manches Mädchenherz gebrochen hat.
Es scheint jedoch unmöglich, ihn für dieses Vorhaben zu gewinnen. Doch das Schicksal spielt Jass den Ball in die Hände, und so schlägt sie Kale einen Deal vor, den er nicht ablehnen kann. Er soll so tun, als würde er sie lieben …
Eine prickelnde Liebesgeschichte, die unter die Haut geht und tief im Herzen berührt.

Freut euch auch auf »Als ob du mich vermisst«, den dritten Band der Reihe, der im Herbst 2020 erscheinen wird.

Leseprobe
aus »Als ob du mich liebst«

Mein Herz schlägt schnell in meiner Brust. Ein schönes Gefühl, befremdlich, aufregend. Was es so heftig aus dem Rhythmus wirft, ist der Name auf dem Klingelschild vor mir: *Kale Haber.*

Nichts hat mein Herz bislang so durcheinandergebracht wie dieser Name – zumindest nicht auf eine romantische, sehnsüchtige Art und Weise. Und das ist auch der Grund, weswegen ich gerade vor Kales Haustür stehe und das Klopfen in meiner Brust immer heftiger wird.

Mein Zeigefinger wandert zum Klingelschild, wagt es jedoch noch nicht, den kleinen runden Knopf zu drücken. Ob es wirklich so eine gute Idee ist? Oder wäre es besser, umzukehren, wieder auf mein Fahrrad zu steigen und wegzufahren? Vielleicht wäre es das. Aber ich kann nicht. Denn das ist die einzige Chance, um meinen Plan in die Tat umzusetzen. Eine Chance, die niemals wiederkommen wird, wenn ich sie nun nicht ergreife. Von meinem Mut mal ganz zu schweigen. Denn wenn ich jetzt gehe, werde ich ihn nie mehr aufbringen können, um mich noch mal vor diese Tür zu stellen.

Ich blicke auf das gefaltete Papier in meiner Hand und atme tief durch.

»Du hast was gut bei mir, Jass«, sagte er. Ich wette, er war sich des Ausmaßes dieser Worte gar nicht bewusst.

Ich mir zuerst auch nicht, doch dann …

Dann habe ich begriffen, dass ich sie für mich nutzen kann. Das soll jetzt aber nicht berechnend klingen, denn ich bin alles andere als das. Manchmal bieten sich jedoch im Leben ganz unverhoffte Gelegenheiten. In einem Moment, den man niemals hätte planen können, der sich einfach so ergibt. So wie sich die Situation am letzten Freitag auch einfach so ergab, als ich Kale an der Tankstelle nicht weit entfernt von meiner Wohnung begegnet bin. Damit hat mir das Leben vielleicht eine kleine Tür geöffnet, und jetzt muss ich nichts anderes tun, als auf die Klingel zu drücken, um aus dem schmalen Spalt eine große Lücke zu machen.

Du hast was gut bei mir …

In Gedanken gehe ich jeden Augenblick, der mich hierhergebracht hat, noch einmal durch. Dass ich jetzt hier stehe, hätte ich vor einiger Zeit nicht für möglich gehalten. Doch inzwischen ist viel passiert. Ich zog endlich aus meinem behüteten Elternhaus aus, in meine erste eigene kleine Wohnung. Na gut, ich lebe in der Wohnung nicht allein, sondern zusammen mit meiner besten und zugegeben etwas chaotischen Freundin Louisa, aber das Zimmer in unserer WG gehört mir. Mir ganz allein. Ich habe es mit hellen Möbeln und vielen Dekorationen aus diesem bekannten Möbelhaus eingerichtet. Mit einem weißen Schreibtisch, über dem an einer Pinnwand unzählige Postkarten hängen, unter anderem eine mit dem Spruch *Verstand aus, Mut an*! Diese Worte sind es, die ich mir ins Gedächtnis rufe, als ich jetzt vor Kales Tür stehe.

Außerdem sind auf der Pinnwand Sprüche zu finden wie *Lebe jeden Tag, als wäre es dein letzter*, der für mich ebenso wichtig ist, *There are no limitations, except those you create for yourself* sowie *It's all about love – Liebe ist alles.* Letzteres steht auf einer Karte, die ich aus einem besonderen Grund dort festgepinnt habe: weil ich sie mit der Liste verbinde, die ich gerade in der Hand halte, mit meinen Büchern und dem Menschen, der mir die Karte einst gegeben hat. Liebe, ja, sie ist wichtig, sie und diese besonderen Momente.

Und ich liebe Bücher, was man an meinem Bücherregal sofort erkennt. Denn ich bin geradezu süchtig danach, beim Lesen in die unterschiedlichsten Welten abzutauchen, die sich zwischen den Seiten verbergen. Ich habe die Bücher im Regal nach der Farbe des Umschlags geordnet, das Regal mit Kerzen verziert und alles so in Szene gesetzt, wie es die Geschichten verdienen: mit ganz viel Herz. Zudem betreibe ich ein Buchblog namens *Leseherz*, dort sind Fotos von Büchern in Verbindung mit Herzen mein Markenzeichen.

Typisch für mich sind auch meine langen braunen Haare – etwas, das ich an mir liebe. Zwar sagen alle, dass meine hellblauen Augen besonders seien, doch ich sehe das nicht so. Darin ist kein aufregender Schimmer zu erkennen, vielleicht ein klein wenig Grün, zumindest behauptet meine Mama das immer, die diesbezüglich natürlich ganz anderer Meinung ist. Auch meine Figur ist keine, bei der die Männer nicht mehr wegsehen können. Ich bin schlank und relativ groß, habe aber keine besonderen Rundungen. Doch das ist okay.

Was ich gerade habe, ist alles, was ich brauche. Fast alles. Die Wohnung, mein Blog, ich gehe endlich auf die Uni und arbeite in einem kleinen Café mitten in der Nürnberger Altstadt. Ja, im Prinzip alles nichts Besonderes. Und doch ist es so unheimlich wertvoll für mich, diese Dinge tun zu können. Weil ich mir nichts mehr gewünscht habe, als einfach ein normales Leben zu führen. Ein Leben, wie es jeder hat, mit Unistress, der Arbeit, dem eigenen Zuhause, einem Hobby.

Um alles perfekt zu machen, muss ich nur noch diesen winzigen Klingelknopf hier drücken. Doch was hält mich davon ab, es endlich zu tun, statt nur pausenlos auf Kales Namen zu starren? Vieles. Aber eigentlich sollte mich nichts abhalten, denn ich habe nichts zu verlieren.

Also streiche ich zart über den Knopf, zähle in Gedanken bis drei, ehe ich ihn zaghaft drücke. Ein kurzes, schrilles Geräusch, dann stehe ich da und warte und warte und warte …

Ob ich zu kurz gedrückt habe?

Vielleicht hat er es ja gar nicht gehört.

Oder er ist nicht zu Hause.

Sein Motorrad steht jedenfalls vor der Tür, wobei das aber nichts heißt. Er könnte joggen sein oder beim Fußball, beim Boxen, in einer Bar. Es gibt da ja einige Möglichkeiten.

Ich denke zurück an den Augenblick, als ich ihm zum ersten Mal begegnet bin, im *Hinz und Kunz*, diesem kleinen Club in der Nürnberger Innenstadt, einem beliebten Treffpunkt besonders unter Studenten. Ich stand am Tresen und sah über Louisas dunklen Lockenkopf hinweg zum ersten Mal seine unglaublichen Augen. Nie zuvor hatte ich bei Augen solch eine Farbmischung gesehen. So perfekt unperfekt. Das eine Auge von ihm ist intensiv blau, wohingegen das andere von einem warmen Grünbraun durchzogen ist. Sofort war ich von diesem Blick gefesselt, und es erwischte mich wie ein Blitz, so heftig, dass mein Herz sich gefühlt auf der Überholspur befand, während mein Atem stillstand.

Unsere zweite Begegnung war nicht weniger intensiv. Louisa und ich sahen der Unimannschaft beim Fußball zu – und da war er wieder. Im blauen Trikot mit gelben Fußballschuhen ließ er mein Herz erneut höher schlagen.

Und schließlich traf ich ihn ein drittes Mal, als ich das Haus verließ, um zur Arbeit zu gehen, und er an mir vorbeijoggte. Weiße Stöpsel im Ohr, versunken in die Musik, die dunklen Haare, die an den Seiten kürzer und am Oberkopf etwas länger sind, verwuschelt, mit leichten Bartstoppeln auf den markanten Wangen. Ja, er sieht gut aus, viel zu gut, und dessen ist er sich auch voll und ganz bewusst.

Ich warte immer noch.

Soll ich vielleicht noch mal klingeln?

Das wirkt dann aber so aufdringlich, oder?

Ich muss kurz schmunzeln. Aufdringlich. Na ja, darüber brauche ich mir angesichts dessen, was ich vorhabe, nun wirklich keine Gedanken zu machen. Also drücke ich erneut auf den Knopf. Wieder höre ich den schrillen Ton, warte – aber dann summt es zu meiner Überraschung doch.

Eilig drücke ich die Haustür auf und blicke in einen langen Gang. Er wohnt im *Top zwei*, das weiß ich von Louisa, und die wiederum hat es von einer Bekannten, die schon mal eine Nacht bei ihm verbracht hat. Viele wissen, wo er wohnt, weil er nicht gerade selten Mädchenbesuch hat. Doch auch das ist mir egal.

Ich versuche, mich zu orientieren, was gar nicht so leicht ist. Alles sieht irgendwie gleich aus. Hell gestrichene Wände, links und rechts gehen Türen ab, aber bislang hat sich keine davon geöffnet, also gehe ich einfach mal drauflos.

Und dann passiert es. Ich übersehe eine Vase, die vor einer der Türen steht, und werfe sie mit einem unüberhörbaren Scheppern um. Zum Glück ist sie aus Plastik, genau wie die Blumen darin. Dennoch ist mir die Sache mehr als peinlich. Ich gehe in die Hocke, stelle hastig die Vase zurück an ihren Platz, und als ich mich wieder aufrichte, sehe ich ihn.

Kale.

Seine unverwechselbaren Augen auf mich gerichtet, steht er eine Tür weiter. Er trägt eine weiße, locker sitzende Sporthose. Sein Oberkörper hingegen ist fest und vor allem – nackt.

Oh mein Gott.